华语诗词丛刊·诗国特辑卷二

# 诗国

易行　主编

中国书籍出版社
China Book Press

# 《诗国》特辑编委会

（以姓名首字笔画为序）

# 卷首语

## 诗词，“若无新变，不能代雄”

——重读毛泽东关于诗的两封信

**《诗刊》出版，很好。祝它成长发展。诗当然应以新诗为主体，旧诗可以写一些，但是不宜在青年中提倡，因为这种体裁束缚思想，又不易学。**

——摘自毛泽东《致臧克家等》（一九五七年一月十二日）

**但用白话写诗，几十年来，迄无成功。民歌中倒是有一些好的。将来趋势，很可能从民歌中吸引养料和形式，发展成为一套吸引广大读者的新体诗歌。**

——摘自毛泽东《致陈毅》（一九六五年七月二十一日）

尽管对毛泽东一九五七年写给臧克家等的信有不同认识，但毛泽东“偏爱”旧体诗、精研旧体诗、创作旧体诗是众所周知的。他喜欢旧体诗，又不希望“在青年中提倡”，是基于“这种体裁”有严格的平仄声韵要求，用的又是介于文白之间的语言和带有多数国人都读不出来的入声字的“平水韵”，难学，束缚思想。所以，他提出“诗当然应以新诗为主体”，但不能因此而废黜旧体，为旧体诗预留了“生命通道”。毛泽东说诗应以新诗为主体，但他对那时的新诗并“不满意”，这也是众所周知的。他说：“但用白话写诗，几十年来，迄无成功。”这不是全盘否定新诗的创作成就，而是说新诗尚未在继承创新中“成型”“成体”，所以他才提出“古典加民歌”创造“新体诗歌”的思路。

旧体诗词要改革，要创新，才能繁荣发展，这已成诗界共识。早在南北朝时期的学者萧子显就曾说过“属文之道，事出神思，感召无象，变化无穷”，认为“属文”，当然也包括作诗，“若无新变，不能代雄”！到中国的二十世纪三十年代，鲁迅先生说得更“绝对”。他在一九三四年十二月二十日《致杨霁云》的信中说：“我以为一切好诗，到唐已被做完，此后倘非能翻出如来掌心之‘齐天大圣’，大可不必动手。”“翻出如来掌心”就是翻出唐诗藩篱，就是创新。鲁迅本人就是“翻出如来掌心”的“齐天大圣”式的作家、诗人。他的诗在思想上、语言上都突破了唐诗的藩篱。唐诗有“横眉冷对千夫指，俯首甘为孺子牛”这样的思想么？唐诗有“躲进小楼成一统，管他冬夏与春秋”这样的语言么？毛泽东更是“翻出如来掌心”的伟大创新诗人。唐诗能有“为有牺牲多壮志，敢教日月换新天”这样宏伟的理想吗？有“坐地日行八万里，巡天遥看一千河”这样的磅礴气势吗？有“今日欢呼孙大圣，只缘妖雾又重来”这样的语言吗？鲁迅、毛泽东由于他们诗的“新变”，才得以“代雄”，才不让“李杜”而雄视百代。这也是不争的事实。

还有一个不争的事实是：近几十年中华诗词的复兴，是在鲁迅诗，特别是在毛泽东诗词的影响带动下发生发展的。中华诗词学会成立后，即高举起诗词改革创新的大旗，制订了诗词发展纲要，提出了“知古倡今”的诗韵改革主张。贺敬之、霍松林、丁芒、刘征、孙轶青等著名诗家都大力倡导诗词的创新，马凯、郑欣淼、袁行霈等更是率先垂范，全力推动。诗词界的形势可以说是“一片大好”，但仍然存在“数量多，精品少”，存在着习近平总书记指出的“有高原而缺高峰”的情形。为什么？一个很重要的原因就是：诗词创新驱动的力度不够，“翻出如来掌心”的气势不足。所以，我们应认真总结中华旧体诗词复兴发展六十年来的成就，这成就也是不能小视的！所以，我们要登高展望未来三十年、六十年，中华诗词新的高峰——新体诗歌的高峰！这应该是可能的，可以预期的。

为了迎接中华诗词新的创作高峰期的到来，我们在本卷《诗国》特辑特载了习近平总书记最近在文联、作协“两会”上的重要讲话，编发了邱正印、星汉力促诗词创新的专稿，选辑了自一九五七年至今六十年来的诗词力作和礼赞时代英雄、弘扬时代精神的诗书画作品，同时转载了近年对中华诗词繁荣发展颇具影响的讲话稿和文论，并在“诗国人物”中特别推介贺敬之的诗论和诗歌，特别是新古体诗。

易行

二〇〇六年十二月二十六日

# 目录

## 第四编 中华诗词近十年创作成果



## 第五编 焦裕禄精神诗书画作品选

## 第六编 诗国论坛



## 第七编 诗国人物



## 封面

# 第一编　特载

## 在中国文联十大、中国作协九大开幕式上的讲话

（2016 年 11 月 30 日）

习近平

各位代表，同志们，朋友们：

中国文学艺术界联合会第十次全国代表大会、中国作家协会第九次全国代表大会，是我国文艺界的一次盛会。首先，我代表党中央，向大会的召开，表示热烈的祝贺！向全体代表，并通过你们向全国广大文艺工作者，致以诚挚的问候！

党对文艺工作历来高度重视，这是因为，文艺事业是党和人民的重要事业，文艺战线是党和人民的重要战线。在革命、建设、改革各个历史时期，广大文艺工作者响应党的号召，坚持为人民服务、为社会主义服务的方向，坚持百花齐放、百家争鸣的方针，创作了一大批脍炙人口、深入人心的优秀作品，弘扬了中国精神，凝聚了中国力量，为我们党团结带领人民实现民族独立、人民解放、国家富强、人民幸福作出了十分重要的贡献。

2014 年 10 月，我们召开文艺工作座谈会，我同文艺界的同志们深入交流，进一步明确了新形势下繁荣发展社会主义文艺的方向和任务。党的十八大以来，广大文艺工作者积极投身实现“两个一百年”奋斗目标、实现中华民族伟大复兴中国梦的火热实践，倾情服务人民，倾心创作精品，热情讴歌全国各族人民追梦圆梦的顽强奋斗，弘扬崇高理想和英雄气概，奏响了时代之声、爱国之声、人民之声。特别是在党和国家举办的一系列重大活动中，在面向基层、面向群众的文化服务中，在中外人文交流中，广大文艺工作者勇挑大梁、不计名利、夙夜奔忙，展现了昂扬的精神风貌、高超的艺术水平。在广大文艺工作者辛勤努力下，我国文艺界出现新气象新面貌，文学、戏剧、电影、电视、音乐、舞蹈、美术、摄影、书

法、曲艺、杂技、民间文艺、文艺评论、群众文艺、艺术教育等都取得丰硕成果，主旋律更加响亮，正能量更加强劲，为人民提供了丰富精神食粮，向世界展示了中华文化魅力。

实践充分证明，广大文艺工作者心怀祖国人民、响应时代召唤、追求艺术理想，是一支有智慧有才情、敢担当敢创新、可信赖可依靠的队伍。党和人民感谢你们！

各位代表！同志们、朋友们！

实现中华民族伟大复兴，是中华民族近代以来最伟大的梦想，也是我们这一代人的历史使命。当今世界正处在大发展大变革大调整时期，当代中国正沿着中国特色社会主义道路奋力前进。这是一个风云际会的时代，也是一个英雄辈出的时代。在中国共产党领导下，有中国人民团结一心、自强不息的精神，有中国人民创新创造、开拓进取的勇气，有中国人民艰苦奋斗、顽强拼搏的毅力，中华民族在苦难和曲折中一步步走到今天，必将在辉煌和奋斗中大踏步走向明天，中华民族伟大复兴的航船一定能够劈波斩浪驶向光辉的彼岸。

实现中华民族伟大复兴，需要物质文明极大发展，也需要精神文明极大发展。早在革命战争年代，毛泽东同志就多次强调要建设民族的、科学的、大众的中华民族的新文化。1940 年，他说："我们不但要把一个政治上受压迫、经济上受剥削的中国，变为一个政治上自由和经济上繁荣的中国，而且要把一个被旧文化统治因而愚昧落后的中国，变为一个被新文化统治因而文明先进的中国。"1979 年 10 月，邓小平同志在中国文学艺术工作者第四次代表大会上发表祝词强调："我们要在建设高度物质文明的同时，提高全民族的科学文化水平，发展高尚的丰富多彩的文化生活，建设高度的社会主义精神文明。"他还强调：要大力发扬党和人民在长期实践中形成的崇高精神，"大声疾呼和以身作则地把这些精神推广到全体人民、全体青少年中间去，使之成为中华人民共和国的精神文明的主要支柱，为世界上一切要求革命、要求进步的人们所向往，也为世界上许多精神空虚、思想苦闷的人们所羡慕"。

中华民族生生不息绵延发展、饱受挫折又不断浴火重生，都离不开中华文化的有力支撑。中华文化独一无二的理念、智慧、气度、神韵，增添了中国人民和中华民族内心深处的自信和自豪。在 5000 多年文明发展中孕育的中华优秀传统文化，在党和人民伟大斗争中孕育的革命文化和社会主义先进文化，积淀着中华民族最深沉的精神追求，代表着中华民族独特的精神标识。我们要大力弘扬以爱国主义为核心的民族精神和以改革创新为核心的时代精神，大力弘扬中华优秀传统文化，大力发展社会主义先进文化，不断增强全党全国各族人民的精神力量。

各位代表！同志们、朋友们！

文运同国运相牵，文脉同国脉相连。实现中华民族伟大复兴，是一场震古烁今的伟大事业，需要坚忍不拔的伟大精神，也需要振奋人心的伟大作品。鲁迅先生1925年就说过："文艺是国民精神所发的火光，同时也是引导国民精神的前途的灯火。"广大文艺工作者要坚持以人民为中心的创作导向，坚持为人民服务、为社会主义服务，坚持百花齐放、百家争鸣，坚持创造性转化、创新性发展，高擎民族精神火炬，吹响时代前进号角，把艺术理想融入党和人民事业之中，做到胸中有大义、心里有人民、肩头有责任、笔下有乾坤，推出更多反映时代呼声、展现人民奋斗、振奋民族精神、陶冶高尚情操的优秀作品，为我们的人民昭示更加美好的前景，为我们的民族描绘更加光明的未来。

这里，我给大家提几点希望。

第一，希望大家坚定文化自信，用文艺振奋民族精神。实现中华民族伟大复兴，必须坚定中国特色社会主义道路自信、理论自信、制度自信、文化自信。创作出具有鲜明民族特点和个性的优秀作品，要对博大精深的中华文化有深刻的理解，更要有高度的文化自信。广大文艺工作者要善于从中华文化宝库中萃取精华、汲取能量，保持对自身文化理想、文化价值的高度信心，保持对自身文化生命力、创造力的高度信心，使自己的作品成为激励中国人民和中华民族不断前行的精神力量。

文化是一个国家、一个民族的灵魂。历史和现实都表明，一个抛弃了或者背叛了自己历史文化的民族，不仅不可能发展起来，而且很可能上演一幕幕历史悲剧。文化自信，是更基础、更广泛、更深厚的自信，是更基本、更深沉、更持久的力量。坚定文化自信，是事关国运兴衰、事关文化安全、事关民族精神独立性的大问题。没有文化自信，不可能写出有骨气、有个性、有神采的作品。

古往今来，世界各民族无一例外受到其在各个历史发展阶段上产生的文艺精品和文艺巨匠的深刻影响。中华民族精神，既体现在中国人民的奋斗历程和奋斗业绩中，体现在中国人民的精神生活和精神世界中，也反映在几千年来中华民族产生的一切优秀作品中，反映在我国一切文学家、艺术家的杰出创造活动中。

在每一个历史时期，中华民族都留下了无数不朽作品。从诗经、楚辞、汉赋，到唐诗、宋词、元曲、明清小说等，共同铸就了灿烂的中国文艺历史星河。中华民族文艺创造力是如此强大、创造的成就是如此辉煌，中华民族素有文化自信的气度，我们应该为此感到无比自豪，也应该为此感到无比自信。

一个时代有一个时代的文艺，一个时代有一个时代的精神。任何一个时代的经典文艺作品，都是那个时代社会生活和精神的写照，都具有那个时代的烙印和特征。任何一个时代的文艺，只有同国家和民族紧紧维系、休戚与共，才能发出振聋发聩的声音。反映时代是文艺工作者的使命。广大文艺工作者要把握时代脉搏，承担时代使命，聆听时代声音，勇于回答时代课题。

古今中外，文艺无不遵循这样一条规律：因时而兴，乘势而变，随时代而行，与时代同频共振。在人类发展的每一个重大历史关头，文艺都能发时代之先声、开社会之先风、启智慧之先河，成为时代变迁和社会变革的先导。离开火热的社会实践，在恢宏的时代主旋律之外茕茕孑立、喃喃自语，只能被时代淘汰。

对文艺来讲，思想和价值观念是灵魂，一切表现形式都是表达一定思想和价值观念的载体。离开了一定思想和价值观念，再丰富多样的表现形式也是苍白无力的。文艺的性质决定了它必须以反映时代精神为神圣使命。社会主义核心价值观是当代中国精神的集中体现，是凝聚中国力量的思想道德基础。广大文艺工作者要把培育和弘扬社会主义核心价值观作为根本任务，坚定不移用中国人独特的思想、情感、审美去创作属于这个时代、又有鲜明中国风格的优秀作品。

祖国是人民最坚实的依靠，英雄是民族最闪亮的坐标。歌唱祖国、礼赞英雄从来都是文艺创作的永恒主题，也是最动人的篇章。我们要高扬爱国主义主旋律，用生动的文学语言和光彩夺目的艺术形象，装点祖国的秀美河山，描绘中华民族的卓越风华，激发每一个中国人的民族自豪感和国家荣誉感。对中华民族的英雄，要心怀崇敬，浓墨重彩记录英雄、塑造英雄，让英雄在文艺作品中得到传扬，引导人民树立正确的历史观、民族观、国家观、文化观，绝不做亵渎祖先、亵渎经典、亵渎英雄的事情。要抒写改革开放和社会主义现代化建设的蓬勃实践，抒写多彩的中国、进步的中国、团结的中国，激励全国各族人民朝气蓬勃迈向未来。

坚定文化自信，离不开对中华民族历史的认知和运用。历史是一面镜子，从历史中，我们能够更好看清世界、参透生活、认识自己；历史也是一位智者，同历史对话，我们能够更好认识过去、把握当下、面向未来。"观古今于须臾，抚四海于一瞬"。没有历史感，文学家、艺术家就很难有丰富的灵感和深刻的思想。文学家、艺术家要结合史料进行艺术再现，必须有史识、史才、史德。

历史给了文学家、艺术家无穷的滋养和无限的想象空间，但文学家、艺术家不能用无端的想象去描写历史，更不能使历史虚无化。文学家、艺术家不可能完全还原历史的真实，但有责任告诉人们真实的历史，告诉人们历史中最有价值的东西。戏弄历史的作品，不仅是对历史的不尊重，而且是对自己创作的不尊重，最终必将被历史戏弄。只有树立正确历史观，尊重历史、按照艺术规律呈现的艺术化的历史，才能经得起历史的检验，才能立之当世、传之后人。

中华文化既是历史的、也是当代的，既是民族的、也是世界的。只有扎根脚下这块生于斯、长于斯的土地，文艺才能接住地气、增加底气、灌注生气，在世界文化激荡中站稳脚跟。正所谓"落其实者思其树，饮其流者怀其源"。我们要坚持不忘本来、吸收外来、面向未来，在继承中转化，在学习中超越，创作更多体现中华文化精髓、反映中国人审美追求、传播当代中国价值观念、又符合世界进步潮流的优秀作品，让我国文艺以鲜明的中国特色、中国风格、中国气派屹立于世。

（新华社北京11月30日电）

# 第二编　专稿

## 毛泽东诗学思想的深入阐释和有益实践

### ——兼谈贺敬之“新古体诗”创作

邱正印

贺敬之为新诗大成就者。20 世纪 80 年代以来，贺老亦以极大精力关注中国旧体诗词。他从新的历史视角审视旧体诗词，就其创作及发展改革提出了一系列具有前瞻性和开拓性的意见，促进了旧体诗词的繁荣发展。

进入新的历史时期，中国旧体诗词迎来新的发展，也再起关于旧体诗词的各类纷争。如何认识新时期的旧体诗词？贺老从时代发展和建设有中国特色社会主义的高度出发，进一步肯定了旧体诗词。他指出：“继承我国汉语古典诗词的优良传统，运用并发展这种诗体、诗律和诗艺，以表现新时代的新诗情，这不仅是可能的，而且是可以产生伟大诗篇和伟大诗人的。这已经为‘五四’以来直到今天的实践所证明。在今天，许多佳作不仅受到广大老年和中年读者的欢迎，而且也受到不少青少年读者的欢迎。因此，我们在大力提倡和发展新体诗的同时，应当支持并开展对古典诗词的理论研究工作和用古典诗体和词体反映新内容的创作工作，这是发展社会主义的民族的诗歌艺术的必不可缺少的一部分，是促进诗歌百花齐放的重要一环；因而这对建设有中国特色社会主义文艺是有重要意义的。”（贺敬之《贺中华诗词学会成立》）

结合诗歌创作实践，贺老对旧体诗词作了艺术上的肯定。他指出：“我从学写新诗以来，在形式方面曾作过各种尝试和探索，其中包括对我国旧体诗词的某些因素和特点的借鉴和吸收。……旧体诗对我之所以有吸引力，除去内容的因素之外，还在于形式上和表现方法上的优长之处，特别是它的高度凝练和适应民族语言规律的格律特点。无数前人的成功作品已经证明运用这种诗体所达到的高度艺术表现力和高度形式美。”“（旧体诗词）对某些特定题材或某些特定的写作条件来说，还有其优越性的一面。前者例如，从现实生活中引发历史感和民族感的某些人、事、景、物之类；后者例如，在某种场合，特别需要发挥形式的反作用，即选用合适的较固定的体式，以便较易地凝聚诗情并较快地出句成章。”（《〈贺敬之诗书集〉自序》）

在多方面肯定旧体诗词的同时，贺老也深刻指出其弊端及由此造成的与时代的隔膜，“文字过雅、格律过严，致使形式束缚内容”，“诗律严格，所用的书面语言和现代口语距离较大，因此，能熟练地掌握这种形式，得心应手地写出表现新生活内容的真正好诗来，是颇不容易的。”（同上）

毛泽东指出，旧体诗词“要发展要改革”（转自臧克家《毛泽东与诗》）。他进一步指出，“中国诗的出路，第一是民歌，第二是古典，在此基础上产生出新诗来……”（《在成都会议的讲话》）“将来趋势，很可能从民歌中吸引养料和形式，发展成为一套吸引广大读者的新体诗歌。”（《致陈毅》）毛泽东指出了“中国诗的出路”，也指出了中国旧体诗词发展改革的方向，那就是走与民歌相结合的道路，创建出“一套吸引广大读者的新体诗歌”。

推动中国旧体诗词发展改革是历史的担当。数十年来，贺老先行倡导并坚持“实行宽律，开展新古体诗创作”，迈出了创建“新体诗歌”、推动旧体诗词发展改革的坚实步伐。

“宽律”的提出，是基于诗词创作的现实及历史。贺老指出：“运用旧体诗词形式写作是否必须绝对沿守旧格律，近年来有歧议。创作中的实际情况是，有许多作者现在多已不再严遵旧律。从文学史上看，自唐代近体诗律形成后，历代仍有许多名诗人的名作不尽遵律。对此，有识之士未予诟病……”分析新古体诗创作，贺老较为深入地阐述了“宽律”：“这些诗（新古体诗）不仅都是节拍（字）整齐，严格押韵（用现代汉语标准语音），同时还有部分律句、律联。就平仄声律要求来说，绝大多数对句的韵脚都押平声韵（不避‘三平’），除首句以外的出句尾字大都是仄声（不避‘上尾’）。因此，至少和古代的诗一样，不能说它‘无律’即无任何格律，只不过不同于近体诗的严律而属于宽律罢了。”（同上）

结合变革平仄声律，贺老进一步阐明了实行宽律的正当和必要性。分析现代文艺创作环境的变化，特别是语音的变迁和现代艺术的蓬勃发展，贺老指出："就平仄声律来说，由于历史发展造成的语言变化，按照现代汉语语音来读古典诗词，已有不少不能谐和之处。相反，如运用现代诗歌朗诵技巧来处理，不仅这些诗，别的不讲求平仄声律的诗，也都是可以读出抑扬、轻重、长短，以及相互的配合，从而达到声调和谐的效果的。"（同上）

"宽律"的实行，在民歌和古典之间架起了双向互通的桥梁，拓宽了二者相结合的道路，为"新体诗歌"创建开辟了广阔空间。

新古体诗是"实行宽律"、创建"新体诗歌"的实践。其诗作形式一如贺老前述"宽律"和毛泽东所说"关于诗，有三条，精练；有韵；一定要整齐，但不是绝对的整齐。"（陈晋《毛泽东与文艺传统》）新古体诗注重不因形损意：放宽声律，出、对句的平仄要求均不追求旧律的绝对，均押韵现代汉语普通话音韵标准；句式灵活，追求整齐但并不偏废参差。贺老在谈自己采用旧体词长短句形式创作新古体诗时谈道："这样写，主要还是内容的需要。""它易于造成某种特殊的语感、节奏、气氛和情势，有利于表现具有某种特殊意味的某些特定内容。"（《〈贺敬之诗书二集〉自序》）关于诗词创作中的背景简介和必要注释，贺老总结自己新古体诗创作时感言："我曾考虑过大加删削甚至绝大部分根本不加注释。但后来却不能不又想到，这样做对于阅读水平较高的读者是可行的，而对于文史知识和鉴赏水平不高的读者来说则未必适当。古代的许多诗集在问世当时或以后陆续都有许多注释本随之而来，恐怕也是由于考虑到这一点的吧。"（同上）贺老上述让我们想起毛泽东多次为胡乔木修改词作，在肯定"是很好的"的同时，指出："有些地方还有些晦涩，中学生读不懂。"（《诗国》新四卷《胡乔木与诗词若干事》）两位大家真可谓"心有灵犀一点通"！这也启发我们作进一步的思考：新古体诗创作应重视诗文的一体性，在一般情况下，简明诗作背景介绍和必要注释应是一篇完整诗作不可或缺的一部分，它有利于读者对诗词作品的理解和欣赏，有利于诗词作品美的展现。同时，在某种程度上也有关诗作文风。

数十年来，贺老追随时代进步，力行新古体诗创作，取得不菲成就。其诸多新古体诗篇以充满中国古典诗歌元素、思想性和艺术性的高度统一、现实主义和浪漫主义的完美结合、时代性的大众化清新语言赢得了广大读者的喜爱和诸多大家的肯定。新古体诗已经深深影响了中国的诗坛并将继续对中国诗坛产生深刻影响。

在实践新古体诗创作的同时，贺老以马克思主义的发展观和文艺观指导分析诗歌（诗词）创作，提出探索发现诗词创作新规律、深层次改革旧体格律的意见，推动了“新体诗歌”创建的理论建设。他指出：“就格律从严要求的本身来说，也是需要并可能根据生活和语言的变化而加以发展的。格律的形式美，不仅来自整齐，也可来自参差；不仅来自抑扬相异的交替，也可来自抑扬相同的对峙；不仅来自单式的小回环，也可来自复式的大回环，如此等等。因此，不仅对古体诗，即使是对近体诗来说，也是可以在句、韵、对仗，以及平仄声律等诸方面进一步发现新的规律。”（同上）

探索发现诗词创作新规律在于形式更好地服务于内容这个艺术创作的根本规律。贺老指出：“（诗歌）首要的问题还是在于内容，在于形式和内容的协调一致。这对于包括格律诗在内的任何艺术都是一样的。判定一首近体诗的优劣高下，不能只是形式方面所要求的诗律，还必须要有从思想内容方面所要求的诗思、诗情，更必须要有使这种诗思、诗情得以艺术地显现的诗意。这才有可能从内容到形式做到整体表现的诗味。”（同上）

贺老探索发现诗词创作新规律，深层次改革旧体格律的意见，是他数十年诗歌创作实践和理论研究的结晶，是诗词理论方面的一个突破。它跳出了旧有格律理论的窠臼，在更大范围内反映了汉语言特别是现代汉语言的美学特质，在更大范围内反映出诗词作品的美学特质和诗词创作的艺术规律。“意见”阐释了毛泽东诗学思想，必将对中国旧体诗词的改革发展和繁荣产生深远影响。

需要指出的一点是，在大力推进旧体诗词发展改革、倡导新古体诗创作的同时，贺老客观辩证、实事求是地认识固守旧律之作，尊重学养深厚、技法纯熟、真情实感而自觉自愿固守旧律的“遵律”之作，指出“遵律严者固佳”。（同上）这也进一步启示我们，新古体诗是中国旧体诗词的继承和发展，并非与“遵律”之作的割裂与对立，二者并存是中国旧体诗词发展改革进程中的自然，也是诗歌发展繁荣的需要。

贺老曾引领新诗潮流。新时期的贺老继续站在中国诗歌发展的历史前沿：他立足时代发展的高度，对中国旧体诗词改革发展作了系统论述，并进行了有益实践；他倡导并大量创作的优秀新古体诗篇，在实践毛泽东创建“新体诗歌”的道路上迈出了坚实的步伐。可以想象，经过贺老和诸多人士的不懈努力，毛泽东关于中国旧体诗词“要发展要改革”和创建“新体诗歌”的宏大构思一定能够实现。中国的旧体诗词一定可以得到更好更快的发展，中国的诗坛一定会迎来更加美好的春天！

（本文转载自《诗国》总第30卷）

# 《路石集》中家国情怀诗词浅说

星汉

2015年12月，易行主编了一套《中华诗词改革创新丛书·路石集》，一共六卷，作者是：高立元、张桂兴、易行、赵京战、杨逸明。星汉也有幸附骥。这六位作者的共同特点，从身份上讲，都是中华诗词学会的顾问；从诗词上讲，易行在《卷首语》中说得清楚，就是：“一都是正声，二都是创新，三都是为中华诗词崛起献身而无怨无悔。”其中“正声”应当包括家国情怀。家国情怀，是个大题目；诗词中的家国情怀也是个大题目，笔者限于能力，只能将这个题目限制在《路石集》中。

家是个人的放大，国又是家的放大。所谓的家国情怀，就是以国为家，爱国爱家。“修身、齐家、治国、平天下”，中华民族的传统文化一直强调个人、家庭和国家的有机统一，从个人到国家、到天下，“家”是最重要的纽带。“使千千万万个家庭成为国家发展、民族进步、社会和谐的重要基点”（习近平《在2015年春节团拜会上的讲话》）。有国才有家，这就是家国情怀的生动体现。在和平年代，这样的情怀弥足珍贵。笔者试从《路石集》每卷中选出两首诗词，加以论说，以求教于方家。

易行在《路石集》的“卷首语”根据职业，把六人分成三组。第一组“高立元、赵京战身为军人，他们的诗词总会带有一种飒爽奔放之豪气”，这无疑是确切的评语。我们先看一首高立元将军的七律《中秋赠红其拉甫边防哨所官兵》：

玉门西去过楼兰，扎寨昆仑接广寒。云锁乡关千万里，雪埋哨所两三间。霜凝青剑倚天举，旗映丹心向日悬。尽洒边陲诚与爱，一轮明月任亏圆。

红其拉甫边防哨所是世界上最高的哨所。笔者也曾亲临其地，领略过这里生活环境的艰苦。这首诗有诸多不寻常处：一是时间不寻常，时值中秋。在这个团圆的日子里，我们哨所的官兵们，却是‘“尽洒边陲诚与爱，一轮明月任亏圆”，官兵们的这种家国情怀，可谓无以复加。二是地点不寻常，由“玉门”而“楼兰”，由“楼兰”而“昆仑”，在“乡关千万里”之外。红其拉甫边防哨所位于帕米尔高原海拔 4733 米的高寒地区，自然是“接广寒”。三是人物不寻常，“霜凝青剑倚天举，旗映丹心向日悬”，而“家国情怀”四字，尽含其中矣。

高立元将军自称是“半生戎马，一介武夫”。说是“放下枪杆子，拿起笔杆子”，实则“将军本色是诗人”。在当今的社会状态下，“反腐”就是爱国情怀的一部分。高将军的诗题材深广，但反腐的题材颇为夺目。他自序中自己说：“我在写这些诗词的时候，是拿笔当枪，怒瞪着双眼的。”请看《官员枉法夫人为虎作伥有感即赋二首》其一云：

机关算尽扇轻摇，帐里妇人台后僚。边鼓紧敲槌乱舞，苦瓜遂种水常浇。枕风每与阴风刮，鬼火时同欲火烧。内助难言今日事，官袍敛起送囚袍。

这首诗把“枉法夫人”刻画得活灵活现，入木三分。这位官员的“内助”，助的却是贪赃。在现实中，许多官员，原本可以走正道，干正事儿，但就是因为“夫人为虎作伥”，最终穿上了“囚袍”。我们还不难看出，这首诗的对仗颇见功夫，如“枕风每与阴风刮，鬼火时同欲火烧”，把贪官夫妇“床上功夫”描绘如画，淋漓尽致。

赵京战当过三十六年“大兵”，《路石集·赵京战卷》开始就有二十余首写军旅生活的诗，说的都是自己作为新兵的“丑事儿”，富有生气，颇为感人。也许这些诗是他在 2003 年进入《中华诗词》杂志社之前，还不懂“山礼山规”的“平水韵”时候写的，自由奔放，毫不做作。且看《军营短笛五首》的《定风波·开饭》：

战地遥闻饭菜香，大锅米饭大锅汤。白菜粉条加豆腐，清煮。哨声一响请君尝。　照旧全班席地坐，真乐。只伸碗筷不搭腔。风卷残云全不剩，干净。似乎半饱半饥肠。

在今天看来，这群新兵是典型的“吃货”。词的上阕一口气列举了五种自己认为的“美食”。下阕写全班的“吃相”。这种吃相在今天的“文士”看来是大大的不雅。词中出现两次“大锅”字样，应该说够吃了，但是“风卷残云全不剩，干净”之后，意犹未尽，还是“似乎半饱半饥肠”。读者通过“开饭”这一细节可以从侧面看出这群能吃的小伙子的青春焕发，斗志昂扬。

再看《渔家傲·初次站岗》：

今夜持枪初上岗，屡将口令询班长。哨位偏临坟墓场，频张望，条条黑影如游荡。　　自古当兵凭胆壮，心中敢把敌情忘？忽见风吹林木晃，无心想，枪栓拉作噼啪响。

这首词，没有写军人的“英雄气象”，而是通过“初次站岗”，活灵活现地勾画出新兵的紧张心情。而这种紧张心情却是通过几个动作完成的。“屡将口令询班长”，不是自己健忘，而是怕出错的负责任的心态。新兵在“哨位偏临坟墓场”的地方，有些“怕鬼”，尽管如此，依然是“频张望”，更加说明新兵的高度的责任心。在“风吹林木”时，“枪栓拉作噼啪响”，至此，作者完成了“初次站岗”的人物塑造，使读者如见其人，如闻其声。

一位诗人的家国情怀不是生而有之，要通过后天的培养。从《路石集·赵京战卷》的诸多诗篇可以看出，自从赵京战写诗开始，始终有一条“家国情怀”的红线贯穿着，而这条红线肯定还会贯穿下去。

《路石集》的第二组，是张桂兴和易行本人。张桂兴“从军人转为民政干部”，易行则是“当过教师，做过干部，从事过多年的编辑出版工作”；我们不妨从他们的“干部”身份，看看家国情怀的诗作。易行所谓的“干部”，是指担任一定领导工作或管理工作的人员。

张桂兴曾为北京市民政局副局长，对于家国情怀内容的诗作，其着眼点自然有别于从事其他职业者。在学术上，张桂兴有《关于居委会的地位作用和存在问题》发表，关心北京基层组织的建设，对社会的稳定起了积极作用。在诗词创作上，也同样注重这方面的内容。

张桂兴有《京西古道清立〈永久免税碑〉》五律一首，道是：

商通关内外，瘦马踏痕深。石厚司田薄，窑黑度日辛。黎民呼税重，圣旨降龙恩。古道碑亭在，当能醒后人。

此诗下有自注：“清雍正八年（1730年）恩准，王平、齐家、石巷三司去役尽免。黎民佩德衔恩，一碑立宛平署前，一碑勒石王平通衢。”

关心这样一块碑的人，如张桂

兴者寡。此碑是迄今发现的封建王朝对一个局部地区制定减免税政策并得到具体实施的唯一史料物证，其减免的对象是社会底层又地处偏远地区的弱势群体，具有极高的文物价值和丰富的文化内涵。碑文记述了自古以来，京西乡村“石厚田薄，里人走窑度日。一应夫差，家中每叹糊口之艰。距京遥远，往返不堪征途之苦。”雍正八年，王平口巡检司官员阮公将乡民疾苦呈报县官，县官上奏朝廷允准免除这里的夫役，得到皇上恩准。王平、齐家、石港三司夫役全部豁免。立碑的目的是歌颂“县尊黄公”的，使其“庶昭德，扬声用，慰甘棠之遗爱，而兴利革弊，永垂在位之仪型矣”。从张桂兴这首诗可以看出，立碑人的目的是达到了。

这首诗所歌咏的内容，已十分清楚。笔者以为尾联“古道碑亭在，当能醒后人”却是点睛之笔。作者是说，封建王朝的清官廉吏都如此爱民，我们共产党人，难道连他们都不如吗？这既是自己为官的自许，也是对当今站在党和人民的对立面的“老虎苍蝇”们的警告！从这个意义上讲，此诗是真正的有关家国情怀的佳作。

张桂兴《路石集·张桂兴卷·自序》说，“本集选入的诗词。总的基调是一个新字。”对于《诗经》、唐诗、宋词、元曲，“是中华民族文化宝库中一颗璀璨的明珠，我们应当好好学习、继承，但学习不是仿古，而是要发扬光大，借鉴出新。”此语甚是！故而其《世风》云：

节俭一声令，“三公”消费低。名牌茶酒冷，豪店客人稀。从政廉为道，经商信是旗。长堤封蚁穴，何惧水流急。

此诗题下有小序：“中央转变作风八条公布后，世风好转有感。”“中央八条”是中共中央政治局2012年12月4日的会议决定。“要厉行勤俭节约”是“中央八条”内容之一。“三公”，指“三公消费”，指政府部门人员因公出国（境）经费、公务车购置及运行费、公务招待费产生的消费，是当前公共行政领域亟待解决的问题之一。此诗的表现手法，如同前一首，都是卒章显志。“长堤封蚁穴，何惧水流急”，典出《韩非子·喻老》：“千丈之堤，以蝼蚁之穴溃。”它告诉我们，对待事物不能忽视细节，微小的事物一旦被忽略就会由小引大，终会造成无可挽回的后果。此处反用其意，谓刹住歪风邪气，社会主义事业的滚滚洪流，勇猛向前，不可阻挡。张桂兴关心国事，看到中央八条的公布，由衷高兴，由此诗可见此志。

易行也在“干部”行列中，但是具体司职不同于张桂兴，而从事出版、编辑的时间较长。在家国情怀上，其《路石集》中的诗作，感悟异于他人。《易行卷》中格律诗词占大部分篇幅，但是诗词格式有别于“正统”者也不在少数，其创新程度颇高。先看《长女思原》：

三十玩未够，烂漫心无主。今日会同学，明天游齐鲁。谁知生育后，转瞬成慈母。

古代人的诗词中，大都对自己的孩子要求甚高而评价不高，苏轼认为“孩儿”应当“愚且鲁”，陆游说自己的儿子“憨”，辛弃疾对儿子则是“骂之”。从这首诗看，作者同前贤有着同样的心态，对于三十岁的长女思原“很不满意”，历数其“烂漫”的“毛病”。但是读者却读出了一位垂垂向老的父亲对女儿的无尽的爱。读者透过表层还能看到这孩子待人真切诚恳，毕业后受到同学的眷顾。这孩子喜爱游历，由“游齐鲁”可窥豹斑，这不就是古人要求的“行万里路”吗！

这首诗只有六句，与当今诗人的律、绝大异其趣。唐代诗人祖咏在长安应试的《终南望馀雪》，按要求应当写成六韵十二句的五言排律，但他只写了这四句就交卷，道是：“意尽”。即是无话即短，不必画蛇添足。易行效法祖咏这种诗风，很值得今天某些废话连篇的“诗人”认真思考。

词这东西，是“曲子词”，初起时只是音乐的附属品，要“按谱填词”。今天的词，除了有目的地为某首词谱上曲子外，都是不能唱的“徒诗”。如果自创一首词，易行谓之“自律词”。这在诗词界是个大胆的做法，笔者为之点赞。且看《自律词·实干兴邦》：

启后承前，能不联想，汉唐鼎盛时光？物阜民安，友来四面八方。使通西域连欧亚，到明朝、船下西洋。举世皆惊，唯我炎黄！

如今国富山也壮，长城倚天立，气宇轩昂。雾海波翻，明围暗堵何妨？神州航母人十亿，大中华、赤旗高扬。振人心：空谈误国，实干兴邦。

此词前有小序：“习近平同志参观《复兴之路》展览时说：“空谈误国，实干兴邦。”

2012 年 11 月 29 日，中共中央总书记习近平和中央政治局其他常委来到国家博物馆，参观《复兴之路》展览。在参观过程中，习近平发表了重要讲话。“空谈误国，实干兴邦”八个字，是习总书记讲话中的内容。这个展览回顾了 1840 年鸦片战争以来中国人民在屈辱苦难中奋起抗争，为实现民族复兴进行的种种探索，特别是中国共产党领导全国各族人民争取民族独立、人民解放和国家富强、人民幸福的光辉历程。

此词上阕述古，下阕颂今，极有层次。上阕煞拍“唯我炎黄”四字，可以看出作者的自豪心态。下阕煞拍重复强调“空谈误国，实干兴邦”八字，说明作者高度赞扬习总书记的治国方略。接下来就是在习总书记的带领下，作者和全国人民一道身体力行了。

《路石集》作者的第三组是当过教师的杨逸明和还在当教师的星汉。《路石集·杨逸明卷》由作者分成《咏怀篇》《亲情友情篇》《山水旅游篇》《讽喻篇》四类。有关“家国情怀”的诗作，第二类和第四类较多，另外两类，也有不少这方面的内容。

杨逸明有爱女梦依（小名婷婷），《亲情友情篇》中，有多首写到女儿，如《赠女儿婷婷》《送女儿参加高考》《与女儿旅游，戏作》等。《路石集·杨逸明卷》卷首有长文《创意自成思想者，遣词兼任指挥家——诗词创作琐记》，此文为“代自序”。文中多有杨逸明的得意之作，但是没有《女儿出嫁》一诗。诗前有小序：“2014 年 10 月 18 日女儿杨梦依与黄昕在上海举办婚礼。”当是著文之时，尚无此诗。全诗是：

满心欢喜带些愁，嫁女时逢金色秋。廿载归巢常顾盼，一朝展翅不迟留。人生经历公交站，梦境追寻诺亚舟。但愿黄杨连理树，根深叶茂浦江头。

此诗的优长在于感情真实。有自己心情的宣泄，有对父女往事的回忆，有对女儿女婿的祝福，有对小夫妻前程的期盼，可谓五味杂陈。特别是“满心欢喜带些愁”一句，道尽人人心中皆有，人人笔下俱无，天下为父者在女儿出嫁时的复杂心情。杨逸明“心灵手巧”，常常出现一些李清照式的“此语甚新”。如“黄杨连理树”，个中树木名称，嵌合女儿女婿的姓氏，不见雕琢，是为高手。杨逸明用词“甚新”，还表现在使用现实生活中的新词汇，外加用“洋典”，如“公交站”对“诺亚舟”便是。杨逸明的这种做法，曾为主张诗词“原汁原味”者讥之，笔者认为这种与时俱进的做法，将来的文学史上必然大书一笔。

杨逸明的爱国诗篇，由其自选《讽喻篇》可见，有《“新天地”戏咏》一首七律。道是：

登斯楼也夜朦胧，谁识门墙旧影踪？人醉新潮天地里，月窥老式弄堂中。酒吧灯闪星星火，歌手香摇滚滚风。多少腰金衣紫客，不成仁却已成功！

“新天地”在上海市卢湾区，紧邻革命圣地“一大”会址，是一片民居风格的旧式里弄建筑，今为高级时尚休闲之商业场所。夜夜香车宝马，觥筹歌舞，据传此处消费价格昂贵为沪上之最。作者到此徜徉，感受历史的变迁和强烈的今昔反差，不禁感慨万端，愤而作诗。

此诗两处用典，均“反其意而用之”。《岳阳楼记》中范仲淹的“登斯楼也”，抒发的是志士仁人“居庙堂之高则忧其民，处江湖之远则忧其君”的情怀，而此处来的“腰金衣紫”者，却是醉生梦死，纸醉金迷。这样的“成功人士”令旁观者齿冷。此诗末句“不成仁却已成功”，反用《论语》的典故，与抛头颅洒热血的革命先烈“不成功便成仁”形成对比，反差极大，讽喻之笔是何等辛辣！

笔者星汉年届七旬，虽然仍“战斗”在教育战线，但已感力不从心，继续恋栈，恐要误人子弟。能附骥《路石集》已感庆幸，歪诗俚词实在难与以上五位比伦。现也从《星汉卷》中选出两首七律，滥竽于此，略写心得，供诗友们参考。

小女剑歌在美国西雅图读书。2011年星汉随新疆诗词学会诸诗友赴天山以南采风，母女赴美，未能送别，作《剑歌携母赴美，余在南疆未及送之，赋此相寄》：

莫虑明朝饭菜无，街头我有酒朋呼。诗书事业形神苦，谈笑家庭礼数粗。愿借东风翻日月，已离北斗掠江湖。心思从此萦回地，弱女老妻西雅图。

如果“老王卖瓜”，我觉得这首诗写出了知识分子家庭的宽松与和睦（这是写诗，现实生活中也经常和老伴儿拌嘴）。首联和尾联分别写行者和居者彼此的牵挂。这首诗在形式上的“长处”应当有两点，一是中间二联的对仗还差强人意，二是起承转合，章法有序。

星汉生在鲁西平原，长在天山脚下，对新疆的感情深厚。《路石集·星汉卷》中有关新疆的诗词不在少数。且看《新疆伊斯兰教界共同声讨5·22暴恐案件感赋》：

和谐稳定度人生，残害平民环宇惊。推析清规大毛拉，讲求中道老阿訇。天堂岂可收邪魅，真主从来厌暴行。说与丧心狂悖者，古兰经里不容情。

2014年5月22日，在乌鲁木齐市公园北街早市上发生了震惊国内外的严重暴力恐怖事件。6月4日新疆伊斯兰教界七十多位著名毛拉、阿訇召开大会，共同声讨暴恐分子惨无人道的卑劣行径。他们说，那些滥杀无辜生命的暴徒从根本上违背了伊斯兰教的教义教规，完全背离了伊斯兰教所倡导的和平、宽容、友爱的精神，是各族穆斯林必须坚决反对的。伊斯兰教是讲求中道、不走极端的宗教，伊斯兰教杜绝任何宗教极端。那些制造暴力行为的恐怖分子，将得不到真主的喜悦，也进不了天堂。

这首诗，从“诗”的意义上讲，恐落下乘，但是作为在高校的教育工作者，必须有个鲜明的态度。这就是这首诗被自选入《路石集·星汉卷》的初衷。

笔者以为，在和平年代里，如果一位诗人对家庭不负责任，那么他对国家也很难承担什么责任，他或许和旁观者一样，喋喋不休地指责国家的方方面面，这也不行，那也不好。这种人大事儿做不来，小事儿又不做；做个大话秀才，平时说话凿凿可听，每临事唯缩颈吐舌而已。

以上六人的家国情怀，远非一两首诗词所能概括的，此处只为引玉的话头儿，有待诗友们评说了。

（此文曾在第三十届中华诗词研讨会上宣读，亦载《北京诗苑》2016 年第 3 期）

# 第三编　中华诗词六十年正声遗韵

（1957—2016）

## 毛泽东诗词十四首

### 蝶恋花·答李淑一

一九五七年五月十一日

我失骄杨君失柳，杨柳轻飏直上重霄九。问讯吴刚何所有，吴刚捧出桂花酒。

寂寞嫦娥舒广袖，万里长空且为忠魂舞。忽报人间曾伏虎，泪飞顿作倾盆雨。

注：这首词最早发表于一九五八年一月一日湖南师范学院院刊《湖南师范》。

### 七律·送瘟神二首

一九五八年七月一日

读六月三十日《人民日报》，余江县消灭了血吸虫。浮想联翩，夜不能寐。微风拂煦，旭日临窗。遥望南天，欣然命笔。

绿水青山枉自多，华佗无奈小虫何！
千村薜荔人遗矢，万户萧疏鬼唱歌。
坐地日行八万里，巡天遥看一千河。
牛郎欲问瘟神事，一样悲欢逐逝波。

春风杨柳万千条，六亿神州尽舜尧。
红雨随心翻作浪，青山着意化为桥。
天连五岭银锄落，地动三河铁臂摇。
借问瘟君欲何往，纸船明烛照天烧。

注：这两首诗最早发表于一九五八年十月三日《人民日报》。

## 七律·到韶山

一九五九年六月

一九五九年六月二十五日到韶山。离别这个地方已有三十二周年了。

别梦依稀咒逝川，故园三十二年前。
红旗卷起农奴戟，黑手高悬霸主鞭。
为有牺牲多壮志，敢教日月换新天。
喜看稻菽千重浪，遍地英雄下夕烟。

注：这首诗最早发表于人民文学出版社一九六三年版《毛主席诗词》。

## 七律·登庐山

一九五九年七月一日

一山飞峙大江边，跃上葱茏四百旋。
冷眼向洋看世界，热风吹雨洒江天。
云横九派浮黄鹤，浪下三吴起白烟。
陶令不知何处去，桃花源里可耕田？

注：这首诗最早发表于人民文学出版社一九六三年版《毛主席诗词》。

## 七绝·为女兵题照

一九六一年二月

飒爽英姿五尺枪，曙光初照演兵场。
中华儿女多奇志，不爱红装爱武装。

注：这首诗最早发表于人民文学出版社一九六三年版《毛主席诗词》。

## 七律·答友人

一九六一年

九嶷山上白云飞，帝子乘风下翠微。
斑竹一枝千滴泪，红霞万朵百重衣。
洞庭波涌连天雪，长岛人歌动地诗。
我欲因之梦寥廓，芙蓉国里尽朝晖。

注：这首诗最早发表于人民文学出版社一九六三年版《毛主席诗词》。

## 七绝·为李进同志题所摄庐山仙人洞照

一九六一年九月九日

暮色苍茫看劲松，乱云飞渡仍从容。
天生一个仙人洞，无限风光在险峰。

注：这首诗最早发表在人民文学出版社一九六三年版《毛主席诗词》。

## 七律·和郭沫若同志

一九六一年十一月十七日

一从大地起风雷，便有精生白骨堆。
僧是愚氓犹可训，妖为鬼蜮必成灾。
金猴奋起千钧棒，玉宇澄清万里埃。
今日欢呼孙大圣，只缘妖雾又重来。

注：这首诗最早发表于人民文学出版社一九六三年版《毛主席诗词》。

## 卜算子·咏梅

一九六一年十二月

读陆游咏梅词，反其意而用之。

风雨送春归，飞雪迎春到。已是悬崖百丈冰，犹有花枝俏。

俏也不争春，只把春来报。待到山花烂漫时，她在丛中笑。

注：这首词最早发表于人民文学出版社一九六三年版《毛主席诗词》。

## 七律·冬云

一九六二年十二月二十六日

雪压冬云白絮飞，万花纷谢一时稀。
高天滚滚寒流急，大地微微暖气吹。
独有英雄驱虎豹，更无豪杰怕熊罴。
梅花欢喜漫天雪，冻死苍蝇未足奇。

注：这首诗最早发表于人民文学出版社一九六三年版《毛主席诗词》。

## 满江红·和郭沫若同志

一九六三年一月九日

小小寰球，有几个苍蝇碰壁。嗡嗡叫，几声凄厉，几声抽泣。蚂蚁缘槐夸大国，蚍蜉撼树谈何易。正西风落叶下长安，飞鸣镝。

多少事，从来急；天地转，光阴迫。一万年太久，只争朝夕。四海翻腾云水怒，五洲震荡风雷激。要扫除一切害人虫，全无敌。

注：这首词最早发表于人民文学出版社一九六三年版《毛主席诗词》。

## 水调歌头·重上井冈山

一九六五年五月

久有凌云志，重上井冈山。千里来寻故地，旧貌变新颜。到处莺歌燕舞，更有潺潺流水，高路入云端。过了黄洋界，险处不须看。

风雷动，旌旗奋，是人寰。三十八年过去，弹指一挥间。可上九天揽月，可下五洋捉鳖，谈笑凯歌还。世上无难事，只要肯登攀。

注：这首词最早发表于《诗刊》一九七六年一月号。

## 念奴娇·鸟儿问答

一九六五年秋

鲲鹏展翅，九万里，翻动扶摇羊角。背负青天朝下看，都是人间城郭。炮火连天，弹痕遍地，吓倒蓬间雀。怎么得了，哎呀我要飞跃。

借问君去何方，雀儿答道：有仙山琼阁。不见前年秋月朗，订了三家条约。还有吃的，土豆烧熟了，再加牛肉。不须放屁，试看天地翻覆。

注：这首词最早发表于《诗刊》一九七六年一月号。另外，以上十四首均为毛泽东生前发表的创作于一九五七年以后的诗词。

## 朱德诗六首

### 嘉峪关

一九五八年七月十五日

长城万里尽西头，嘉峪关高耸戍楼。
铁道将通葱岭下，弟兄携手建神州。

### 国以民为本

一九六二年二月二十四日

国以民为本，民以食为天。
安居又乐业，保证是丰年。

### 再上井冈山

一九六二年三月四日

再上井冈山，山内别有天。
茨坪开玉宇，五井乐丰年。

### 忠山夜景

一九六三年四月一日

忠山面目蔼然亲，小市高桥接市新。
四十年前曾小住，喜看万物已回春。

### 华山

一九六三年五月二日

华山天下险，凿路上峰巅。
悬崖连绝壁，无高不可攀。

### 春兰

一九六四年二月

东方解冻发新芽，芳蕊迎春见物华。
浅淡梳妆原国色，清芳谁得胜兰花。

## 董必武诗六首

### 登鼎湖山

一九五八年一月四日

已越溪流循曲径，又盘磴道上高峰。
鼎湖自有文章在，巉削茏苁造化工。

### 游武侯祠

一九五八年十月

武侯祠宇在，瞻仰致微忱。
淡泊缘情热，勤劬独意深。
苍鹰神凛凛，翠柏气森森。
时代将人限，徒为梁甫吟。

### 和正人同志庐山辨雾

一九六一年九月十日

莫嫌山雾重，草木赖滋润。
难得江湖绕，更显峰岭峻。
平川拥重峦，突兀东南镇。
自然巧安排，云雾来去迅。
天日益晶莹，好把秋光趁。

### 谒昭君墓

一九六三年十月十五日

昭君自有千秋在，胡汉和亲识见高。
词客各摅胸臆懑，舞文弄墨总徒劳。

### 田园佳趣多

一九六三年十二月

田园佳趣多，自得在躬耕。
具备四时气，善疏万物情。
小中能见大，粗处亦含精。
寄兴高吟际，天机妙且清。

### 游松花湖用朱委员长韵

一九六四年七月九日

出门一笑大江横，冒雨驱车丰满行。
湖上荡舟青入眼，四山松韵颂升平。

## 陈毅诗七首

### 冬夜杂咏

一九六〇年十二月

#### 青松

大雪压青松，青松挺且直。
要知松高洁，待到雪化时。

#### 红梅

隆冬到来时，百花迹已绝。
红梅不屈服，树树立风雪。

#### 含羞草

有草名含羞，人岂能无耻？
鲁连不帝秦，田横刎颈死。

#### 一闲

志士嗟日短，愁人知夜长。
我则异其趣，一闲对百忙。

### 题西山红叶七首选二

一九六六年

西山红叶好，霜重色愈浓。
革命亦如此，斗争见英雄。

书中夹红叶，红叶颜色好。
请君隔年看，真红不枯槁。

### 西行

万里西行急，乘风御太空。
不因鹏翼展，哪得鸟途通。
海酿千钟酒，山栽万仞葱。
风雷驱大地，是处有亲朋。

注：此诗摘录自一九六五年七月二十一日毛泽东《致陈毅》信中。

# 叶剑英诗六首

## 二号楼即景

一九六三年十一月二十七日

翠柏围深院，红枫傍小楼。
书丛藏醉叶，留下一年秋。

## 怀屈原

一九七〇年端阳节

泽畔行吟放屈原，为伊太息有婵娟。
行廉志洁泥无滓，一读骚经一肃然。

## 阳朔纪游

一九七四年八月十八日

一九七四年八月十八日，与韦、赵、安等同志阳朔纪游

乘轮结伴饱观山，指顾行人渡半边。
万点奇峰千幅画，游踪莫住碧莲间。

根据手迹刊印

## 八十书怀

一九七七年五月十四日

八十毋劳论废兴，长征接力有来人。
导师创业垂千古，侪辈跟随愧望尘。
亿万愚公齐破立，五洲权霸共沉沦。
老夫喜作黄昏颂，满目青山夕照明。

## 月牙湾

一九七九年九月八日

内长山岛月牙湾，勤事渔农并石田。
昂价石球生异彩，妇孺岂惜指头艰。

## 回梅县探老家

一九八〇年五月

八十三年一瞬驰，木窗灯盏忆儿痴。
人生百岁半九十，万丈霞光值暮时。

# 陶铸诗二首

## 赠曾志二首

一九六九年

身世浮沉只自扪，谁怜白发慰黄昏。
乾坤永照余肝胆，生死难忘负马恩。
纵使投荒能赎罪，不须酹酒为招魂。
每当梦醒难成哭，羞效王章有泪痕。

重上战场我亦难，感君情厚逼云端。
无情白发催寒暑，蒙垢余生抑苦酸。
病马也知嘶枥晚，枯葵更觉怯霜寒。
如烟往事俱忘却，心底无私天地宽。

注：曾志是陶铸同志夫人，曾任中央组织部副部长。王章（前？—前24年），汉代钜平人，字仲卿。家贫，尝病卧牛衣中与妻对泣，妻劝止。以文学入仕。曾任谏议大夫、京兆尹。后因弹劾权奸被陷入狱而死。

## 郭沫若诗词二首

郭沫若（1892—1978），四川乐山人。中国现代诗词奠基人。曾任全国文联主席、全国人大常委会副委员长。有《郭沫若全集》。

### 看《孙悟空三打白骨精》

人妖颠倒是非淆，对敌慈悲对友刁。
咒念金箍闻万遍，精逃白骨累三遭。
千刀当剐唐僧肉，一拔何亏大圣毛。
教育及时堪赞赏，猪犹智慧胜愚曹。

### 满江红

沧海横流，方显出英雄本色。人六亿，加强团结，坚持原则。天垮下来擎得起，世披靡矣扶之直。听雄鸡一唱遍寰中，东方白。

太阳出，冰山滴；真金在，岂销铄？有雄文四卷，为民立极。桀犬吠尧堪笑止，泥牛入海无消息。迎东风革命展红旗，乾坤赤。

## 茅盾诗一首

茅盾（1896—1981），原名沈雁冰。浙江桐乡人。曾任文化部长、中国作家协会主席等。有《茅盾文集》。

### 赠克家
——读《稼轩集》

一九七三年

浮沉湖海词千首，老去牢骚岂偶然。
漫忆纵横穿敌垒，剧怜容与过江船。
美芹荩谋空传世，京口壮猷仅匝年。
扰扰鱼虾豪杰尽，放翁同甫共婵娟。

## 萧劳诗二首

萧劳（1896—1996），原籍广东梅县，晚年定居北京。曾为中央文史研究馆馆员。

### 春日

一岁韶光里，凝眸姹紫中。
有声听夜雨，着色认春风。
竹畔人俱瘦，花时酒亦红。
忘情今已久，添兴与衰翁。

### 偶成

日夜江流去，岁时逐逝波。
白头良友少，青眼好山多。
有兴人常醉，无愁鸟自歌。
何当拄筇杖，远觅懒云窝。

注：筇杖：竹子手杖。

## 王统照诗一首

王统照（1898—1957），山东诸

城人。现代诗人。主编过《文学》杂志，建国后曾任山东省文化局长。

### 题扇

一九五七年

铁骨冰态古艳姿，冷欺霜雪破胭脂。
莫言枯干闷生意，老树着花无丑枝。

注：闷：闭塞。

## 田汉诗二首

田汉（1898—1968），原名寿昌，湖南长沙人。曾任中国文联副主席、中国戏剧家协会主席。

### 看《武松打店》赠盖叫天先生

一九六一年

百炼千锤艺事工，静如虎踞动游龙。
迎头猛射鱼刀雪，顺脚轻飞鸾带风。
意到岂知还有我，神全都道石如公。
请看七五婆娑叟，依旧江南活武松。

### 厓山怀古

一九六二年

云低岭暗水苍茫，此是厓山古战场。
帆影依稀张鹄鹞，潭声仿佛斗豺狼。
艰难未就中兴业，慷慨犹增百代光。
二十万人齐殉国，银湖今日有余香。

## 翦伯赞诗三首

翦伯赞（1898—1968），湖南桃源人，维吾尔族。曾任中国科学院哲学社会科学部学部委员、北京大学副校长。

### 题昭君墓三首

一九六一年

旗亭历历路茫茫，风雪关山道路长。
莫道娥眉无志气，不将颜色媚君王。

黑河青冢两悠悠，千古诗人泪不收。
不信汉宫花万树，昭君一去便成秋。

汉武雄图载史篇，长城万里遍烽烟。
何如一曲琵琶好，鸣镝无声五十年。

## 老舍诗四首

老舍（1899—1966），原名舒庆春，字舍予，满族。著名剧作家。主要著作有《骆驼祥子》《四世同堂》《茶馆》等。

### 赠山月

一九六三年

岭南岭北画中游，翠柳轻风春色流。
画意诗情三万里，桃花细雨过卢沟。

注：山月，即关山月，著名国画家。

### 赠李可染

牧童牛背柳风斜，短笛吹红几树花。
白石山翁好弟子，擅从诗境画农家。

### 聂耳墓献花二首

墓对茫茫大海波，英雄岂问命如何？
长城新筑君知否？七亿人民唱凯歌。

一束鲜花热泪新，悲歌长忆谱歌人。
精神不死天难夺，千古潮声东海滨。

## 张大千诗一首

张大千（1899—1983），四川省内江人。著名国画家。

### 题荷花图

一九八一年

梅花落尽杏成围，二月春风燕子飞。
半世江山图画里，而今能画不能归。

## 冰心词一首

冰心（1900—2000），原名谢婉莹，福建省福州市人。历任中国文联副主席，中国作协书记处书记。

### 卖花声·为访华日本女作家有吉佐和子书扇

忆我访扶桑，椿树山庄。欢迎会上互飞觞。淡素衣裳灯彩里，玉润珠光。

何事最难忘？热血柔肠。纵谈广岛泪双行。者是论交开始地，有雨镰仓。

## 俞平伯诗一首

俞平伯（1900—1991），浙江德清人。著名红学家。曾任中国社会科学院文学研究所研究员。

### 楝花

一九七〇年

此树婆娑近浅塘，花开飘落似丁香。
绿阴庭院休回首，应许他乡胜故乡。

## 夏承焘诗二首

夏承焘（1900—1986），浙江温州人。著名学者、词学家。著有《夏承焘词集》《天风阁诗集》《唐宋词论丛》等。

### 月轮楼纪事诗十首选一

渐觉楼高得句奇，飞腾意倦小窗知。

新凉难共软红说，映雨江光照写诗。

### 西湖杂诗四十四首选一

水花初放已啼鹃，随意汀凫也傍船。
眼底与谁商句法，一鸥来蹴水纹圆。

## 唐圭璋词一首

唐圭璋（1901—1992），江苏南京人。著名词学家。历任南京大学、东北师范大学、南京师范大学中文系教授。

### 采桑子·远游

飙轮日夜飞千驿，人在天涯。轻负韶华，杨柳青青梦到家。

暮春三月犹萧索，无鸟无花。满目风沙，衰草连天夕照斜。

## 龙榆生词一首

龙榆生（1902—1966），江西万载人。曾任上海音乐学院教授。编有《唐宋名家词选》《近三百年名家词选》，著有《忍寒词》。

### 鹧鸪天·侵晓行外冈田野

一九六一年

惯向芳原踏月行，余辉映彻露珠清。高楼几处明灯火，柔橹一溪划水声。

南斗灿，戏鱼惊，桥头小立最关情。趁墟爱听吴侬语，同沐朝阳鬓转青。

## 苏步青诗一首

苏步青（1902—2003），浙江平阳人。数学家。曾任复旦大学校长。著有《数学论文选集》等。

### 老马三首选一

1972年从“牛棚”调回数学系。因忆及四十一年前初到浙江大学，二十年前调来复旦，感赋三章。

黑尾红鬃岁月侵，神州异域几登临？
四蹄想象霜晨月，双耳悠扬云外音。
伏枥未忘千里志，识途犹抱百年心。
穆王逝矣瑶池远，莫对西风起暮吟。

## 钟敬文诗一首

钟敬文（1903—2002），广东海丰人。曾任中国民间文学协会名誉主席、北京师范大学教授。

### 丙辰清明前过天安门口占

一九七六年

排云功业讵能删？百日都人泪未干。
谁说是非身后杳，眼前突兀万花环。

## 聂绀弩诗四首

聂绀弩（1903—1986），湖北京山县人。曾任人民文学出版社副总编辑。著有《散宜生诗》《三草》诗集等。

### 推磨

百事输人我老牛，惟余转磨稍风流。
春雷隐隐全中国，玉雪霏霏一小楼。
把坏心思磨粉碎，到新天地作环游。
连朝齐步三千里，不在雷池更外头。

注：雷池：水名，即大雷池，今名杨溪河，在安徽望江县南。东晋庾亮《报温峤书》有句曰“足下无过雷池一步也”。后用以比喻不可越出的一定范围。

### 柬周婆

龙江打水虎林樵，龙虎风云一担挑。
邈矣双飞梁上燕，苍然一树雪中蕉。
大风背草穿荒径，细雨推车上小桥。
老始风流君莫笑，好诗端在夕阳锹。

注：周婆：作者对夫人周颖的爱称。柬，信件。柬周婆，即写给周婆的信。龙虎风云：龙指黑龙江，虎指虎林，黑龙江省的一个县名。1958—1960年作者曾在此地“劳改”。

### 挑水

这头高便那头低，片木能平桶面漪。
一担乾坤肩上下，双悬日月臂东西。
汲前古镜人留影，行后征鸿爪印泥。
任重途修坡又陡，鹧鸪偏向井边啼。

注：漪，波纹。此句意将一块木片放在水桶里，能减少水面晃动。征鸿：飞鸿。爪印泥，鸿爪在泥土里留下的印痕。鹧鸪：鸟名。鸣叫时声似人语“行不得哥哥”。

### 锄草

何处有苗无有草，每回锄草总伤苗。
培苗常恨草相混，锄草又怜苗太娇。
未见新苗高一尺，来锄杂草已三遭。
停锄不觉手挥汗，物理难通心自焦。

## 臧克家诗四首

臧克家（1905—2004），山东诸城人。著名诗人。曾任《诗刊》主编。

### 寄陶钝同志

一九七四年

自陶钝兄新从愿坚处移去菊花一丛，小院秋色，更加一分，吟成四句，聊博一粲。

碧野桥东陶令身，长红小白作芳邻。
秋来不用登高去，自有黄花俯就人。

### 抒怀

一九七四年

自沐朝晖意蓊茏，休凭白发便呼翁。
狂来欲碎玻璃镜，还我青春火样红。

### 老黄牛

一九七五年

块块荒田水与泥，深翻细作走东西。
老牛亦解韶光贵，不待扬鞭自奋蹄。

### 灯花

一九七五年

窗外潇潇聆雨声，朦胧榻上睡难成。
诗情不似潮有信，夜半灯花几度红。

## 王季思词二首

王季思（1906—1996），原名王起，浙江永嘉人。曾任广东中山大学教授、中国韵文学会会长。著有《王季思诗词录》《西厢记校注》等。

### 浪淘沙·渤海早安澜

一九六一年七月二十七日秦皇岛夜起望海，时报载长江流域各省普得甘霖。

渤海早安澜，皓月临关。何来白浪打苍岩？应是玉龙行雨罢，卷甲东还。

暗想十年前，雨雪连天，艨艟衔尾向幽燕。残霸西风何处也，潮水无言。

### 念奴娇·赤壁纪游

一九八〇年

邀钱仲联先生同赋，致剑波同志。

百战山河，淘洗出多少中华英物。一炬曹瞒何处也，长想东坡赤壁笛韵悠悠，天风渺渺，吹起漫天雪。浩然赋就，千秋无此词杰。

因念年少清狂，登高怀远，意气因公发。头白新临形胜地，但见烟波明灭。一谪黄州，再投琼海，宁损公毫发？联吟归去，东窗还见眉月。

## 赵朴初诗曲五首

赵朴初（1907—2000），安徽太湖县人。著名佛学大师、诗人、书法家，有《滴水集》《片石集》传世。

### 某公三哭

一哭西尼

（秃厮儿带过哭相思）

我为你勤傍妆台，浓施粉黛，

讨你笑颜开。我为你赔折家财，抛离骨肉，卖掉祖宗牌。可怜我衣裳颠倒把相思害，才盼得一些影儿来，又谁知命蹇事多乖。

真奇怪，明智人，马能赛，狗能赛，为啥总统不能来个和平赛？你的灾压根儿是我的灾。上帝啊！叫我三魂七魄飞天外。真个是如丧考妣，昏迷苫块。我带头为你默哀，我下令向你膜拜。血泪儿染不红你的坟台，黄金儿还不尽我的相思债。我这一片痴情呵！且付与你的后来人，我这儿打叠精神，再把风流卖。

注：西尼：指1963年11月被刺身死的美国总统肯尼迪（1917年生）。命蹇：命运不好。考妣：父母死后成考妣。苫块：草垫子和土坯。古丧礼，父母死后，长子守灵期间，居庐棚，寝苫枕块。

## 二哭东尼

（哭皇天带过乌夜啼）

掐指儿日子才过半年儿，谁料到西尼哭罢哭东尼。上帝啊！你不知俺攀亲化力气，交友不便宜，狠心肠一双拖去阴间里。下本钱万万千，没捞到丝毫利。实指望有一天，有一天你争一口气。谁知道你呀你，灰溜溜跟着那个尼去矣。教我暗地心惊，想到了自己。

“人生有情泪沾臆”，难怪我狐死兔悲，痛彻心脾。而今而后真无计！收拾我的米格飞机，排练你的喇嘛猴戏，还可以做一笔投机生意。你留下的破皮球，我将狠命地打气。伟大的真挚的朋友啊！你且安眠地下，看我鞠躬尽瘁，死而后已。呜呼噫嘻！

注：东尼指1964年逝世的印度总理尼赫鲁（1889年生）。

## 三哭自己

（哭穷途）

孤好比白帝城里的刘先帝，哭老二，哭老三，如今轮到哭自己。上帝啊！俺费了多少心机，才爬上这把交椅。忍叫我一筋斗翻过阴沟里。哎哟啊咦！孤负了成百吨黄金，一锦囊妙计。许多事儿还没来得及：西柏林的交易，十二月的会议，太太的妇联主席、姑爷的农业书记。实指望，卖一批，捞一批，算盘儿错不了千分一。哪料到，光头儿顶不住羊毫笔，土豆儿填不满砂锅底，伙伴儿演出逼宫戏。这真是从哪儿啊说起，从哪儿啊说起！

说起也稀奇，接二连三出问题。回顾知心余几个？谁知同命有三尼？一声霹雳惊天地，蘑菇云升起红戈壁。俺算是休矣啊休矣！泪眼儿望着取下像的宫墙，嘶声儿喊着新当家的老弟，咱们本是同根，何苦相煎太急？分明是招牌换记，硬说我寡人有疾。货色儿卖的还不是旧东西？俺这儿尚存一息，心有灵犀。同志们啊！还望努力加餐，加餐努力。指挥棒儿全靠你、你、你，要到底，没有我的我的主义。

注：某公指1963年10月下台的苏共中央第一书记、苏联部长会议主席尼·谢·赫鲁晓夫（1894—1971）。

### 少林寺四首选一

大勇立雪人，断臂得心安。
天下称第一，是禅不是拳。

注：少林寺前有牌坊，题“天下第一名刹”。

### 书遗嘱后

生固欣然，死亦无憾。
花落花开，水流不断。
魂兮无我，谁欤安息？
明月清风，不劳寻觅。

## 苏仲翔诗一首

苏仲翔，（1908—1995），浙江平阳人。曾任华东师范大学历史系教授。编有《李杜诗选》《元白诗选》等。

### 深圳途中

一九八三年

南国风光近若何，烟笼芳树水微波。
相思红豆情堪寄，如意明珠彩更多。
越岭梅花翻雪海，登盘菜把映叵罗。
蕉林一路随车绿，绝胜山阴道上过。

## 钱仲联诗二首

钱仲联，（1908—2003），江苏常熟人。苏州大学中文系教授。著有《梦苕庵诗稿》《梦苕庵词》《剑南诗稿校注》等。

### 为“振兴丝绸之路国际书画展览”题诗二首

西出阳关西复西，秋风古道马曾嘶。
夕阳红照丝绸路，天向中华以外低。

飙轮电驶了非难，过却千山又万山。
孔道不殊人世换，春风远度玉门关。

## 沈祖棻诗词二首

沈祖棻（1909—1977），女，教授。曾在金陵大学、南京师院、武汉大学任教。著有《唐人七绝诗浅释》《涉江诗》《涉江词》等。

### 千帆沙洋来书，有“四十年文章知己，患难夫妻，未能共度晚年”之叹，感赋

一九七五年

合卺苍黄值乱离，经筵辗转际明时。
廿年分受流人谤，八口曾为巧妇炊。

历尽新婚垂老别，未成白首碧山期。
文章知己虽堪许，患难夫妻自可悲。

注：千帆，即程千帆，诗人的丈夫。合卺：指男女成婚仪式。

### 鹧鸪天

一九七七年春，为人题桃花画册。

灼灼秾芳雨露稠，十分春色占枝头。赚将阮肇迷仙景，却累刘郎谪远州。

梅自避，李难俦，菜花依旧遍田畴。残红乱落无人惜，一晌繁华逐水流。

注：阮肇：《绍兴府志》所载曾于天台山遇仙女故事中的人物。刘郎：指唐代著名诗人刘禹锡，他曾因为诗中写到“桃花”被诬为讽刺权贵，而贬往连州（属广东省）。

## 蔡若虹词一首

蔡若虹（1910—2002），江西九江人。画家、美术理论家。曾任中国美术家协会副主席。

### 水调歌头·天南一柱

一九六一年

海上乌云合，长空响乱弦。又是寒流偷袭，风卷浪涛喧。莫怨沧溟倏变，自有暖春丽日，相与共周旋。阴晴分久暂，揭晓在时间。

盘陀石，水中出，硕而坚。不管朝朝暮暮，月月与年年。任你风狂浪恶，看你潮升潮落，其奈我依然。女娲千古志，一柱立南天！

## 公木诗二首

公木（1910—1999），本名张松如，河北束鹿人。曾任吉林大学副校长，中国作家协会吉林分会主席。著有《公木诗选》《老子校读》，并有《八路军军歌》《中国人民解放军军歌》传世。

### 无题二首

一九六九年

胸中焰火吐氤氲，浊地清天变古今。
可上九霄摇月桂，便游四海捋蛟鳞。
报春不伴游人赏，噫气常随知己嗔。
第二自然凭手造，大千世界镂诗心。

其长其短杳无音，我欲将头撞帝阍。
为问苍天可有眼，复呼大地岂无心。
假真真假凭罗织，非是是非靠引申。
弹雨枪林穿过了，归来阶下作囚人。

注：第二自然：作家、艺术家在生活（第一自然）的基础上，创作出的文学艺术作品中的自然。帝阍：传说中天帝的守门官。

## 邓拓诗三首

邓拓（1912—1966），福建闽侯

人。曾任《晋察冀日报》社长兼总编辑、《人民日报》社长兼总编辑、中共华北局书记处候补书记等。有《邓拓诗词选》等。

### 访板桥故居

一九六一年

歌吹扬州惹怪名，兰香竹影伴书声。
一枝画笔春秋笔，十首道情天地情。
脱却乌纱真面目，泼干水墨是平生。
板桥不在虹桥在，无数青山分外明。

### 塞外弦歌二首

一九六四年

大青山下听笛声，碎玉裂冰远客惊。
恍觉飞身过大漠，风沙卷起忽闻莺。

曼声如诉韵悠悠，送我草原梦里游。
唱到绕梁三匝处，白云敛影水西流。

## 启功诗词四首

启功（1912—2005），字元白，北京人。北京师范大学教授，曾任中国书法家协会主席。著有《启功丛稿》《古代字体论稿》《诗文声律论稿》《启功韵语》等。

### 渔家傲·就医

痼疾多年除不掉，灵丹妙药全无效。自恨老来成病号，不是泡，谁拿性命开玩笑。

牵引颈椎新上吊，又加硬领脖间套。是否病魔还会闹？天知道，今天且唱渔家傲。

### 西江月·就医

七节颈椎生刺，六斤铁饼拴牢。长绳牵系两三条。头上几根活套。

虽不轻松愉快，略同锻炼晨操。《洗冤录》里每篇瞧。不见这般上吊。

### 剑南春酒征题

美酒中山逐旧尘，何如今酿剑南春。
海棠十万红生颊，都是西川醉后人。

### 仿郑板桥兰竹自题

当年乳臭志弥骄，眼角何曾挂板桥。
头白心降初解画，兰飘竹撇写离骚。

## 胡乔木诗词二首

胡乔木（1912—1992），江苏盐城人。长期从事新闻宣传领导工作。有《中国共产党三十年》《关于社会主义和异化问题》等专著。

## "七一"抒情

一九六五年

历经春夏共秋冬，四季风光任不同。
勤逐炎凉看黄鸟，独欺冰雪挺苍松。
寒虫向壁寻残梦，勇士乘风薄太空。
天外莫愁迷道路，早驱彩笔作长虹。

## 沁园春·杭州感事

穆穆秋山，娓娓秋湖，荡荡秋江。正一年好景，莲舟采月；四方佳气，桂园飘香。雪裹棉铃，金翻稻浪，秋意偏于陇亩长。最堪喜，有射潮人健，不怕澜狂。

天堂，一响喧扬，笑今古云泥怎比量！算繁华千载，长埋碧血；工农此际，初露锋芒。土偶欺山，妖骸祸水，西子羞污半面妆。谁共我，舞倚天长剑，扫此荒唐。

注：射潮人：《北梦琐言》说，钱塘江涨潮时，水浪打到罗刹石。吴越王钱镠遣硬弓手射潮头，潮水落去。云泥：表示相差极远，有判若天渊的意思。碧血：《庄子·外物》篇，相传周大夫苌弘忠而被杀，"藏其血，三年而化为碧"。土偶欺山，妖骸祸水：土偶指迷信的泥塑像，妖骸指坟墓里埋葬着妖魔鬼怪式的人物。

# 何其芳诗一首

何其芳（1912—1977），四川万县人。曾任新华日报社副社长、中国社会科学院文学研究所所长等。有《何其芳诗稿》《画梦录》等。

## 锦瑟

一九七七年

锦瑟尘封三十年，几回追忆总凄然。
苍梧山上云依树，青草湖边月坠烟。
玉宇沉寥无鹤舞，霜天寒冷有鱼眠。
何当妙手鼓清曲，快雨飚风如怒泉。

# 林默涵诗一首

林默涵（1913—2008），曾任中央宣传部副部长、文化部副部长、全国文学艺术界联合会副主席。有《劫后文集》出版。

## 答友人

一九七五年，我被囚禁九年后，又被流放到赣江之滨达两年半。其间得友人赠诗，感而奉和。

百洞征衣满路尘，敢因风雨惜微身？
铁窗动荡悲歌气，客梦迷离故国魂。
谁道高丘无静女，分明白屋有芳邻。
横腰长铗今犹在，留得寒光烛乱云。

注：高丘：即山丘。宋玉《高唐赋序》中曾写到与楚王梦中相会的神女自称"妾在巫山之阳，高丘之岨"。静女：指娴雅文静的女子。白屋：古代平民住屋不施采饰，故称白屋。

## 孔凡章诗一首

孔凡章（1914—1999），四川成都人。中央文史研究馆馆员。有《回舟集》传世。

### 秋兴

风回梧叶掠窗纱，隙处红楼驻晚霞。
未是稿成频易草，倦游人老尚探花。
日边秋色怀今雨，云里春城想故家。
独对夕阳心有悟，黄昏犹是好年华。

注：今雨：宋代范成大诗“人情旧雨非今雨”句中，雨，指朋友。今雨，指新朋友。

## 周一萍词一首

周一萍（1915—1990），江苏无锡人。曾任中国人民解放军国防科工委副政委、中华诗词学会副会长。

### 望海潮·冬日鼓浪屿

海天寥廓，峰峦突起，恍如出水瑶琼。银鹭掠飞，波涛拍岸，梦回鼓浪声声。云树入帘青。正繁花红绽，绰约微馨。谁信寒冬，披襟一快叹风轻。

龙头故垒峥嵘，想日光岩上，筑寨操兵。抚剑远征，投鞭飞渡，水师十万纵横。极目望沧溟，那金门一点，时刻心萦。何日归来，凭高酹酒庆清平。

注：日光岩：鼓浪屿岛上的一个景点。郑成功曾经在这里操练水兵，后来十万水师渡海，收复了台湾。金门：厦门外海上的一个孤岛，仍由国民党军队占领着。

## 荒芜诗二首

荒芜（1916—1995），本名李乃仁，安徽凤台人。先后在国际新闻局、外文出版社，外文局，中国社会科学院文学研究所、外文研究所做研究工作。著有《纸壁斋集》《纸壁斋说诗》《纸壁斋续集》《麻花堂集》等。

### 迎台湾两记者二首

一九八七年

三十八年不自由，一衣带水是鸿沟。
而今海峡能飞渡，黄了青春白了头。

四海归心欲阻难，从来联合胜偏安。
遥知今夕团圞月，多少离人两地看。

## 周汝昌诗二首

周汝昌（1918—2012），天津人。中国艺术研究院研究员兼顾问。著有《红楼梦新证》　《诗词赏会》等。

## 何处

何处祠堂柏翠森，鹂音草色最难吟。
当时讵敢悲深语，此日宁偿愤极心！
独有灵灰铺赤县，能无骏骨铸黄金？
批周便是亡中国，一诵遗言泪满襟。

注：讵，岂。灵灰铺赤县：周恩来总理遗嘱“把我的骨灰撒在祖国的江河里和土地上”。骏骨铸黄金：古代战国时期燕昭王以千金购千里马，三年不得；派人以五百金购死马头骨，不到一年，“千里之马至者三”。批周：“文革”后期，“四人帮”大搞所谓“批林批孔”，实际是要“批周公(周恩来)”。

## 长句为雪芹作

千年一见魏王才，落拓人间未可哀。
天厚虞卿兼痛幸，地钟灵石半庄诙。
朱灯梦笔沉残稿，翠崦寻痕涨锦苔。
曾是青蝇涂白璧，为君湔浣任渠猜。

注：魏王：三国时的曹操，被封为魏王，善诗文，有才华。落拓：穷困失意。虞卿：典出《史记·虞卿列传》。战国时虞卿初见赵王，即受赐白璧一双，后为赵相。青蝇：典出《诗经·青蝇》，讽刺佞人“污白使黑，污黑使白”。唐陈子昂诗：“青蝇一相点，白璧遂成冤。”湔浣：湔洗，去污。渠：他。

# 胡绳诗二首

胡绳（1918—2000），江苏苏州人。曾任中国社会科学院院长，第七、八届全国政协副主席。著有《辩证法唯物论入门》《理性与自由》《胡绳诗存》《胡绳全书》等。

## 西昌看发射卫星

一九九八年

月城今夜偏无月，邛海清波照火红。
莫怪群峰皆错愕，一星飞越斗牛东。

注：月城，“西昌有月城”之美称，当年发射卫星时正值朔日（月初），无月。

## 遵义

父老颜开说太平，深情犹念昔年兵。
云间遥指长征路，万水千山始此城。

注：昔年兵：指中央红军。

# 程光锐词二首

程光锐（1918—2013），江苏睢宁人。历任《人民日报》驻莫斯科高级记者，《报告文学》杂志副主编等。著有诗集《不朽的琴弦》等。

## 金缕曲·青岛海滨

一九七三年

且尽啤花酒。又相逢，嘉陵故识，死生之友。岁月别来多变幻，瞬息白云苍狗。更几阵，风狂雨骤。往事滔滔谈不尽，喜青山踏遍人依旧。心似火，映衫透。

蓬莱景色人寰有。海天间，红楼绿树，碧波青岫。回望滩头潮打处，浪绕丹崖狂吼。崖上有青松昂首。松若有情松亦慰，弄潮儿代代潮头走。看燕燕，后生秀。

注：燕燕：友人幼女。

### 金缕曲·访镜泊湖

一九七五年

石破惊天地。想洪荒，赤龙舞罢，青龙飞至。化作长湖千层浪，百里群峰添翠。装点得，人间妩媚。更系丹江如彩带，任江流宛转奔天际。娇似画，惹人醉。

当年烽火冲天起。有健儿，挥戈跃马，山林水涘。风雪凄其飞瀑冷，战马长嘶不已。拼热血，染红山水。岸野今朝花烂漫，看霞红云绿青波里。露营曲，犹萦耳。

注：赤龙：形容火山。青龙：形容牡丹江。水涘：水边。

## 吴丈蜀诗一首

吴丈蜀（1919—2006），四川泸州人。曾任湖北省文史研究馆馆长，中华诗词学会副会长等。著有《读诗常识》《词学概说》等。

### 访交河

一九八七年

车行戈壁访交河，古驿登临感慨多。
塞外依然环碧水，城中惟只剩荒坡。
解鞍曾秣张班马，就烛知吟参适歌。
候望高台陈迹在，不闻刁斗息干戈。

注：交河：西汉古城，在今新疆吐鲁番市西北。《汉书·西域传》："车师前国，王治交河城。河水分流绕城下，故号交河。"张班：西汉张骞、班超。参适：唐代岑参、高适。刁斗：古时军中用具。白天用以烧饭，夜则敲以巡更。一解作小铃。

## 孙轶青诗二首

孙轶青（1922—2009），山东乐陵人。历任《中国青年报》社长兼总编辑、《北京日报》党委书记兼总编辑、《人民日报》副总编辑、国家文物局长、全国政协副秘书长、中华诗词学会会长等。

### 读《陈毅诗稿》

运筹马上且吟诗，儒将风仪壮丽词。
梅岭三章忠义至，阎罗从此怕旌旗。

### 西柏坡感怀

运筹三战此山村，决胜摧枯国运新。
糖弹警钟鸣不已，为民终始驻青春。

## 袁第锐诗二首

袁第锐（1923—2010），四川永川人。曾任甘肃省政协委员，兰州诗词学会副会长。著有《恬园诗话》《历代人物一百咏》等。

### 香港回归感赋二首

罂粟东来祸万千，虎门池畔怒销烟。
兵连沿海凌中国，约缔南京暗九天。
媚敌谪贤同饮恨，残民割地倒行权。
元戎片语开新纪，不假干戈庆凯旋。

年年岁岁盼回归，望断朝晖与夕晖。
自古强权无永驻，须知公理最难违。
豪梁着意诌新史，上国终当复旧畿。
蚕食鲸吞成往迹，海疆重布汉家旗。

## 王澍诗一首

王澍（1926—2014），山西阳城人。中央编译局副译审。著有《王屋山房吟稿》等。

### 盘锦印象

南大荒曾是旧闻，新兴城镇沐朝暾。
机抽石髓飞黄鹤，塑罩秧针绣绿云。
栉比琼楼真海市，星罗瓦舍富渔村。
人文蔚起吟旌树，盛世昌诗振国魂。

注：盘锦：辽宁省盘锦市，在辽宁南部，大凌河下游，盛产石油和稻米。南大荒：过去大凌河常泛滥成灾，土地荒芜，黑龙江有北大荒，故此称南大荒。暾：初升的太阳。黄鹤：抽油机身涂黄漆，抽油时宛如黄鹤飞动。

## 张结词一首

张结（1928—2012），曾任新华社副总编辑、《中华诗词》主编。

### 蝶恋花·雅典城郊海神庙

雅典城郊临海路。汹涌爱琴，今古情谁诉。不见归帆天际举，近空银燕频来去。

岂是繁华能久驻？圣殿神堂，剩断垣残柱。难觅拜伦题字处，连山叆叇生云雾。

注：海神庙：海神是古希腊神话中的护海神波塞冬神，公元前5世纪建庙，现已断垣残柱。爱琴：爱琴海，在地中海东北边，是希腊和土耳其之间的海。拜伦（1788—1824）：英国诗人。逝前（1823年7月）来到希腊，参加反抗土耳其的解放斗争，并成为希腊独立斗争的领袖之一，1824年病故在希腊。拜伦在海神庙残柱上刻有名字。叆叇：云盛貌。

## 李汝伦诗一首

李汝伦（1930—2010），吉林扶余人。曾任《作品》月刊副主编、

《当代诗词》主编、广东诗词学会副会长。著有《杜诗论稿》《种瓜得豆集》，诗词集《性灵草》《紫玉箫集》等。

### 秋日登高

炎威退减忆红羊，独上高台对莽苍。
远韵谁家风送笛，好歌何事句留创？
念年左氏春秋传，一代才人血泪场。
焉得二三同调手，铜琶铁板引清商。

注：红羊：古人迷信，以丙午、丁未是国家发生灾祸的年份，谓之红羊劫。

## 张锲诗一首

张锲（1933—2014），安徽寿县人。中国作家协会书记处书记，全国政协委员。

### 夜过渤海湾

百尺惊涛夜海行，凭栏危立到深更。
风因血热寒犹暖，浪为胸宽险觉平。
几度沉浮存赤胆，半生坎坷砺丹诚。
莫愁前路多迷雾，耿耿银河有火星。

## 秦中吟诗一首

秦中吟（1936—2014），原名秦克温，宁夏平罗人。曾任宁夏诗词学会会长、《夏风》主编。

### 北京知青返宁夏访问有感

春风医好旧时伤，喜随征鸿返朔方。
秋实丰盈无苦味，新房栉比有余粮。
温馨仍是炉中火，欢乐依然圈里羊。
最是干妈知子意，满将盖碗泡茶糖。

## 张文廉竹枝词二首

张文廉（1949—2003），江苏铜山县人。曾任铜山县文化与体育局书记兼副局长、《中华诗词》编辑部主任。出版有《乡风集》《柳笛集》等。

### 山村竹枝词二首

山径崎岖日易斜，刺槐花发压篱笆。
故园莫道春回早，杏雨无声落万家。

炊烟如篆绘晴空，鸡犬和鸣深巷中。
何处山歌响流水，村姑斜插一枝红。

# 第四编 中华诗词近十年创作成果

（2006—2016）

## 首届华夏诗词奖获奖作品和评委作品选

### 水龙吟・秋日感怀

叶嘉莹

满林霜叶红时，殊乡又值秋光晚。征鸿过尽，暮烟沉处，凭高怀远。半世天涯，死生离别，蓬飘梗断。念燕都台峤，悲欢旧梦，韶华逝，如驰电。

一水盈盈清浅，向人间做成银汉。阋墙兄弟，难缝尺布，古今同叹。血裔千年，亲朋两地，忍教分散。待恩仇泯没，同心共举，把长桥建。

注：叶嘉莹（加拿大），女，1924 年生于北京。加拿大不列颠哥伦比亚大学终身教授，加拿大皇家学院院士，中华诗词学会顾问。

### 高阳台

阚家蓂

夕照沉山，余晖漾晚，疏林点点昏鸦。独坐中庭，乡思缥缈天涯。恹恹一枕平梁梦，恨梦中雾绕云遮。迨开帘、只见流萤，只有飞花。

当年负笈湄江畔，正春风桃李，灿烂韶华。气贯长虹，乾坤容我为家。岂知薄暮狂飙起，燕空巢，画栋欹斜。纵归还，人老情荒，谁话桑麻。

注：阚家蓂（美国），女，1921 年生于安徽合肥。曾任美国麻省理工学院、台湾文化大学教授。

## 无题

王巨农

邑中黄姓女，名鹃，幼随兄读，慧而能诗。年十九与夫别，饱经风霜。四十年后，其夫忽自台湾归，悯鹃封发未嫁，欲定居家乡，与之偕老。女泣劝曰：“昔陆务观与唐婉分离，罪在吃人礼教；你我长期不得相聚，其咎为谁？君在台既已成家，我岂忍因一己之私，让世间又多一伤心人耶……”夫感其言，遂相抱痛哭而别。余为其基督精神所震撼，乃纪其事，以彰其德。不知台海当政者闻之，亦恻然有同感乎！是为序。

柳色年年绿涨深，东君一去邈难寻。
红颜早付潺潺雨，白首犹存耿耿心。
老去镜圆今夕梦，归来人剩旧时音。
行舟欲系千斤石，又怕寒生隔岸衾。

注：王巨农，1928年生，湖南浏阳人。湖南诗词协会顾问、浏阳淮川诗社副社长兼《淮川诗词》主编。

## 甲申三百六十周年有感

吴定中

记得当年祭甲申，进京赶考语犹新。
几从读史知殷鉴，岂只忧天作杞人？
道是恤民兴大业，恨多敛物入迷津。
今朝八卦炉中走，谁个金刚不坏身！

注：吴定中，1929年生，浙江海盐人。曾在大学任教。

## 望贺兰山

星汉

伴我云山塞外行，奔驰不肯暂时停。
雕冲落日翅翻紫，马出丛林背载青。
蔓草王陵虚霸气，晚风古戍起英灵。
情怀未了沉吟久，又见西天三两星。

注：星汉，姓王，1947年生，山东东阿人。新疆师范大学人文学院教授。系中华诗词学会副会长、新疆诗词学会常务副会长。

## 春感

林锴

春温欲到肤，皇历老当除。
救世无真主，量财有贩夫。
儒冠宜自溺，阆苑许谁租？
十里官塘丽，能容一钓乎？

注：林锴，1924年生，福建福州人。中央文史研究馆馆员，人民美术出版社一级画师。

## 贺新郎·天半放歌

魏新河

四望真天矣。扑双眸、九重之上，混茫云气。天盖左旋如转毂，十万明星如粒。哪辨得、何星为地。河汉向西流万古，算人生一霎等蝼蚁。空费我，百年泪。

当年盘古浑多事。一挥间、太初万象，至今如此。试问青天真可老，再问地真能已。三问我、安无悲喜。四问蒸黎安富足，五问人寿数安无止。持此惑，达天耳。

注：魏新河，1961年生，河北河间人。空军特级飞行员，飞行教官，上校军衔。

## 游长白天池寄内

熊东遨

借得长风力，南来快此游。
白飞星入鬓，黄见叶迎秋。
一镜涵天象，三江挟雪流。
银河应不远，何日泛双舟。

注：熊东遨，1949年生，湖南宁乡人。湖南诗词协会副会长。

## 赠画家韩美林同志

张锲

画家韩美林同志从狱中获释，与余相会于北京，书此以赠。

作客京华道，相逢胜故人。
征尘惊坎坷，笔底见精神。
弱竹经霜挺，纯金百炼真。
莫言漂泊苦，处处有知音。

注：张锲，1933年生，安徽人。全国政协委员。中国文联、中国作协名誉副主席，中华文学基金会副会长，中国报告文学学会会长，中华诗词学会名誉会长。

## 新春咏怀

吴寿松

金迷纸醉属名流，彻夜笙歌百尺楼。
腹饱已忘瓜菜代，财粗谁解稻粱忧？
有钱痛饮人头马，无意甘当孺子牛。
紫气东来沉百感，千官自在写春秋。

注：吴寿松，1930年生，福建福州人。

## 黄河

刘人寿

横贯东西万里河，千秋功罪究如何？
炎黄苗裔斯为始，古老文明孰比多。
洪患当年闻野哭，宏图此日起讴歌。
昆仑山上连天雪，化作清流汇海波。

注：刘人寿，1927年生，湖南湘潭人。中华诗词学会顾问、湖南诗词协会常务副会长、《湖南诗词》主编。

## 北疆哨兵

刘庆霖

口号传呼换哨回，虚惊寒鸟绕林飞。
秋山才褪军衣色，白雪先沾战士眉。

注：刘庆霖，1959年生于黑龙江省密山市。曾任吉林省龙潭区人武部政委，《长白山诗词》副主编。

## 金缕曲·游泰山阻风绝顶

程光锐

岱岳凌天立。有飞车、高崖悬索，添人双翼。须臾腾空三千丈，绝顶风光无极。腰竞折、秦碑汉石。齐鲁青青青未了，眺晚城灯灿鲛娥泣。难挨夜，梦朝日。

晓来突兀罡风急。乱云翻，飞车已歇，危阶千级。踏破青山人已老，况对风横绝壁！应笑我、欲归无策。路险相携从容迈，听松涛壮我山行色。风狂吼，人奕奕。

注：程光锐，1918年生于江苏睢宁县，曾任《人民日报》高级记者、《报告文学》副总编辑。

## 静海寺钟

周南

百岁伤心地，萧条野寺中。
风云人事改，肝胆古今同。
涤雪当年耻，长鸣此日钟。
遥闻狮子吼，回响万山空。

注：周南，1927年生，祖籍山东曲阜，生于吉林长春。曾任北京外交学院院长、外交部副部长。

## 凤凰台上忆吹箫·白发吟

李维嘉

白发临风，青衫浥露，晚来忧愤难平。问一池波绉，底事干卿？忍赋铜驼荆棘，多少话、欲说谁听！新来病，销愁淡酒，遣闷骚经。

铮铮！几根瘦骨，撑一副皮囊，犹自峥嵘。念井冈人去，高树凋零。惟有龙华血裔，应不负、金石前盟。孤吟罢，沉沉夜空，几点寒星。

注：李维嘉，1918年生于重庆。曾任四川省政协副主席、四川省诗词学会会长。

## 满江红·壬申初度将有西藏之行

邵燕祥

尘土京华，依然是、悲歌唱彻。漫相问、阴晴五月，榴光蒲色。水曲行淹屈子宅，云深待化华亭鹤。六十年驿路乱山中，长颠簸。

千万人，吾往矣；匹夫志，不可夺。望神州、忍自草间偷活。此日不求天有眼，当时永忆杀无赦。且登临、大野正苍茫，愁寥廓。

注：邵燕祥，1933年生，浙江人。曾任《诗刊》副主编。

## 草窗杂兴二首

叶元章

瓦缶于今值万钱，黄钟度日又如年。
红羊劫后余灰在，话到苍生一惘然。

小立街头风露滋，中宵渐觉冷难支。
朱门酣舞狂歌日，仍是千金一掷时。

注：叶元章，1923 年生于上海，原籍浙江镇海。教授。浙江省诗词与楹联学会副会长。

## 鹧鸪天·甲申有感

戴盟

六十年前一剧香，甲申三百忆沧桑。悲歌一曲红娘子，遗恨千秋李闯王。

谈往事，论兴亡，先忧后乐岂能忘。舟行舟覆同由水，执政为民始可长。

注：戴盟，1924 年生，江苏盐城人。曾任浙江大学党委第一副书记、浙江省委统战部副部长、浙江省诗词学会会长。六十年前，苏中解放区曾创作话剧《甲申记》，广为演出。剧中有红娘子一角，演唱花鼓调《迎闯王》，感人至深。

## 次韵奉和友人

周退密

人海藏身异复同，敢云于世马牛风。
少年意气鸡鸣后，垂老情怀凤叹中。
万朵莲花归净土，一楼春雨坐诗翁。
诸君莫怪玫瑰刺，文字由来属至公。

注：周退密，1914 年生于浙江鄞县。曾为上海外国语学院教授、上海文史研究馆馆员、上海诗词学会顾问。

## 沁园春·登滕王阁

段晓华

高阁盘龙，紫鬣凌虚，振甲欲翔。被前流赭石，遏凝云气；遥山黛影，横破天光。别浦珠沉，回波鳞老，平楚苍苍去未央。乾坤小，纵海尘扬尽，不吊红桑。

凭窗谁引清吭？又天际鸥樯低复昂。有旧家蝴蝶，寻香根叶；人间丝竹，换谱伊凉。万斛诗才，一般心事，休为相逢说慨慷。临风立，仗胸中冰炭，痛酹春江。

注：段晓华，女，1954 年生，江西萍乡人。南昌大学人文学院教授，古文献研究所所长，江西省高校古籍整理领导小组副组长。

## 新潮曲·浏阳

黄琳

莫笑湘人喜自夸，淮川美誉播天涯。能将夜幕添颜色，可在江心种菊花。

持卡族，计程车，繁华未敢让长沙。新城日有新潮样，小别归来不识家。

注：黄琳，1939 年生，长沙人。曾任《长沙晚报》副刊部主编、中共湖南省委《学习导报》副总编辑、湖南省诗词协会常务副会长。

## 牧马姑娘

赵宝海

红巾一骑逐风奔，猛甩长绳向马群。
汗血子孙终俯首，河边立朵火烧云。

注：赵宝海，1961 年生，绥化人。黑龙江省农垦总局史志办副编审、黑龙江省诗词协会副秘书长。

## 鹧鸪天·打工老者

王守仁

小女辍学卖豆芽，打工老父走天涯。日背砖块汗如雨，夜宿工棚霜似花。

停饮酒，不喝茶。分分积攒寄娇娃。偶闲也作登楼望，万户千灯不是家。

注：王守仁，蒙古族，1949 年生于内蒙古乌兰浩特市。曾任《长白山诗词》编辑。

## 卢沟落日

董澍

晚来阵雨挟雷动，瑟瑟残阳落水中。
五百醒狮桥上立，凭栏齐唱满江红。

注：董澍，1966 年生于北京。中国协和医科大学副研究员，北京诗词学会副会长。

## 诗友同游浏阳湖

赖明汉

鱼弄湖波绕小舟，峰峦出浴雨初收。
敲舷共举催诗酒，灌醉丹枫一片秋。

注：赖明汉，1963 年生，湖南浏阳人。湖南浏阳市政府办公室副主任、信访局局长。

## 春日访花明

谢胜文

作于 1980 年 4 月，时中央刚为刘少奇平反。

减却冬衣体倍轻，欢歌笑语赴花明。
苍山夜雨肥新绿，碧水春潮卷落英。
斑竹痕深啼杜宇，甘棠叶茂唱流莺。
东风吹散千重雾，万里川原一望平。

注：谢胜文，1963 年生，湖南宁乡人。原中共宁乡县委政策研究室主任。

## 临江仙·长发为君留

奚晓琳

前日欲剪短发，与夫说起，未得许，感而有记。

欲短青丝君却语：喜她纤似柔肠。无声牵系梦尤香。根根知我意，寸寸用心量。

从此不言轻动剪，今生休换头妆。一根一寸为君长。朝来霞绾髻，夜晚束星光。

注：奚晓琳，女，满族，1962年生于吉林省蛟河市。就职于吉林市丰满区国家税务局。

## 桄榔庵

宣奉华

梦绕儋山访谪栖，桄榔茅舍尚存基。
风蓑裹褐难遮雨，荜芥充肠且带泥。
瀚海惊波云漠漠，寥天残月夜迟迟。
满头霜雪东坡老，犹忆牵黄射猎时。

注：宣奉华，女，1942年生，安徽省肥东县人。曾任北京中国新闻学院副院长、党委副书记，中华诗词学会副会长。

## 观海

郑邦利

潮声如鼓足怡情，世浪吞云万象生。
沧海横流知涨落，冰轮高挂识亏盈。
多经风雨鸥无畏，久历波澜石不惊。
一棹悠悠天外去，何须怅惘叹前程。

注：郑邦利，海南临高人。高级政工师，海南省诗词学会会长。

## 题严子陵钓台

陶文鹏

富春澄碧映奇峰，峰顶双台说史踪。
皋羽悲歌天柱折，子陵笑拒汉皇封。
山存浩气山雄壮，树汲甘泉树郁葱。
传语世间垂钓者，请来此地沐清风。

注：陶文鹏，1941年生，广西南宁人。中国社科院文学所研究员，《文学遗产》杂志主编。

## 故园行

陶杰

半园梨枣半园瓜，碧树成荫长者家。
浅沼蛙鸣梅雨腻，小楼燕舞柳风斜。
三农上策苏民困，九域中兴颂物华。
十里山乡添喜事，西欧留学有村娃。

注：陶杰，1928年生，湖南宁乡人。大学教师。《湖南诗词》副主编。

## 沁园春·登岳阳楼

赵连珠

满目萧然，登斯楼也，山雨欲来。正巴陵秋晚，江皋木落；洞庭空阔，雁阵声哀。山岳潜形，日星隐耀，吴楚东南一鉴开。凭栏处，有冷鸥闲鹭，共我伤怀。

千寻块垒难排，数今古风流梦几回？想纯阳得道，倚楼吹笛；范公作记，引墨衔杯。迁客骚人，于今安在？多少文章济世才？兴亡叹，只临风一慨，泪已成堆。

注：赵连珠，1947年生，天津人。高级经济师。天津大河诗社社长。

## 一剪梅·游常德花岩溪龙凤湖

邓声赋

有兴邀朋龙凤游，涧水常流，瀑布长流。天光倒影镜中浮。山色青幽，水色清悠。

墨客骚人兴致稠。漫弄笙篌，慢引歌喉。惊飞白鹭绕兰舟。舞也难休，歌也难休。

注：邓声赋，1943年生，湖南常德人。副研究员。曾任中共鼎城区委宣传部常务副部长。

## 塞上行

碧玉箫

九月轻霜点薜萝，青天白雁渡黄河。
三关落照秋原阔，万里边防猛士多。
羌笛翻吹南国曲，金刀啸解《大风歌》。
朔方军事何需问，院校书生夜枕戈。

注：碧玉箫，本名李玉清，1943年生于湖南湘乡。上校军衔。曾任湘乡市政协主席、湘潭白石诗词社副社长。

## 鹧鸪天·暮冬咏雪

黄苗子

细细敲窗剧有声，雀儿催暖闹营营。从来变脸惟天易，一霎浓阴一霎晴。

黄狗白，走车停，南人不识指为冰。何当议论云遮月，且莫忧愁雪打灯。

注：黄苗子，1913年生，广东中山人。漫画家，书法家。曾为全国政协委员。

## 华西八景（选三）

丁芒

### 大田纵目

接天三麦绿无涯，参错镶金是菜花。
九百块田成大统，一千双手造云霞。
风调雨顺收成好，暑往寒来景色哗。
楼顶登临堪纵目，华西一揽在君家。

### 华西长廊

疑是龙飞万寿山，长虹落地忽流丹。
无边青瓦敷鳞脊，极目红椽绘藻关。
壮志成图驱夏雨，暖心人爱锁春寒。
长廊非复帝王有，步步莲花上笑颜。

### 农民公园

公园今始为农民，风更飘萧月更明。
雕塑邀来三国梦，清波围拥五方亭。
牛郎闻笛登桥去，人影迎花入镜新。
最是废窑重利用，腹中雅座献香茗。

注：丁芒，1925年生，江苏南通人。中国散文诗学会副主席、中华诗词学会顾问。

## 雨中登庐山有感

郭万擀

庐山秀色笼烟云，或岭或峰何处分？
唯有苍苍松柏劲，教人长忆大将军。

注：郭万擀，1945年生，重庆永川人。永川诗词学会秘书长。

## 近视顿悟

郭庆华

读书读破识亏盈，世相皆随视野更。
美丑原来无定义，是非从此不分明。
鬓边积雪方知道，雾里看花别有情。
莫谓浮云遮望眼，浮云已自眼中生。

注：郭庆华，1964 年生，河北省诗词协会副会长。

## 草原纵骥

马文斐

纵骥驰原野，天风动鼓鼙。
眼飞云上下，心逐浪高低。
夕照峰前牧，江横雨后犁。
蹄声归院落，犹自带香泥。

注：马文斐，女，1951 年生，河北定州人。河北省诗词协会秘书长。

## 自遣

沈鹏

日夕营营任烂柯，吾生不耐暗消磨。
东西南北风中竹，春夏秋冬鲁运戈。
废纸三千犹恨少，新诗半句亦矜多。
盛时偶见华颠早，马末玄黄或可驮？

注：沈鹏，1931 年生，江苏人。中国书法家协会名誉主席。

## 抗日战争胜利六十周年感赋二首

梁东

屠鲸六十载，世纪走熊罴。
沧海浮明月，神州跃醒狮。
横戈犹达旦，吮墨正当时。
直作闻鸡舞，胡为放马诗？

感时思报国，崛起志成城。
心系卢沟月，人师细柳营。
卧薪期盛世，尝胆胜瑶羹。
清夜诗中点，增进十万兵。

注：梁东，1932 年生，安徽人。中华诗词学会顾问。

## 感事

包德珍

曾待天风送好音，惊涛唯有大江寻。
空怜画壁龙盘久，更叹粮仓鼠卧深。
昨望田畴鞭马啸，今闻海畔落潮吟。
闲云来去知千古，几予清宵明月心。

注：包德珍，女，满族，1940 年生于黑龙江呼兰。海南省诗词学会副会长。

## 重读《桃花扇》

陈旭

南明残梦甚荒唐，数曲桃花夜即央。
惯见士绅轻节义，偏惊莺燕重兴亡。
拼将豆蔻闺中艳，伴取梅花岭上香。

歌舞秦淮今胜昔，清溪谁记板桥霜！

注：陈旭，1964 年生，吉林德惠人。现任教于德惠市实验中学。

## 登长白山

武正国

驾雾腾云走，新秋岭乍凉。
一池连两国，万树孕三江。
高瀑垂银练，温泉注碧塘。
钟灵山染绿，造化水流长。

注：武正国，1940 年生于山西交城。山西省人大常委会副主任。中华诗词学会副会长。

## 临江仙·彩云归

毕彩云

庭院春深花寂寞，疏篱又染晴晖。柳梢半掩小柴扉。孤怀嗟紫燕，穿户任双飞。

惆怅今宵灯照影，隔窗人静风微。诗词千首酒千杯。月圆应有日，怕赋彩云归。

注：毕彩云，女，1950 年生，吉林长春人。辽宁省作家协会会员。

## 过乌江霸王祠

李静凤

旷野灵旗日暮风，烟尘千里念重瞳。
拔山气概轻嬴政，盖世头颅赠马童。
欲唤英魂江渡外，还忧劫烬阿房中。
最怜寂寞虞妃草，岁岁犹开战血红。

注：李静凤，女，1964 年生，江苏南京人。金融经济师。南京江城诗社社长，金陵昆曲学社副社长。

## 城父怀古

徐味

千载兴亡逐逝波，悠悠白鹭起星河。
英雄剑戟埋沙岸，美女衣裳挂薜萝。
天下不愁佳士少，朝中只怕佞臣多。
名城旧事流云去，踏月归来发浩歌。

注：徐味，1924 年生，江苏沭阳人。安徽省文联名誉副主席，编审，安徽省诗词学会名誉会长。

## 重游三亚

孙轶青

海角天涯寄远怀，无边沙岸任徘徊。
鹿雕山顶凝神望，新起楼群满海隈。

注：孙轶青，1922 年生于山东乐陵。曾任国家文物局局长，全国政协副秘书长，中华诗词学会会长。系首届华夏诗词奖评委。

## 登山海关老龙头

郑伯农

雄关险隘接危楼，莽莽长城镇海流。
万里烟波奔眼底，几尊礁石立潮头。
浪高方显水天阔，心静何惊风雨稠。
漫说汪洋空涨落，怒涛卷处有渔舟。

注：郑伯农，1937 年生于福建省长乐县。曾任《文艺报》主编，中国

社会主义文艺学会会长。第二届中华诗词学会常务副会长、代会长，第三届诗词学会驻会名誉会长。系首届华夏诗词奖评委。

## 高阳台·长白山天池

周笃文

俯瞰东洋，雄居北亚，三边第一名山。拔地擎天，奇峰十六相连。云巢水眼神仙窟，向天池、照影都寒。凌空下，银虬矫矫，泻玉飞烟。

奔雷激浪三江去，便波翻白雪，气撼长川。布雨施云，人间顿现华严。重来正值秋光好，倚苍岩、一赏烟岚。发高吟，风生大壑，响动群峦。

注：周笃文，1934年生，湖南汨罗人。中国新闻学院教授，中华诗词学会顾问。系首届华夏诗词奖评委。

## 无题四首（选一）

杨金亭

二战烟消梦未遥，义旗铁旅奋戈矛。
顿河饮马腾豪气，黄水悲歌卷怒涛。
攻克柏林歼纳粹，受降瀛岛绞东条。
英雄去后风云变，弱小何堪霸主骄。

注：杨金亭，1931年生，山东宁津县人。曾任《诗刊》副主编，现为中华诗词学会顾问、《中华诗词》主编。系首届华夏诗词奖评委。

## 登长白山顶峰

张结

三江分注处，百里矗奇峰。
云海迷遥树，初阳醒碧泓。
危崖凝地火，砾石沐天风。
独立苍茫久，归来梦亦雄。

注：张结，1929年生于河南开封。新华诗社原社长，中华诗词学会顾问，《中华诗词》主编。系首届华夏诗词奖评委。

## 过卢沟桥

林从龙

烽火卢沟迹已陈，长桥风物焕然新。
东邻未必妖氛净，忍拂残碑认弹痕。

注：林从龙，1928年生，湖南宁乡人。河南省文史研究馆馆员，中华诗词学会顾问，中国杜甫研究会副会长。系首届华夏诗词奖评委。

## 鼓浪望金门岛

赵焱森

凭栏远望岛飘悬，海浪心潮何处边？
骨肉两分肝胆照，舳舻千里水云连。
人明大义仇当解，时到中秋月自圆。
待至河山归一统，金樽十亿饮江天。

注：赵焱森，1939年生，湖南华容人。曾任中共湖南省纪律检查委员会副书记、中华诗词学会副会长、湖南诗词协会会长、湖南省岳麓诗社社

长。系首届华夏诗词奖评委。

## 沁园春·山海关

雍文华

辽左咽喉，京国屏藩，第一戍楼。看龙行南渤，鱼吞北斗；云含曙色，月趁潮流。海曲仙居，天边蜃市，万国梯航作胜游。风光好，是天开图画，惠我神州。

沧桑往复回眸。说不尽人民多少愁。叹秦皇楼舰，沉身水底；唐宗铁甲，埋镞平畴。明患倭奴，清隳海禁，如此江山怎自由？从今后，计安危祸福，还费筹谋。

注：雍文华，1938 年生于湖北公安县。曾任中共中央宣传部文艺局文学处长、中国作家协会创作研究部副主任、中华诗词学会副会长。系首届华夏诗词奖评委。

## 念奴娇·国庆夜南京长江大桥观焰火

钟振振

天花怒放，九霄外，万紫千红交织。溢彩流金三十里，碧水映空成赤。留住晚霞，邀来晨曙，伴我云巅立。纵谈今古，举杯欢庆佳夕。

读史犹识当年，魏文曾叹，天意分南北。却幸铁虹横堑隘，终见河山完璧。待剪飞霓，为桥百拱，跨海连洲极。心潮如沸，一时同此秋汐！

注：钟振振，1950 年生于南京。南京师范大学文学院教授。中国韵文学会会长，中华诗词学会副会长。系首届华夏诗词奖评委。

# 第二届华夏诗词奖获奖作品和评委作品选

## 长沙杜甫江阁落成，为赋

周毓峰

一阁凌霄俯碧流，骚魂长此驻潭州。
徜徉万里芳菲地，漂泊千年老病舟。
吴楚风光仍故国，江山文藻换新秋。
只惭诗笔无公健，未把苍生作己忧。

注：周毓峰，1928 年生，湖南益阳人。宁夏诗词学会原副会长。

## “新天地”戏咏

杨逸明

登斯楼也夜朦胧，谁识门墙旧影踪？
人醉新潮天地里，月窥老式弄堂中。
酒吧灯闪星星火，歌手香摇滚滚风。
多少腰金衣紫客，不成仁却已成功！

注：杨逸明，1948 年生于上海。中华诗词学会副会长、上海诗词学会副会长。“新天地”是一片民居风格

的旧式里弄建筑，紧邻革命圣地“一大”会址，今为高级时尚休闲之商业场所。夜夜香车宝马，觥筹歌舞，据传此处消费价格昂贵为沪上之最。

## 韶山毛主席旧居

邵天任

简朴园庐本色存，溪塘涵映楚天深。
云山想见芒鞋迹，林壑依稀铁戟音。
马背诗篇悬日月，土窑筹策变浮沉。
五洲豪杰惊酣睡，猎猎红旗下莽林。

注：邵天任，1914 年生，辽宁凤城人。中国国际法学会副会长。

## 参观西柏坡有题

郭庆华

旭日东升照碧波，运筹帷幄起沉疴。
曾挥伏虎擒龙手，又唱惊天动地歌。
风水如今依旧好，江山从此创新多。
寻常几处农家院，敢叫神州第一坡。

注：郭庆华，1964 年生，河北省诗词协会副会长。

## 临江仙

阙家莫

拾得春愁织旧梦，绿衣又递云笺。轻寒重绕小庭轩。蓬莱多少事，流水与荒烟。

半世飘然绳检外，吟诗烹茗谈禅。江湖旅伴尽归田。碧空遥望处，惟有鸟飞旋。

注：阙家蓂（美国），女，1921 年生于安徽合肥。曾任美国麻省理工学院、台湾文化大学教授。

## 中秋写给红其拉甫边防哨所官兵

高立元

玉门西去过楼兰，扎寨昆仑接广寒。
云锁乡关千万里，雪埋哨所两三间。
霜凝青剑倚天举，放映丹心向日悬。
尽洒边陲诚与爱，一轮明月任亏圆。

注：高立元，1941 年生于山东临朐。曾任解放军理工大学副校长。现为解放军红叶诗社《红叶》副主编。

## 丙戌人日

周退密

送旧迎新岁几更，逢春得句庆收成。
违时只觉文章贱，多病惟求药价平。
室有寒梅增喜气，茶当醴酒欠深情。
微尘世界谁言小，一见难如隔百城。

注：周退密，1914 年生于浙江鄞县。曾为上海外国语学院教授、上海文史研究馆馆员、上海诗词学会顾问。

## 哨所吟四首

王子江

五月初三瞭望台，梨花似雪向阳开。
乡关莫道无音讯，慈母叮咛燕带来。

最好峰头腊月家，山川一色玉无涯。

冰原逐犬拖年货，风在门前扫雪花。

持枪换哨下楼台，恰遇朝阳采访来。
塞上新闻随处是，春风注册杏花开。

云挂江心雁列空，层林尽染万山红。
夕阳背后拍风景，战士持枪在画中。

注：王子江，1967 年生于辽宁阜新。上校军衔。《中华诗词》编委。

## 望海潮·夜过重庆长江大桥

刘冀川

疏星摇冷，轮舟唱晚，横江曳起飞桥。灯海泛澜，长虹炫月，江流玉泻银抛。天净斗牛高。境雄客思壮，心逐奔涛。夹岸层楼，叠檐排巘上重霄。

山城历遍兵刀。忆冤魂铁梏，血雨潇潇。艰苦途程，峥嵘岁月，风云多少英豪。星火卷狂飙。大浪淘千古，争汇新潮。直欲高歌买醉，杯酒酹今宵。

注：刘冀川，女。海南省妇女诗书画协会副主席。

## 石州慢·谒黄帝陵

蔡淑萍

雨湿尘衣，风拂鬓丝，千里归客。桥山暂驻征车，满目森森霜柏。龙蛇千尺，问经几度沧桑，于今犹带风云色？疏雨响空山，更青青凝碧。

岑寂。人今何去，冢剩衣冠，五千春易。漫抚碑铭，字字都成思忆。素巾黄土，一抔珍惜囊中，心潮渐逐檀烟激。回首意苍茫，正云飞天北。

注：蔡淑萍，女，1946 年生于四川营山。四川省诗词学会副会长。

## 瑞鹤仙·九寨沟

袁第锐

翠袖罗衫薄。正宝镜新揩，鬓云初掠。有双龙戏水，花香鱼跃。珠帘不卷，更何人、窥临幽阁？掩映朝阳，千万彩虹飞落。

依约。烟凝紫雾，露浥苍苔，犀牛梦觉。碧波无际，兰舟时泛仙乐。问东君、几日欢欢归去，料应芳踪难托。倩谁惜、清溪流水，出山成浊！

注：袁第锐，1923 年生于重庆永川市。曾任甘肃省文史研究馆馆员，甘肃省诗词学会会长，中华诗词学会副会长。

## 临江仙·夏日乡间漫步

周燕婷

岚气蒸腾霞似火，琳琅一抹遥天。牛羊三五石桥边。无风花自落，有思鸟初还。

踏草沿溪山脚转，人家隐约林弯。此生何事最相关？涓涓流水净，莫更起波澜。

注：周燕婷，女，1962 年生于广州。中学物理高级教师。

## 听老伴唠叨

陈永安

权把唠叨当曲听，烦人句句总关情。
客稀室陋多沉寂，相伴相扶是此声。

注：陈永安，1946 年生于辽宁沈阳。《唐山诗词》编辑。

## 贺新郎·芦花

丁小玲

黄叶书声瘦。甚云中、木樨初动，便过重九？比拟丛篁帆影里，四十埙篪齐奏。结几个、鸥盟雁友。未学陶腰堂堂直，只谦谦俯作湘君叩。浑忘却，洞庭秀！

西风白了青青首。想年时、倚楼才俊，问谁相偶？十里长堤纷似雪，才拂秋衫添又。抬不起、人前舞袖。八百芦竿弯同弩，立荒荒不计天何漏！空怅怅，海门右！

注：丁小玲，女，1947 年生于浙江嵊县。镇江多景诗社副社长、《多景诗报》执行主编，镇江诗词楹联协会副会长。

## 长征胜利七十周年感怀

李维嘉

绝处苏生颂涅槃，九天鸣凤出岐山。
边城古戍悲词客，北国寒窑咏沁园。
四海归心成一统，千秋创史更无前。
青萍风起忧难已，谁继长征挽逆澜？

注：李维嘉，1918 年生于重庆。曾任四川省政协副主席、四川省诗词学会会长。

## 春日东山茗话

熊东遨

东山荐茗共春初，日月涵容在一壶。
百味不如闲过瘾，诸形只有醉宜图。
人何得似林间雀？我亦能吹郭外竽。
话到时闻心意会，白云天际试相呼。

注：熊东遨，1949 年生于湖南宁乡。湖南诗词协会副会长。

## 水调歌头·额尔齐斯河寄意

邓世广

欲向大河问，何事不流东？千秋休说功罪，毕竟属尧封。短棹渔歌唱晚，歌送稻香两岸，烟柳郁葱茏。归牧笛声里，落照映芳丛。

顾此情，对此景，话从容。西行路远，前程鲜有万花红。须信北溟冰厚，盍若回澜故国，春意正融融。待汝还乡日，一醉共金风。

注：邓世广，1946 年生于辽宁阜新。中华诗词学会理事，新疆诗词学会副会长。额尔齐斯河发源于新疆阿尔泰山南麓，西经原苏联境内，向北流入北冰洋。

## 邯翁寄示繁江嘉会鱼韵敬和

马祖熙

繁江嘉会感深予，老友相逢问起居。
文字交情俱皓首，清平时纪爱丹书。
每因病足思骑鹤，自笑含杯解索鱼。
此日联吟存韵事，更留后约共怡如。

注：马祖熙，1915 年生，现籍上海市。安徽省太白楼诗社顾问。

## 春游九宫山

李云

百盘螺髻障如屏，万壑松涛撼紫冥。
云外老猿惊客至，烟间修竹入帘青。
雷鸣石底晴看雨，人立空中夜摘星。
回首英雄埋骨地，山花开遍闯王陵。

注：李云，1938 年生于湖北阳新。现任黄石市西塞山诗社副秘书长、阳新县富川诗社副社长兼《富川诗词》常务副主编。

## 鹊桥仙·太湖石旁留影

田遨

石顽如我，我痴如石，偶尔相逢一笑。石兄怪我太温存，我也怪、石兄孤傲。

云根万古，人生短暂，难得同窗留小照。相依相契霎时间，便抵得、天荒地老。

注：田遨，1918 年生于济南。上海文史研究馆馆员，上海诗词学会顾问。

## 登喜峰口长城怀古

段天顺

独立烽楼一望遥，悠悠百代逐心潮。
云横燕岭回今古，浪打残城洗旧朝。
浩气每怜于少保，枕戈还待戚安辽。
怆然欲酹滦湖水，起看雄师唱大刀。

注：段天顺，1932 年生于北京房山区。《北京志》副主编，北京诗词学会会长，北京楹联学会名誉会长。1995 年夏，访潘家口水库，登喜峰口长城，时值喜峰口抗战六十周年。《大刀进行曲》即从这里唱起，广为流传。

## 临江仙·今天俺上学了

曾少立

下地回来爹喝酒，娘亲没再嘟囔。今天俺是读书郎。拨烟柴火灶，写字土灰墙。

小凳门前端大碗，夕阳红上腮帮。远山更远那南方，俺哥和俺姐，一去一年长。

注：曾少立，1964 年生，祖籍湖南。《北京诗苑》编委。

## 贺新郎·登天心阁

饶健华

古阁天心矗，阅星沙、沧桑巨变，百年荣辱。遗恨萧王城南路，芳草寒烟凝绿。洒热血、骄杨怒目。湘水滔滔流日夜，问何时、流尽人间恶。文夕火，万民哭。

雄鸡一唱天翻覆。倩东君、升腾烈焰，凤凰飞出。万户千门歌声起，吹动风帘翠幕。喋血地、群芳吐馥。白发休言人已老，上层楼、吟赏烟霞曲。谁为我，秉高烛？

注：饶健华，1941 年生于江西丰城。曾在第一军医大学、国防科技大学任教。天心阁建于长沙城南的城垣上，昔年太平天国南王萧朝贵战死城下。杨开慧烈士 1930 年在离天心阁不远处的识字岭从容就义。

## 答友人

萧永义

故人书至雁南翔，一别江城两渺茫。
五十三年身似燕，八千里路月如霜。
风流佳话君犹记，战火硝烟我未忘。
莫叹青丝暮飞雪，行看奥运国增光。

注：萧永义，1928 年生于湖南韶山。中国毛泽东诗词研究会顾问，《野草》诗社副社长。

## 题万里长江图

谭克平

万里奔泷藏卷轴，开图一瞥夺人睛。
烟霞掩映电光舞，波浪翻腾大籁鸣。
跌宕无停趋碧海，潺湲不断震瑶京。
桑田柳岸心常在，云雾巫山梦未更。
昔听猿号今汽笛，朝辞白帝暮江陵。
雨花台拾瑰盈斛，彩石矶捞月满罂。
横槊放歌鸿鹄志，凭舷酹酒九州情。
当年铁锁沉荒浒，此日红旗飘古城。
楼阁巍巍彩虹现，川原蜿蜿好花明。
出神入化丹青笔，写得长蛟宇宙惊。

注：谭克平（美国），1919 年生于广东台山。《环球吟坛》顾问。

## 寒夜独坐偶占

何永沂

风凄闭户独煎茶，世味依然薄似纱。
惯听华亭嗟鹤唳，可怜衙内集虫沙。
一春冻雨常飘瓦，三月红棉未著花。
昨日云山何所望，依稀过眼尽烟霞。

注：何永沂，1945 年生于广州。中华诗词学会理事。

## 故乡边境行

刘庆霖

边境穿行欲断肠，当年历史已微茫。
界碑立处杂荒草，一朵花开两国香。

注：刘庆霖，1959 年生于黑龙江省密山市。《长白山诗词》副主编。我的故乡是黑龙江省的一个边境小村，直线距离与俄罗斯边境仅 7 华里。俄罗斯边境的黑背山原来是我国的领土，老一辈人的坟墓有不少就在那边。现在边界虽然重新划定了，可走在边境线上，心里却总有一股疼痛的感觉。

## 水调歌头·观荧屏军演漫咏

邓传瑶

杲日硝烟蔽，雷动震天陬。纵

深百里穿插，飙劲卷旄头。钢甲荒原驰履，铁鸟长空振羽，兵气荡寒秋。汗透迷彩服，尘浣赤星鍪。

红师壮，蓝旅猛，各风流。鼠标轻点搜索，信息战方遒。顺境当思逆境，盛世毋忘乱世，未雨早绸缪。砥砺新锋颖，来岁更回眸。

注：邓传瑶，1933 年生于广西灵山。中华诗词学会会员。

## 耕耘赋

卢敬万

冷暖沉浮心自知，虚名有愧暮年时。
迷津未改春风志，歧路还吟红烛诗。
造化多情甘雨骤，耕耘无意夕阳迟。
平生不羡麒麟阁，愿作春蚕吐尽丝。

注：卢敬万，1939 年生于重庆万州。重庆市诗词学会会员。

## 鹧鸪天·盘县万亩竹海游

王如柏

万亩新篁独占春，山为神韵水为魂。寒霜有意标风骨，热浪逢人赠绿荫。

吟竹海，感湘君，斑斑点点泪痕深。成才自古艰难甚，百劫千磨长到今。

注：王如柏，1928 年生于云南镇雄县。贵州省诗词学会顾问，六盘水市诗词学会名誉会长。

## 念奴娇·刘公岛

徐红

烟波十里，有辕门傍海、水师曾泊。小岛常年多远客，甲午风云重说。铁舰翻沉，金瓯破碎，蘸血签合约。兴衰前史，后人应知清浊。

无忘千古贤良，舍身惊魂魄。慈禧挥金忙庆寿，媚敌永成奇辱。穷易遭欺，弱难御侮、须建富强国。百年梦醒，东方时世非昨。

注：徐红，1947 年生于江苏张家港。《红叶》副主编，江苏省诗词协会副会长。

## 登翠微峰顶，寻易堂遗址慨然有感

胡迎建

撑天一柱势崔嵬，磴道危从坼隙开。
青嶂四围争拱卫，巉岩千丈出尘埃。
丛篠挺直凝真气，风雨摧残剩砾堆。
眼底奇男今有几，横流物欲使人哀。

注：胡迎建，1953 年出生于江西星子县。江西诗词学会副会长。易堂，在赣南宁都县翠微峰顶，为明末清初著名学者魏禧等易堂九子隐居讲学之处，今圮。

## 【仙吕·醉中天】古镇神韵

丁芒

一水围腰画，千瓦罩人家。石级铺街录岁华，窗洞能传话。竹木栏杆揖霞。点击天涯，荧屏前谁正点火烹茶？

注：丁芒，1925年生，江苏南通人。中国散文诗学会副主席，中华诗词学会顾问。

## 绍兴青藤书屋感赋

谢丹月

临街深巷踏苍苔，瘦竹蕉门久不开。
满架青藤遮斗室，一方池水漱尘埃。
南腔北调盈书屋，东倒西歪育怪才。
泼墨狂文惊俗世，清风百代入帘来。

注：谢丹月，女，1942年生于浙江黄岩。浙江省诗词与楹联学会副会长，《浙江诗词楹联》主编。

## 西湖怀苏曼殊二首

叶元章

湖上秋深蝶影稀，绕堤垂柳尚依依。
诗僧宅在苍烟外，门对西山冷翠微。

环湖草色郁葱葱，月影湖痕迹已空。
剑胆琴心谁会得？桥边剩有晚来风。

注：叶元章，1922年生于上海。教授。浙江省诗词与楹联学会副会长，上海诗词学会顾问。

## 访杜甫草堂有感

包德珍

雨洗残痕万木新，依依碧翠诉情真。
锦江明月三年客，茅屋秋风一叶身。
拥廨树阴遗血泪，浣花溪水逐烟尘。
诗心未负飘零苦，赢却苍茫自有春。

注：包德珍，女，满族，1940年生于黑龙江呼兰。海南省诗词学会副会长。

## 童趣

章杰三

蛙鼓池塘月半明，呼哥携妹网流萤。
玻璃瓶里晶晶亮，卧室高悬小卫星。

注：章杰三，1932年生于安徽桐城。中华诗词学会会员。

## 水龙吟·登太白山

王兴一

三千云麓初晴，秋风设色真慷慨。巅峰积雪，林涛卷绿，岚烟梁黛。一岭鹃红，一溪蝶影，一弯虹带。八仙台、就是丹青圣手，挥洒着，原生态。

觅得谪仙心迹，在沧溟，捕捉天籁。足登险韵，杖敲平仄，诗收锦袋。树壁攀藤，冰湖镖水，童心澎湃。对层峦击掌，一声清啸，满山华彩。

注：王兴一，山东潍坊人。山西

电力诗词学会副会长，咸阳市诗词学会副会长。

## 梅园新村

舒贵生

梅吐新华报早春，傲霜斗雪见精神。
几间卧虎藏龙屋，一代开天辟地人。

注：舒贵生，1962 年生。江苏省毛泽东诗词研究会副秘书长，《江海诗词》副主编。

## 沁园春·登泰山

楼立剑

盘古头颅，撞破鸿蒙，几万万年？望晴容简约，雨姿变幻，横亘齐鲁，通报人天。一步登临，千寻俯仰，索道横空任往还。回看处，在三千阶上，十八盘前。

不胜高处深寒。料登岱轻松读岱难。笑筑坛聚土，霎然风雨，勒石封松，毕竟云烟。玉女多情，青山未老，赐我奇思赋浩然。淋漓墨，写风流人物、锦绣江山！

注：楼立剑，1968 年生于浙江义乌。义乌市诗词楹联学会副会长。

## 喜迎北京奥运

伏家芬

雅典薪传奥运年，北京盛会喜空前。
九州龙虎谁甘后，万国旌旗竞占先。
夺锦未忘横槊赋，鸣金应记枕戈眠。
凯歌高奏红旗展，心底长城筑更坚。

注：伏家芬，1927 年生于湖南汨罗。湖南省文史研究馆馆员，湖南省诗词协会副会长，《湖南诗词》执行主编，《文史拾遗》副主编。

## 金缕曲·赠友

时新

岁月闲中发，载愁思，难成好梦，起吟新阕。少壮雄心伤汾水，换得青丝如雪。莫提起，太行山月。曾照楼头孤夜读，约东风、再上青青发。心所望，在天末。

黄河不到心难折，叹孔丘、空悲川上，逝夫斯物。经眼山河多忧患，消尽风流豪杰。怎奈是、忧心难灭。多少民生经济策，笔墨间沥尽心头血。空议论，有何益？

注：时新，1946 年生于山西清徐县。山西诗词学会常务副会长，《难老泉声》主编。

## 窗花

王旭

风敲一夜玉花开，山水鱼虫入眼来。
檐角芭蕉何岁种？河边垂柳是谁栽？
雾含岭外楼千座，月伴云端鹤几排。
最数小儿身手快，唇痕印处透心裁。

注：王旭，蒙古族，1969 年生。中华诗词学会会员。

## 蝶恋花·军嫂

廖开鉴

许下归期期又误。拉二连三，难却军人妇。梦里相逢千百度，倚门望断天涯路。

冬去春来春又暮。桃谢桃开，怕看千红舞。无限春光留不住，光荣小宅能言苦？

注：廖开鉴，1935年生于广西容县。广东岭南诗社副社长兼秘书长。

## 鹧鸪天

陈明强

翻检诗刊读爱珍，朦胧又见苦吟身。琴台寂寞悲风响，泉路迢遥孤月颦。

黄叶树，白头人，潇潇暮雨掩重门。千声呼唤君无语，长夜挥毫旧梦温。

注：陈明强，女，1926年生于湖北谷城。北京诗词学会顾问。

## 惜春

黄汉卿

一夜东风静不哗，残红已砌满庭霞。
青蛛只恐春归去，故撒乌丝网落花。

注：黄汉卿，1938年生于浙江剡溪黄泽。甘肃省书画研究院副院长。

## 登南岳祝融峰

碧玉箫

秀拔南天百二盘，名山古寺醉中看。
衡阳雁断天疑尽，岳麓风高地怯寒。
脚底流云悬瀑布，掌中红日跃弹丸。
芒鞋竹杖归来晚，始信人间行路难。

注：碧玉箫，本名李玉清，1943年生于湖南湘乡。上校军衔。曾任湘乡市政协主席、湘潭白石诗社副社长。

## 山海关

盛树森

北塞枕重关，金台指顾间。
青云流渤海，白浪撼燕山。
险自天工就，名随帝宠颁。
东条灰未死，不可问安闲。

注：盛树森，1939年生于湖南衡阳。中华诗词学会会员，《衡州诗词》主编。

## 高阳台·春风

徐于斌

暗驭兰馨，轻拈笛语，殷勤先到轩窗。草色侵阶，墙腰漫舞垂杨。长河又见寻芳侣，过蓝桥、共棹春光。竞儿番、染陌薰溪，忘了愁乡。

匆匆底事来还去，剩啼鹃绕野，冷雨鞭香。旧友凋零，樽前谁共疏狂？天南地北飘零久，问归期、清泪沾裳。那莺儿、谁与叮咛，莫扰西厢！

注：徐于斌，女，1962 年生于江苏盐城。《湖海诗词》主编。

## 云山

李静凤

为谁倾尽三千梦，乱写云山一万重。
写到蓬莱无觅处，痴情人上最高峰。

注：李静凤，女，1964 年生于扬州。南京江城诗社社长。

## 【正宫】叨叨令

彭在村

虽则是贿来一顶乌纱帽，却也曾奉公廉洁哼高调。暗地里金钱美女般般要，冷不防一波三折葱栽倒。笑煞人也么哥，笑煞人也么哥，那顶上枷原是他自个儿精心造！

注：彭在村，1933 年生于重庆铜梁。《永川诗苑》责编。

## 清平乐·失恋之后

吴菲

晓风吹送，回首些些痛。燕婉深盟终底用？不过槐安幽梦。

城郊紫陌荒寒，因缘世界三千。扫取颓枝怨叶，烧成一个春天。

注：吴菲，女，1971 年生。

## 一剪梅·义务教育免学费

麻殿海

几亩薄田种豆瓜，吃也依它，花也依它。小娃缴费喊妈妈，先借东家，又借西家。

免费一朝喜讯发，乐了娃娃，乐了妈妈！门前喜鹊叫喳喳，鹅也嘎嘎，鸭也呱呱。

注：麻殿海，1938 年生于辽宁阜新。中华诗词学会、阜新市诗词学会会员。

## 塞上地平线

秦中吟

崛起高原视线长，黄河端见入汪洋。
蜃楼海市难迷眼，绿草芳林力扫荒。
目赖头昂光远射，心因俗脱气高扬。
晨曦足比醇醪美，不醉人皆逐太阳。

注：秦中吟，本名秦克温，1936 年生于宁夏平罗县。宁夏诗词学会会长，《夏风》诗刊主编。

## 北大荒诗词二首选一

郑玉伟

车停雪海日西斜，旷野皑皑不见涯。
号响惊来千古月，锹飞铲落半天霞。
蓝图白纸开宏卷，碧血丹心绽小花。
风展红旗人入画，寒星眨眼探新家。

注：郑玉伟，1942 年生。《北京

诗苑》副主编。

## 念奴娇·观寒坑三叠瀑感赋

刘妙顺

蛟龙伤尾，引人间多少，离奇传说。大旱降临天不恤，忍看禾田干裂。擅自兴云，连宵作雨，万姓消愁结。背天违旨，险遭神剑诛灭。

一自遁迹寒坑，空灵情性，怎把疏狂抑。磨得山崖平又滑，巨瀑折成三叠。合掌揉珠，精心捣玉，潭酿清泉冽。为伸奇志，岂辞崖下堆雪。

注：刘妙顺，1936年生于浙江乐清。中华诗词学会会员。

## 晚归

李中峰

一路欢歌唱到家，清泉配乐伴鸣蛙。
山歌本是心中话，一遇春风便发芽。

注：李中峰，1937年生于甘肃民乐。中华诗词学会会员。

## 舟次三峡

周南

白帝城东江水平，巫云峡雨伴舟行。
峰前神女凝眸久，似有人间未了情。

注：周南，1927年生于山东曲阜。北京外交学院院长、外交部副部长。

## 水调歌头·虎头山寻梦

万朝奇

再饮乌苏水，重上虎头山。硝烟烽火散尽，难忘是当年。千里坚冰覆地，四处飞雪正急，洞穴避风寒。五月尚阴冷，不似在中原。

从别后，思未断，苦流年。梦中恍惚，来对江水叙前缘。无愧艰辛岁月，感慨悲欢离合，总使泪斑斑。相视皆翁叟，杯酒话心宽。

注：万朝奇，1944年生于河南虞城。中华诗词学会会员。

## 游威海刘公岛甲午海战古战场

李栋恒

落晖脉脉照刘公，隐约悲歌入海风。
似祭英灵鸥裹白，如腾恨火浪翻红。
舰残犹欲犁顽阵，炮缺依然啸远空。
知耻男儿休洒泪，卧薪尝胆奋邦雄。

注：李栋恒，1944年生，河南南阳人。曾任中央军委纪委副书记兼总装备部副政委，中将军衔。

## 初夏过九溪

周一谔

岭夹一溪流，气清山径幽。
林深蝉未出，泉急雨方收。
重嶂明添翠，凉风恍入秋。
优游无贵贱，任尔去还留。

注：周一谔，1933年生于浙江绍

兴。浙江省诗词与楹联学会办公室主任。

## 赞绿色和平组织

王智华

穿绿怀丹主义真，敢将正气抗嚣尘。
魂牵大地江河碧，梦系长天日月新。
破阵乃知殇勇士，发家安忍毁芳邻。
多情名利无情斧，砍向自然伤自身。

注：王智华，1947年生于甘肃静宁。中华诗词学会会员、甘肃省诗词学会理事。

## 水调歌头·“嫦娥”探月

郑邦利

明月当空照，千古引遐思。纷纭神话驱我，如醉又如痴。桂树飘香云际，玉兔倾情大地，梦里总依依。常盼登天去，把酒诵新词。

喜今日，卫星起，贯云霓。终圆旧梦，欲邀娥女弄娇姿。莫道长城古老，且看蛰龙腾跃，举世说神奇。更揽星挥月，万马疾奔驰。

注：郑邦利，1945年生，海南临高人。海南省诗词学会会长。

## 应天长·秋枫

黄金肖

为约飞霜帘半卷，叶自半红秋自浅。韵初成，霞正染。心事欲题风剪剪。意朦胧，情缱绻。落日依依人远。多少离愁新怨，飘零秋不管。

注：黄金肖，女，陕西电力诗词学会理事。

## 浣溪沙·退休杂感

韩景明

书剑不成两鬓霜，仍将雅兴寄寒窗，览今鉴古赶夕阳。

欲忆征途多少事，且翻案上旧诗囊，卷中还有少年狂。

注：韩景明，1945年生于陕西咸阳。咸阳市诗词学会副会长，《咸阳诗词》副主编。

## 喜迎亥年新春

谭博文

戊亥相知月旦中，寒梅渐褪雪初融。
春回朔土冰澌软，节到吴门腊酒红。
仁政广施收霸气，善缘多结惠农工。
思将人力谐天律，四海风清得大同。

注：谭博文，土家族，1939年生于湖南省桑植县。中国世界民族学会副会长、内蒙古诗词学会会长。

## 喀纳斯之秋

王爱山

不顾高山险，来瞻仙境幽。
斜阳燃紫树，瀑布挂金沟。
雕带彩云舞，鱼偕碧水游。
牧歌情似酒，醉煞一湖秋。

注：王爱山，1939年生于湖南湘阴。新疆诗词学会副会长。

## 福娃谣五首

武正国

水中贝贝嘴巴乖，消息灵通鼓小腮。
见了亲朋先考问，北京奥运几时开？

林里晶晶两眼乖，顽皮憨厚笑容堆。
知他为啥忒高兴？请你用心猜一猜。

明亮欢欢头顶乖，激情燃焰暖胸怀。
北京圣火光芒射，歌满古城花满街。

大地迎迎腿脚乖，机灵奔跑展英才。
体坛兄妹齐追赶，拼搏图强争捧杯。

天上妮妮心底乖，年年守信带春回。
担当奥运吉祥鸟，更为人间降福来。

注：武正国，1940年生于山西交城。山西省人大常委会副主任。中华诗词学会副会长，山西诗词学会会长。

## 游黄山遇雨

叶晓山

花甲之年游兴浓，云梯上下步从容。
手持竹杖鞭风雨，我是黄山又一峰。

注：叶晓山，1931年生于安徽无为。军旅作家、诗人、书画家。

## 骆驼

张梅琴

平沙一叶舟，饥渴不低头。
历尽天涯路，心中有绿洲。

注：张梅琴，女，1955年生于广西壮族自治区贵县。中共山西省委办公厅秘书处副处长。

## 金缕曲·在铁人王进喜雕像前

陈修文

久矣心钦慕。雕像前、长揖深拜，心飞泪雨。默问英魂今何处？堪慰嫦娥共舞。欣放眼、油城雄矗。广厦如林擎玉宇，更明湖璀璨夺人目。贫油帽，从兹去！

当年会战荒原古。铁人来、征衣雪裹，气吞如虎。少活廿年声撼岳，生命拼将油赌。盆运水，浩歌一曲。壮士临危喷井压，跃浆池、身搅混凝土。君挺起，民族骨！

注：陈修文，1945年生于内蒙古和林格尔县。曾任黑龙江省作家协会常务副主席。现任黑龙江省诗词协会常务副主席。

## 水调歌头·漓江游

周济夫

谁酿醇醪溢，醉拥碧琅玕。芙蓉朵朵催发，宛约舞风前。移棹烟花浪石，指点画山九马，容与过坪滩。乍晴还乍雨，如幻复如仙。

借清流，陶胸臆，正怡然。夔门忽忆雄峻，舷眺异潺湲。曾慨一生平淡，何若山川多彩，顾盼足留连。收拾闲身去，踪迹问馀年。

注：周济夫，1947 年生于海南万宁。海南省诗词学会副会长兼秘书长。

## 登居庸关

张伯元

长城到此几回环，立马谁曾指顾间。
今我来思风飒飒，昔人往矣鸟关关。
峰高不碍浮云卷，心逸且从流水闲。
对酒当歌千古句，北山羞卧卧东山。

注：张伯元，1956 年生于北京。北京作家协会会员。

## 西江月·垂钓

胡静怡

动若车夫策马，静如佛子参禅。霏霏淫雨洒江天，杨柳丝丝拂面。

不是太公溪畔，亦非严子滩前。岂为籴米打油钱，只钓童心一片。

注：胡静怡，1943 年生于湖南宁乡。湖南文史研究馆馆员兼馆刊《楚风吟草》执行主编。

## 浪淘沙·高三夜读

秦勤

题海苦难缠，眼倦神煎。忽闻雷炸卷狂澜，折树摔窗尘世乱，天考人间？

卷子舞翩翩，笔也盘旋，“填空”“判断”有神仙？雨打案头惊短梦，忧喜无边。

注：秦勤，女，1987 年生。桂林旅游学院视觉艺术系学生。

## 探嘉陵江源头

林从龙

丰草长林翡翠山，鹰盘鹿隐白云闲。
秋随风露登秦岭，雨助吟哦过散关。
南北中分殊物候，云烟倏变起波澜。
多姿凤县呈风韵，举世游人刮目看。

注：林从龙，1928 年生，湖南宁乡人。河南省文史研究馆馆员，中华诗词学会顾问，中国杜甫研究会副会长，河南诗词学会名誉会长。系第二届华夏诗词奖评委。

## 双笋峰

孙轶青

万仞高山造物功，双峰似箭射苍穹。
舟轻水碧人如醉，倒影迷离梦境中。

注：孙轶青，1922 年生于山东乐陵。曾任国家文物局局长、全国政协副秘书长、中华诗词学会会长。系第

二届华夏诗词奖评委。

## 帐篷绿洲

梁东

晨起，荧屏喜见“帐篷绿洲”，感奋而作。

世上何来新绿洲，岚光尽扫古今愁。
门庭共对关山月，心志同依风雨舟。
一阵弦歌回故野，无边稼穑起神丘。
横流沧海中兴业，头颈高昂多事秋。

注：梁东，1932年生，安徽人。中华诗词学会顾问。系第二届华夏诗词奖评委。

## 登鹳雀楼忆昔

蔡厚示

鹳雀楼高浑欲飞，河声山色两依稀。
东连尧舜初都地，西映长安落日晖。
偕友欣瞻秦岭秀，忆仇难忘寇蹄非。
中条烽火当年急，犹恐潼关未解围。

注：蔡厚示，1928年生于江西省南昌县。福建社会科学院文学所研究员，中华诗词学会顾问。系第二届华夏诗词奖评委。

## 荷花淀遐思

赵京战

袅袅婷婷出水时，游人争看玉娇姿。
荷花淀接芦花淀，开到芦花梦已痴。

注：赵京战，1947年生，河北安平人。大校军衔。中华诗词学会副会长、《中华诗词》常务副主编。

## 戊子盛夏独游西溪，手机柬友人

星汉

一日西溪远世纷，篷船摇梦暂离群。
轻荷叶上留残雨，柔橹声中落碎云。
摄影风光胜于画，录音鸟语自成文。
且容我送夕阳后，定把诗章报与君。

注：星汉，姓王，1947年生，山东省东阿县人。新疆师范大学人文学院教授，中华诗词学会副会长、新疆诗词学会常务副会长。系第二届华夏诗词奖评委。

## 小溪

刘章

一路鸣琴出远山，分明心事曲中弹：
离家掌上托花瓣，到海肩头扛大船！

注：刘章，1939年生于河北兴隆县。《诗刊》和《中华诗词》编委。系第二届华夏诗词奖评委。

# 第三届华夏诗词奖获奖作品和评委作品选

## 沁园春·奥运火炬登上珠峰之巅

刘征

云路八千，白雪珠峰，一炬擎天。看澄清玉宇，祥云冉冉，高翔火凤，彩翼翩翩；暂驻流星，长明闪电，炼石腾飞火尚燃。谁曾见，放光芒万丈，世界之巅。

茫茫风雨尘寰。叩万户千门来问安。送晴和佳气，薰风均暖：吉祥消息，好梦同圆。相爱相亲，更高更远，不竞干戈竞五环。燕然笑，邈东方神女，花散人间。

注：刘征，本名刘国正，1926年生。曾任人民教育出版社副总编。现为中华诗词学会名誉会长、《中华诗词》名誉主编。

## 临江仙

叶嘉莹

一片冻云天欲暮，长空败叶萧萧。蓟门烟雨白门潮。几回月上，回首恨难消。

莫向荒城寻故垒，秋来塞草全凋。北风吹响万林梢。倚栏人去，雁影落寒郊。

注：叶嘉莹，女，1924年生于北京。加拿大不列颠哥伦比亚大学终身教授，加拿大皇家学院院士，中华诗词学会顾问。

## 水龙吟·读新四军史

陈昊苏

华中百二山河，铁军无敌风雷迅。大江南北，长淮两岸，高歌东进。王者之师，元元久盼，堂堂之阵。喜三年开辟，红旗遍地竖，新四军，多豪俊。

皖变铭心刻骨，彼元凶，萧墙构衅。黄山落泪，清江泣血，人天同愤。健儿七师，精兵九万，罡风重振。看擎天巨手，挥戈退日，雪英雄恨。

注：陈昊苏，1942年生，四川内江人。曾任北京市副市长，中华全国世界语协会会长。

## 北疆怀古二首

令狐安

梦回昨日忆东归，烽火蔽天血雨飞。
绝漠朔风摧战马，嘶声惨烈角声悲。

玉壶铜箭射冰天，瀚海八旗兵甲坚。
今日升平征戍少，犹编劲舞颂西迁。

注：令狐安，山西平陆县人。现任国家审计署党组副书记、副审计长。东归，指清乾隆时期生活在伏尔加河流域的蒙古族土尔扈特部落因反抗沙俄压迫东归中国事；西迁，指清初蒙古族察哈尔部奉皇命西迁新疆戍边事。

## 诗四首（之三）

郑欣淼

2009 年 2 月中旬，台北故宫博物院周功鑫院长一行，莅临北京故宫访问，商谈合作，成果颇丰，兴之所至，感赋四首。

其三

一湾浅水路何赊，碳雾排云二月槎。
漫溯渊源脊令鸟，且瞻前路棣棠花。
磋商可谓双鑫会，笑语当须七碗茶。
更喜凭栏抬望眼，延春阁上醉流霞。

注：郑欣淼，1947 年生，陕西省澄城县人。曾任文化部副部长、故宫博物院院长，现为中华诗词学会会长。郑欣淼之“欣”原作“鑫”，1975 年工作变动时始改。两院会谈于建福宫花园举行。延春阁为建福宫花园主要建筑。

## 重访南山

沈鹏

又入南山万绿丛，一方净土倍葱茏。
幽篁逐节参天长，大道盘云神力通。
浪静波平称乐土，风和雨细映垂虹。
鉴真杖息栖留处，智慧花飞不老松。

注：沈鹏，1931 年生，江苏人。中国书法家协会名誉主席。

## 滇游秋兴十二首（选一）

袁第锐

花缀长桥蔚大观，屏开孔雀色斑斓。
名联一副凝光彩，淡月三坛锁碧湍。
楼外楼前荣百卉，苑中苑内耸千竿。
南滇多少王侯梦，争及髯翁翰墨丹。

注：袁第锐，1923 年生，重庆永川市人。甘肃省文史研究馆馆员。中华诗词学会副会长。

## 【中吕】山坡羊·咏银杏

丁芒

枝横翠盖，干撑天外，千年银杏多豪迈！御天空，扫虫埃；废墟缝里独潇洒。

生命之源源何在？果，有奇解；叶，能抗衰。

注：丁芒，1925 年生，江苏南通人。中国散文诗学会副主席，中华诗词学会顾问。

## 跛脚鸭最后一程

谭克平

蹒跚跛鸭莅中东，挨骂当场遭履攻。
既感惊惶仍扮傻，故为镇定复装聋。
硝烟绕背阑珊舞，暮霭龙沙淡荡风。
面目无光归去罢，烂摊尚在祸难穷。

注：谭克平（美国），1919年生于广东台山。《环球吟坛》顾问。数年来报纸常称布什为跛脚鸭总统，他在任期内最后一次巡视伊拉克的新闻发布会上遭记者掷鞋攻击。

## 临江仙·忆华冈

阙家莫

一别华冈三十载，年年诗梦悠悠。关河迢递动离愁。凝眸遥望远，烟水漫瀛洲。

最忆双溪新雨后，香山雾卷云收。岚光尘影绕层楼。登临添雅兴，倚槛揽星游。

注：阙家莫（美国），女，1921年生，安徽合肥人。曾任美国麻省理工学院、台湾文化大学教授。华冈为台湾中国文化大学所在地。双溪新村为文化大学教授公寓，面临香山。

## 蜀中地震重灾夜不能寐作诗述感

周汝昌

鳌愁坤陷路沉浮，川涸山崩撼九州。
天地不仁人自救，军民倾力众分忧。
国家应急争分秒，领导飞临指策谋。
大愿更生苏万困，微怀至祷念无休。

注：周汝昌，1918年生于天津咸水沽镇。著名红学家。“天地不仁”语见《老子》。

## 雨天放学即景

王恒鼎

撑开彩伞雨沙沙，一个人成一朵花。
涌出校门花似海，遍分春色到千家。

注：王恒鼎，1966年生。中学教师。福建省诗词学会副秘书长。

## 雾中乘缆车登梵净山

熊东遨

一索牵车向太空，人间回首渐朦胧。
无穷奥秘封藏里，有限风光想象中。
清洌敢疑泉在谷，自由真羡雀居蓬。
飘摇直入高寒境，借取微凉醒醉翁。

注：熊东遨，1949年生，湖南宁乡人。湖南诗词协会副会长。

## 铁门关怀古

邓世广

天山弥望雪皑皑，梦断前朝画角哀。
一剑横关飞鸟绝，两峰衔月暮云开。
题诗轻掷封侯笔，对酒长怀倚马才。
人去空余门似铁，依稀风送成歌来。

注：邓世广，1946年生，辽宁阜新人。新疆诗词学会副会长，《昆仑诗词》主编。

## 沁园春·农民工

代丽娜

面挂征尘，梦入背囊，便作远

行。带乡音一口，浓浓重重；山风几缕，爽爽清清。身着麻衫，足登胶履，路远天涯踏棘荆。回头望，是苍苍故里，杜宇声声。

城乡差别难更。任酒绿灯红亦陌生。待涔涔汗水，填充枵腹；层层手茧，垒就高城。残雪消溶，阴云散尽，春到人间处处晴。堪凭眺，那层楼起处，摇曳心旌。

注：代丽娜，女，黑龙江望奎县人。中华诗词学会会员。

## 【仙吕宫】一半儿·陕北农家夏景四首

李涛

圪梁绕过再翻沟，箪食壶浆又唤狗。挂镢肩犁牵上牛，信天游，一半儿哼哼一半儿吼。

凉棚绿水任鱼游，芥菜黄瓜葱蒜韭。蝶舞蜂翻蛙鼓喉，醉田头，一半儿老茶一半儿酒。

戏台丈二布村头，浪汉俏妞竞亮喉。晋剧秦腔顺口溜，逞风流，一半儿优雅一半儿丑。

丰年税赋免征收，可怎奈盖屋娶媳尚费筹？年年岁岁盼增收，政策优，一半儿打工一半儿守。

注：李涛，1947 年生，神木人。曾任榆林市政府常务副市长、市委副书记。现为《榆林诗刊》主编。

## 自勉

张文勋

得失成亏我自知，虚名有愧暮年时。
迷津未改春风志，歧路还吟红烛诗。
造化多情甘雨骤，耕耘无憾夕阳迟。
生平不羡麒麟阁，愿作春蚕永吐丝。

注：张文勋，白族，1926 年生，云南洱源人。云南大学教授。云南省诗词学会终身名誉会长。

## 象山花岙岛张苍水兵营遗址感赋

王翼奇

九鼎神州已陆沉，田横孤岛气萧森。
连营结垒重重石，填海支天寸寸心。
公自从容身许国，我来凭吊泪沾襟。
唯馀无际苍茫水，终古风涛涌到今。

注：王翼奇，1942 年生于厦门。浙江教育出版社编审，浙江省文史研究馆馆员。

## 临江仙

袁漪

参观福州林觉民烈士故居，墙上展示其临难绝笔《与妻书》手迹。

深院回廊风细细，庭梅曾伴双凭。离鸾一曲鬼神惊。满墙遗墨在，泪血字间凝。

铁骨柔情真俊杰，岂容九宇云

腥。头颅掷处起雷霆。黄花岗上月，长绕旧窗棂。

注：袁漪，女，1931 年生，上海市人。《河南日报》原主任记者。

## 高原畅想

白玛娜珍

月老寺还新，经声入耳频。
碧原驰野马，素玉压红尘。
心净溪中水，神飞岭上春。
闲持千古梦，把卷作诗人。

注：白玛娜珍，女，藏族，1967 年生于拉萨。国家二级作家、西藏作家协会副主席。

## 汨罗江

林峰

心系三湘久，随风到汨罗。
山环藏玉鸟，水碧吐青螺。
远树吟情永，孤舟秋思多。
至今斜照里，犹泛旧时波。

注：林峰，1967 年生，浙江龙游人。中医师。中华诗词学会诗教促进中心副秘书长兼学术委员会副主任，《衢州诗词》副主编。

## 新春赠西塞战友

碧玉箫

红旗新染朔风沙，古道黄云夕照斜。
营外有山皆秃顶，春来无客不思家。
枪横哨卡挑边月，马过长城舔雪花。
西域葡萄堪酿酒，夜光杯影映琵琶。

注：碧玉箫，本名李玉清，1943 年生于湖南湘乡。上校军衔。曾任湘乡市政协主席，湘潭白石诗社副社长。

## 参观陈独秀纪念馆有感

刘庆云

飘萧红叶覆阶庭，疑是精魂血色凝。
赤县风雷惊世界，潮头擎旆作先行。

注：刘庆云，女，1935 年生，湖南长沙人。湘潭大学文学院教授，中国韵文学会副会长。

## 登扬州梅花岭吊史公可法

高善骥

悲角江天暮，烽烟暗戍楼。
孤城心共碎，残烛泪俱流。
坚守春秋义，徒怀社稷忧。
衣冠埋岭上，客思满扬州。

注：高善骥，生于滨海县蔡家桥。先后在嘉兴师范学院、浙江师范学院等从事教学工作。

## 柳梢青

周啸天

2009 年 10 月渠县中学高六七级同学会于成都，有四十年一相逢者。

竹马观花，青梅压酒，并长賨城。巷尾悲歌，街头辩论，不是书声。

重逢乍见须惊，却道是人间晚

晴：六十年华，四十体貌，二十心情！

注：周啸天，1948年生，四川省渠县人。四川大学文学与新闻学院教授，四川李白研究会副会长。渠县土著民为賨人，明代合广安为县，称賨城。

## 满江红·纪念谭嗣同诞生一百四十周年

方明山

九曲浏河，锁不住，无边风月。八万里，飘零书剑，披霜冲雪。衡岳南来留正气，大江东去淘英杰。倩谁人，肝胆画维新，惊天阙。

戊戌法，风云噎。千秋史，炎黄血。怨中华大地，列强横涉。无力回天身合死，壮怀题壁心如铁。醒国人，一笑对屠刀，何其烈。

注：方明山，1943年生于湖南省岳阳市。中华诗词学会会员。

## 园丁

李世宗

一瓢一杓意从容，树木原非旦夕功。
任是风飘千里雪，小楼夜夜一灯红。

注：李世宗，纳西族，1926年生于云南丽江古城。中华诗词学会会员，丽江《玉泉》诗社原社长。

## 怀旧一章

叶元章

怀旧浑忘鬓染霜，几番梦见白荷塘。
久无归燕巢空宅，剩有枯藤绕破墙。
天净远浮江水碧，才疏懒对桂花黄。
清茶一盏西窗下，打叶秋风夜更凉。

注：叶元章，1923年生于上海。教授，浙江省诗词与楹联学会副会长，上海诗词学会顾问。客岁初冬，曾重到镇海乡间故居，见颓垣破壁，迥非旧貌，回沪后感而成梦。

## 缅怀于右任先贤二首选一

林峰

一代文才亦将才，江流遗恨陕西来。
苍茫满目诗人泪，慷慨当年壮志灰。
瘦马穷途悲日落，英雄终古唤春回。
残笳化作风雷气，百卅秋云故垒开。

注：林峰（香港），1934年生，广东省梅州市人。香港诗词学会会长。

## 访纳兰性德博物馆

郑明哲

淡月炉烟梦亦痴，少时贪读纳兰词。
未谙落寞缁尘意，却羡临风侧帽姿。
世道风波识宁古，人间冷暖证相知。
几番悟得真情性，岸柳清漪访问迟。

注：郑明哲，女，1929年生于江苏太仓。中华诗词学会会员。纳兰有诗集《侧帽集》。宁古塔，在黑龙江

省宁安县，当年为流放罪人之地。纳兰性德曾全力营救汉臣吴兆骞入关。

## 咏澳门“盛世莲花”雕塑

孙一兵

南天日丽簇明霞，喜气盈盈秀海涯。
一抹金光添富贵，十年岁月看繁华。
不期佛国须弥座，长作澳门形象花。
蓬勃五星旗帜下，任它风雨再交加。

注：孙一兵，河北省诗词协会会员。

## 纤夫

赵宝海

沉沉号子压雷低，身似弯弓倒影齐。
纤道如绳云路窄，拉圆旭日向天西。

注：赵宝海，1961 年生，绥化人。黑龙江省农垦总局史志办副编审，黑龙江省诗词协会副秘书长。

## 登江阁吊诗圣

刘多寿

几个诗人不命乖？请君试看少陵才。
天公赐予如椽笔，只许诗花带泪开。

注：刘多寿，湘潭县人。曾任中学副校长，雨湖诗社副社长。

## 鹧鸪天·威武之师奉命赴亚丁湾护航有感

何玉宏

万里戎机为护航，中华神盾下西洋。伏波铁甲雄风烈，鼓浪精兵胆气张。

黄帝脉，赤龙王。而今怒海续辉煌。太空漫步才圆梦，蓝水驱鲨又一章。

注：何玉宏，1935 年生，广东五华人。曾任中学副校长。现为郑州诗词学会副会长兼《郑州诗词》副主编。

## 沁园春·电力线路工之歌

王兴一

踏遍山岗，踏过晨曦，踏碎清霜。在安全帽上，张扬信念；瓷瓶扣里，收紧芬芳。裁剪霓虹，打磨曙色，跃上苍穹挥汗香。铮音下，引鹰翻大野，为我翱翔。

流霞染透工装。任云雀啁惊襟袖凉。竟寄情钳铆，旋拧磁场；试身花气，剖解骄阳。唤起东风，推开雾障，铁塔欣然作栋梁。凌霄处，再腾挪矫健，整理秋光。

注：王兴一，山东昌邑市人。高级技师，中华诗词学会会员。

## 台怀

时新

青灯对月绿窗纱，夜磬声幽鬓亦华。
香客难开名利锁，寺僧犹带色空枷。
天行有健成今古，命运无常出绮霞。
且看五峰山下草，冬枝秋果又春花。

注：时新，1946 年生，山西清徐

人。曾任山西省社会科学界联合会秘书长。山西诗词学会常务副会长，《难老泉声》主编。

## 鸡鸣寺三首

李静凤

一唱鸡声不记年，豁蒙楼上九重天。
后湖烟柳台城浪，都到云林笔墨间。

咫尺蓬莱去住难，留人冷磬响空山。
孤云飞去闲鸥下，只有迷蒙六代天。

问到三生未了缘，惊心钟杵豁蒙天。
残阳又下台城去，百尺烟波最可怜。

注：李静凤，女，1964 年生，江苏南京人。金融经济师。南京江城诗社社长，金陵昆曲学社副社长。

## 八声甘州·金陵

张智深

问石城何处有龙蟠？钟麓渺重霄。想凤台灿羽，香楼坠扇，幕府惊涛。憔悴台城宿柳，一梦失南朝。谁傍长洲月，吹彻寒箫。

独立雨花台上，正秋风澹澹，落叶萧萧。看雄楼兀起，云涌古城高。裂苍空，笛声千里，武昌轮、风雨过江桥。长回首，秦淮深处，灯火如潮。

注：张智深，1956 年生于黑龙江省阿城。黑龙江省诗词协会副主席、黑龙江省画院副院长。凤凰台的旧事，媚香楼桃花扇的传奇，江边幕府山要塞的战场烽烟，从不同的角度绘成了金陵的千年历史。武昌轮，“武昌号”巨轮。

## 深圳观海

郭广岚

水击沧溟老自狂，阅他人世几沧桑。
瘴开粤岭蛮云动，风送潮湾海气凉。
一线银滩延北望，三秋鹏翼待南翔。
梅沙应是题诗处，容我参差韵几行。

注：郭广岚，1949 年生，四川省富顺县人。副研究员，中华诗词学会会员。

## 南乡子·河

白凌云

西藏昌都贡觉镇附近有河蜿蜒曲折，入金沙江。小河无名，但跌宕起伏，大气一如人生。

拍岸起寒星，落魄长河哽咽鸣。九转波澜人世路，豪情，水阔江深气自平。

雪后砌重冰，冷眼低眉万里行。上下激扬飞陡瀑，虚名，海静沙沉水自清。

注：白凌云，山东淄博人。解放军某部团职干部。

## 品浮梁茶

林梦

煮得浮梁一片芽，瑶台羡煞众仙家。

泉汤泡出芝兰气，陶碗盛来日月华。
心静欲明天下事，眼昏岂辨世间邪。
应知壶小乾坤大，能品人生是品茶。

注：林梦，福建莆田市秀屿区诗联学会会长。

## 寄友

石亚男

弹指天涯春复冬，寒宵冷月伴萍踪。
纷繁世事如苍狗，苦乐年华似落鸿。
楚水伊人思不尽，滇江旅客憾无穷。
围炉煮酒知何日？水远山长一梦中。

注：石亚男，女，1936 年生，安徽宿松县人。云南省诗词学会会员。

## 夏日杂诗

边郁忠

入夏农家歇，阴晴不事犁。
青蔬盈柳院，黄犊饮村溪。
夜静看萤火，天光听鸟啼。
牵牛也知趣，爬到小窗西。

注：边郁忠，吉林省吉林市人。吉林省诗词学会副会长，吉林市作家协会副主席。

## 金缕曲·嫦娥思乡

刘妙顺

天胆真如斗。想当年，蟾宫独闯，几人能够。驭气排云征途险，多少鬼神魔兽。更莫道，狰狞天狗。虽爱广寒神仙地，奈高天孤寂伤怀久。思往事，怎回首。

惊闻星发西昌口。听轰隆，冲宵一箭，直飞重九。万载乡思难自制，梦抱亲人故友。只喜得，望空搓手。掐指行程须半月，遣吴刚早坐宫门守。迎远客，桂花酒。

注：刘妙顺，1936 年生，浙江乐清人。教师。中华诗词学会会员。

## 塞上行二首

伏铁峰

唱罢阳关折柳枝，玉门飞渡任西驰。
洞庭浪险无完卵，戈壁风寒有泪滋。
大勇班生投笔日，深谋左相载棺时。
男儿困厄寻常事，射虎屠龙亦可期。

夜夜灯前拭宝刀，鸡鸣起舞斗星高。
誓酬瀚海屠龙志，未肯囊萤读楚骚。

注：伏铁峰，诗人。

## 踏莎行·春夕龙阳怀屈原

曾秀芝

目断沧溟，魂萦嘉树。灵均漂泊归何处？离骚声自洞庭来，龙阳竞撰沧浪赋。

血染斜晖，风飘落絮。耳边回响凄清句。凌空一啸慰忠魂，湘山楚水春常驻。

注：曾秀芝，女，中学语文教师。

## 鸦居

刘敬娟

无须炼瓦与烧砖，茅草一蓬挂树端。
春舞杨花飞惬意，秋悬明月卧安然。
时将冷语惊尘世，总把生涯寄远天。
饱领烟霞闲趣味，寒街陋巷作桃源。

注：刘敬娟，女，1956 年生于吉林省蛟河县。高级工程师。大庆诗词学会副会长。

## 等客

朱家义

年前带信说君来，约定桃花二月开。
眼看人间花落尽，柴门几次扫青苔。

注：朱家义，1953 年生，江苏南京人。陕西省诗词学会会员。

## 澳门回归十周年喜赋

陈文杰

水碧濠江桂子馨，千秋楚璧复尧庭。
桥连海日红三岛，莲抱云霞耀五星。
大月金瓯长共满，神州简册喜同青。
鲲鹏万里飙风起，簸却鲸涛向北溟。

注：陈文杰，女，祖籍辽宁黑山，现居锦州。教授。

## 哨兵吟

王子江

秋尽泉声灭，山空雪气围。
征人旗影下，独自放歌飞。

注：王子江，1967 年生，辽宁省阜新县人。上校军衔。中国预算会计师。《中华诗词》编委。

## 两岸三通寄台湾友人

李旦初

隔海遥闻鞭炮声，每逢佳节盼行程。
巴山夜雨千年泪，故国春风万里情。
月落乌啼惊旧梦，鸡鸣雀跃喜新晴。
朝阳照亮轩辕柏，越鸟归飞体更轻。

注：李旦初，1935 年生，湖南安化人。教授，山西大学常务副校长。山西诗词学会副会长兼秘书长。

## 秋登大雁塔

曾德堂

隐隐慈恩古寺钟，巍巍宝塔入苍穹。
骊山树挂三秦雨，灞水波扬两汉风。
雁过阿房秋色尽，天开玉宇暮云空。
沧桑历历兴衰事，谁得民心气自雄？

注：曾德堂，1945 年生，甘肃省景泰县人。高级教师。

## 垂钓

周峙峰

闲云淡月正清秋，浪拍芦滩睡小舟。
宿鸟巢温人未去，一竿钓尽海天愁。

注：周峙峰，1934 年生，河北献县人。烟台人民广播电台主任编辑。

## 满庭芳·望海楼

朱兆麟

世外桃源，人间仙境，天风海雨惊秋。四围空阔，云水画中收。百颗明珠灿烂，金三角，礁美洞幽。登楼望，七龙跨海，迤逦接东瓯。

悠悠！鳌背上，天开胜景，谁与绸缪？引多少游人，几度回眸。海燕双双迓客，斜照里，不断啁啾。归帆远，渔灯万点，空际挂银钩。

注：朱兆麟，1932年生。益阳市桃花仑诗社副社长。洞头县一百零三个岛屿，犹如百颗明珠。洞头与温州雁荡山、楠溪江形成山、江、海旅游金三角。登楼远眺，七座跨海大桥宛如游龙，与温州半岛工程相接。温州古属东瓯。

## 鹧鸪天·锦山小住

马文斐

忙里偷闲兴致赊，寻诗又到故人家。漫捞溪月敲佳句，细剪山云插鬓花。

生有限，乐无涯，逃名世外暂浮槎。清风佐酒难辞醉，颊染天边一抹霞。

注：马文斐，女，1951年生，河北定州人。业医，河北省诗词协会秘书长兼办公室主任。

## 南沙群岛

余元钱

万里南沙一望赊，明珠颗颗属中华。
滩丛遗骨书文史，海底沉锚记客槎。
汉耒耕平荒岛棘，唐渔掩碎暗礁牙。
吾民吾土吾疆畛，染指岂容蛇豕耶？

注：余元钱，福建仙游人。中华诗词学会会员。

## 秋日赋怀

萧家正

鹏城十载逐征尘，万里荆沙一叶身。
酒后烂衫常漫涴，病余瘦骨总嶙峋。
亲朋湖海音书少，儿女关河涕泪频。
自笑孤怀情意甚，时挥翰墨写精神。

注：萧家正，1948年生，武汉市人。深圳民办中学校长。香港诗词学会常务副会长，《香港诗词》执行主编。

## 飞纽约

邵天任

去国折冲御太空，披襟抛卷且从容。
仰观宇宙浮云外，俯瞰瀛寰大气中。
八表黔黎挣枷锁，两洲霸主斗鸡虫。
鸡虫得失无时了，浩荡江河吾道东。

注：邵天任，1914年生，辽宁凤城人。曾任中国国际法学会副会长、中国法学会香港法律研究会会长、外交部法律顾问。中华诗词学会顾问。

## 夹山寺

王镇藩

石门郊外有灵山，紫雾彤云漫隘关。
钟磬不关兴败事，藤萝犹挂甲申烟。
斜阳影里寻龙气，落叶声中惜鼎迁。
沉湎骄奢天下失，一杯浊酒酹山川。

注：王镇藩，1935年生，湖南安乡人。中学高级教师。中华诗词学会会员。

## 春日偶吟

王自强

独坐春风自赋诗，花开花落两由之。
疯狂岁月平常过，困惑年华不忍思。
恩怨已随流水去，是非信有后人知。
休将今事评前事，此一时兮彼一时。

注：王自强，1927年生，湖南安化人。曾任常德地委宣传部长，市委常委、顾问。常德老干部诗书协会会长。

## 与北京友人蒙古包中酒后试骑

博核

君听长调泪先盈，奶酒银杯烈火情。
饮罢微醺学豪放，一鞭烟草马蹄轻。

注：博核，蒙古族，姓郎希固德氏，1952年生于内蒙古乌兰浩特市。《赤峰日报》主任编辑。

## 摸鱼儿·接女儿电话称已领结婚证有忆并嘱

张梅琴

2005年3月28日女儿生日的这天上午，我在办公室接到在河南信阳部队工作的女儿已领结婚证的电话，有感而发。

接铃声、听传莺语，忍将泪水噙住。春风习习犹勾起，落地当时玉兔。精呵护，更忆得、牙牙学语颠颠走。几经寒暑。注昼夜精神，灿阳润露，母女添情愫。

戎装并，飒爽英姿威武，真诚信誓相许。精心描画鸳鸯谱，拂去杨花柳絮。谨嘱咐，人生路、山高水远多风雨。亦欢亦苦。望携手相持，蓝天比翼，振翅云中舞。

注：张梅琴，女，1955年生，山西平遥人。高级政工师。

## 登山（四选一）

刘如姬

碧宇晴初放，危崖云未开。
烟生迷白鸟，径转滑青苔。
雪瀑龙头泻，天风足下来。
何能鼓双翼，率尔赴蓬莱。

注：刘如姬，女，1977年生，福建永安人。永安市文联副主席。

## 清平乐·吟祝国寺后青山

杨德辉

苍苍蓊蓊，疑是神仙种。绿透天涯春色重，酿作半坡青梦。

山花寺后嫣红，佛堂脉脉香风。野趣禅机相共，莽林几杵疏钟。

注：杨德辉，1944 年生。《春蚕诗词》主编。

## 登紫鹊界

赵焱森

高天翔紫鹊，健翅气何雄。
沧海千层浪，征人万弩弓。
风清三夏爽，物美四时丰。
秋色浓如酒，青山一醉红。

注：赵焱森，曾任中共湖南省纪律检查委员会副书记。现为中华诗词学会副会长、湖南诗词协会会长、湖南省岳麓诗社社长。

## 水调歌头·登天安门城楼

李伯安

名胜遍天下，独爱此红楼。每于京畿游历，总想上城头。今日幸临宫阙，笑抚朱栏赭柱，一步九回眸。花簇长安路，心醉美神州。

寻史册，问邦国，几沉浮？千年治乱，唯有当代最风流。十亿丹青圣手，挥洒如椽巨笔，彩绘壮金瓯。赫日中天照，盛世展雄猷。

注：李伯安，1937 年生，湖南株洲人。原铁道部株洲桥梁厂子弟中学校长。

## 【仙吕】锦橙梅·海峡之歌

张茂云

白花花的浪唱歌。蓝晶晶的海扬波。急冲冲的艇穿梭。两岸情如火。通商富了满阿哥。空航乐了老颜酡。巨轮惊起白天鹅。玉帛代干戈，两岸歌声和。

注：张茂云，1936 年生，湖南新华人。高级政工师。湖南雨花区诗协副主席。

## 清平乐·老梅

傅明夫

梅开争早，莫道疏枝老，雨雨风风情未了，雪压英姿尤好。

迎春今岁明年，送春山左溪前。胸有冰心一片，生生总为春延。

注：傅明夫，1930 年生，浙江浦江人。中学高级教师。中华诗词学会会员。

## 休问因何

高昌

休问因何恁样红，相思总谓血相凝。
燃来心上朦胧火，照去天涯灿烂灯。

万里风尘缘未淡，几番雨雪色犹浓。
江山处处抛红豆，荡漾人间处处情。

注：高昌，1967年生于河北辛集。《文化月刊》执行主编。

## 七月七日卢沟桥感赋

孔召芝

沧波阅过几恩仇，已俯风尘八百秋。
山色空蒙连远塞，滩声萧飒入荒洲。
断流能竭冤魂泪？弹雨曾开大汉秋。
最是桥头一弯月，今宵犹自拟吴钩。

注：孔召芝，女，首届江苏“十佳女诗人”。

## 病树

肖晓

三千烦恼为谁抛？众木争荣独寂寥。
雨露频繁惊旧梦，枯心难再涌新潮。
只容日月标清骨，不许春风抽媚条。
漫道残躯无一用，还堪举火向天烧。

注：肖晓，1960年生。黑龙江省富裕县诗协副主席。

## 咏太行村居

胡成彪

门前一壑远，屋后数崖悬。
两步分高下，三家绕土塬。
苍岩盘旧雾，野树映新烟。
能作此中客，何求天外天。

注：胡成彪，1957年生，江苏沛县人。沛县人民政府副县长。徐州市诗词协会副会长。

## 咏泰宁水上丹霞

梁东

幽深峡水逝流年，不计芳菲物候迁。
未必青山云织锦，终因赤壁火烧天。
九龙潭底洞中月，一线禅机世外仙。
岩晒经文难解惑，从来沧海化轻烟。

注：梁东，1932年生，安徽人。中华诗词学会顾问。系第三届华夏诗词奖评委。

## 哀玉树二首

杨金亭

大地颠狂叹绝情，震来直欲尽生灵。
城乡一刹成荒壘，玉树何堪血泪倾。

炎黄自古存高义，大爱弥天气自雄。
百战红旗倾国力，急扶玉树复青葱。

注：杨金亭，1931年生，山东宁津县人。曾任《诗刊》副主编、《中华诗词》主编。现为中华诗词学会顾问，北京诗词学会副会长。系第三届华夏诗词奖评委。

## 闲居随笔

杨逸明

窗外疏林洒碎金，小斋香溢铁观音。
碧伸檐角苔盘踞，红抹楼尖日下沉。
心境春光期久驻，鬓丝冬色任相侵。
莫差特与王摩诘，正伴书生遣寸阴。

注：杨逸明，1948年生于上海。现为中华诗词学会副会长、上海诗词学会副会长。系第三届华夏诗词奖评委。

## 西湖

钟振振

四时花气酿西湖，细雨噙香淡若无。
一似春宵少女梦，最温馨处总模糊。

注：钟振振，1950年生。南京师范大学文学院教授。中国韵文学会会长，中华诗词学会副会长。系第三届华夏诗词奖评委。

## 弃豆成苗有感

赵京战

花盆见嫩芽，弃豆竟萌发。
怯怯撑青伞，娇娇立小丫。
难得沾雨露，何以渡生涯？
持赠一瓢水，怜君苦命娃。

注：赵京战，1947年生，河北安平人。大校军衔。中华诗词学会副会长，《中华诗词》常务副主编。

## 鄂西春行二首

易行

鄂西空气好，千里送清芬。
楼挂珠帘雨，风横翠岭云。
春江流雅韵，古调和今音。
转眼龙船过，情歌日日新。

楚地多奇秀，恩施印象深。
驱车盘雾岭，登顶照石林。
梦入茶乡夜，情交凤岭春。
全民摆手舞，万里壮国魂。

注：易行，本名周兴俊，1945年生于北京。线装书局总经理兼总编辑，《中国诗词年鉴》主编，中华诗词学会副会长。系第三届华夏诗词奖评委。

## 七月三十日大雨一洗连旬剧暑雨后散步至钟亭小坐

钱志熙

积暑全消意洒然，小亭坐对雨余天。
一林风定犹啼鸟，万树凉生不噪蝉。
山远残云仍泼墨，湖平细浪更吹烟。
霁虹想见沧江上，秋水荻花照酒船。

注：钱志熙，1960年生于浙江乐清。北京大学中文系教授，古代文体研究中心常务副主任。系第三届华夏诗词奖评委。

# 第四届华夏诗词奖获奖作品和评委作品选

## 抗震救灾

李继耐

你我肩并肩，浩歌战汶川。
党为擎天柱，国是大靠山。

注：李继耐，1942 年生，山东滕州人。中央军委委员、总政治部主任。上将军衔。中华诗词学会名誉会长。

## “七一”有感

贾若瑜

苍茫人世几春秋，遍地阴霾也自愁。
铁马纵横驱虎豹，金戈闪烁斩蛟虬。
丹心矢志忠马列，铁骨生成抗横流。
愿待云开红日出，一生清白在心头。

注：贾若瑜，1915 年生，四川合江人。曾任军事学院副院长。少将军衔。现为中华诗词学会顾问、解放军红叶诗社社长。

## 余秋里

周克玉

险途断臂输洪流，劈地缚龙索石油。
诚揽俊才亲广众，甘抛心血解国忧。
千秋伟业凭基奠，万代江山赖运筹。
又见英姿屏幕现，几多教诲涌心头。

注：周克玉，1929 年生，江苏阜宁人。曾任总政治部常务副主任、总后勤部政委。上将军衔。中华诗词学会顾问。长征途中，余秋里同志为掩护全军团转移，率部奋力阻敌，战斗中左臂重伤被截。

## 海棠花·庆党九十华诞

高锐

谁将火种从天取？共产党，把红旗举。星火竟燎原，大地阳光煦。

河山重整人称许，更奋起，凤飞龙翥。万里绿间红，处处皆仙寓。

注：高锐，1919 年生，山东莱阳人。曾任兰州军区副司令员兼宁夏军区司令员。少将军衔。解放军红叶诗社社长。

## 参观上海世博园有感

李栋恒

世博园如一小村，五洲四海作乡邻。
家珍共赏皆成友，前景同描倍觉亲。
万国风情殊有异，百花姿色岂宜纯。
环球葆此精神永，处处祥和处处春。

注：李栋恒，1944 年生，河南南阳人。曾任总装备部副政委。中将军衔。现为中华诗词学会顾问、解放军

红叶诗社社长。

## 琵琶“彝族舞曲”

项宗西

花动云移竹影斑，飘飘仙袂舞蹁跹。
指间流出千莺啭，弦底翻成百瀑喧。
此曲只合南国有，今宵专为朔方弹。
如痴如醉倾心语，天籁声中泪一潸。

注：项宗西，1947 年生，浙江乐清人。高级工程师。现任宁夏回族自治区政协主席、中华诗词学会顾问、宁夏诗词学会名誉会长。

## 念奴娇·南湖感怀

李维嘉

大江东去，望水乡，一湖榆柳沉绿。画舫依稀人宛在，要使乾坤反覆。九十华年，八千云路，成败翻棋局。列强惊对，此时谁敢轻辱？

却叹广厦遮空，群黎节食，难购栖身屋。漫道岐黄堪济世，学费更非干肉。夸说西天，莲花遍地，易帜方多福。东欧殷鉴，隐忧风起金谷。

注：李维嘉，1918 年生，重庆人。四川省政协副主席。四川省诗词学会会长。

## 八声甘州·悼孔繁森

程光锐

破长空急电报哀音，君化鹤西去。顿冈山峰暗，泉河断流，望尽斜晖。阿里千家惊恸，无语泪双垂。悲也慈母梦，正说儿回。

雪域山鹰展翅，幸岱宗赤子，携手同飞。更倾城竭智，挥写撼天诗。去匆匆、唯遗至爱；最难忘、洗血凝衣。千峰外，一碑高耸，十亿沉思。

注：程光锐，1918 年生于江苏睢宁县。曾任《人民日报》高级记者、《报告文学》副总编辑。孔繁森遇难当日，家乡老母忽对别人说：“三儿回来了！”孔繁森某日去山村工作，步行劳累，肠瘤破裂，深夜默默去溪边洗血衣。

## 八十自白

梁东

驱赶光阴日复旬，恨无一岁几逢春。
蹉跎愧我尘寰事，汗漫还他物外身。
艺苑躬亲防水货，德怀顶礼拜真人。
老夫荣踞“八零后”，皓首梨花满眼新。

注：梁东，1932 年生，安徽人。中华诗词学会顾问。

## 湘西矮寨特大悬索大桥

赵焱森

矮寨堪豪壮，青峰直插天。
风标追远古，云气涌长烟。
路自空山断，车随绝壁旋。
金桥一飞架，万里任挥鞭。

注：赵焱森，曾任中共湖南省纪律检查委员会副书记。现为中华诗词学会副会长、湖南诗词协会会长、湖南省岳麓诗社社长。

## 鹧鸪天·长沙园林赞

伏家芬

题记：2012 年 3 月 5 日《长沙晚报》报道，长沙荣获“全国国土绿化突出贡献单位”称号。这是继“国家森林城市”“国家园林城市”“全国绿化模范城市”称号后，长沙摘取的第四个国家级绿色桂冠。

玉宇澄清岂等闲，回黄转绿步何艰。园窥岚影千峰碧，林拂松风万壑澜。

桥隐隐，路漫漫，湘云楚雨织春山。风流潘岳栽花处，付与棠阴一例看。

注：伏家芬，湖南省文史研究馆馆员，湖南省诗词协会顾问。

## 岁暮遣兴

周退密

此身非佛亦非仙，小草长生只偶然。
人逼崦嵫寿难百，书多馈赠卷盈千。
痴心常作还乡梦，旧俗犹行压岁钱。
袖手围炉无一事，伫听竹报下诸天。

注：周退密，1914 年生于浙江宁波。教授。上海市文史研究馆馆员。中华诗词学会顾问。

## 天宫一号上天

熊东遨

驭电驱雷一箭风，环球仰首看飞龙。
五千年史添新页：大写中华到太空。

注：熊东遨，1949 年生，湖南宁乡人。湖南诗词协会副会长。

## 登高——游世界屋脊感赋

潘朝曦

久欲冲霄揽斗牛，今朝终得极巅游。
风云纵览八荒外，气势凌加五大洲。
日月双丸随手掷，顶天一柱自风流。
千年多少登高者，独傲吾居最上头！

注：潘朝曦，1949 年生，江苏连云港市人。上海中医药大学研究生院导师。

## 山居杂诗三首

叶元章

庚寅大暑，携家人赴西天目山，下榻陶然居山庄，盘桓数日，成杂诗一束纪其事。

日影横窗树影斜，陶然一梦到农家。
最难得是闲中趣，睡起看儿拾枣花。

竹里人家傍水湾，远观云起近观山。
半生都在尘嚣里，一榻临风梦未还。

雨后山泉好煮茶，宅边槐柳暗藏鸦。
闲居只共岩云语，暂把农家作故家。

注：叶元章，1923年生，浙江镇海人。长期执教于高校。

## 南柯子·红豆二首

段晓华

的历红珠子，缠绵墨客词。无端小字唤相思，赚取多情如醉复如痴。

恨罢闲抛久，愁来细数迟。山盟海誓也参差，只有彤心一点似当时。

一斛痴人泪，三生恨海礁。相思深处倍寂寥，无那寸心如绪更如潮。

婉转还难续，晶莹色未凋。天涯枕畔梦云遥，怅绝秋蕉夜雨不胜敲。

注：段晓华，女，1954年生，江西萍乡人。南昌大学人文学院教授、古文献研究所所长。

## 过卢沟桥

王志滨

晓月微茫照石桥，风轻云静卫城高。
春深犹恐群狮睡，遥对燕山唱大刀。

注：王志滨，1966年生。中华诗词学会会员。

## 雨中访瑞金

寓真

故迹新园沐雨情，红旗犹指旧行营。
正名自有春秋笔，误国从来左右倾。
激战五回连喋血，悲歌万里送长征。
访观不尽许多事，收伞凝听淅沥声。

注：寓真，本名李玉臻，1942年生。一级大法官。曾任山西省人大常委会副主任。现为中华诗词学会副会长、山西诗词学会名誉会长。

## 国耻石

王同兴

黑龙江畔有一卧牛石，上刻“此石可烂倭寇之仇不可忘”。

江流淘不尽，石刻恨深深。
本事谁能考，斯人气尚存。
相知松作伴，见证史翻新。
激励后来者，长为义勇军。

注：王同兴，1940年生，黑龙江宁安人。曾任鹤岗市文联主席，现为鹤岗市诗词协会主席。

## 秋游梅关

古求能

古道西风石径长，鸡声茅店忆沧桑。
张公北上奚囊累，苏子南来诗话香。
望里雄图连九派，梅边绝唱诵三章。
秋游也在丛中笑，碧野丹枫火凤凰。

注：古求能，广东中华诗词学会

副会长，《当代诗词》主编。张九龄、苏东坡曾于梅关留下诗话，陈毅《梅岭三章》已立诗碑。

## 春歌

于德水

泥软风甜碧满渠，莺飞草长爱山居。
柳丝撒下千张网，只网春风不网鱼。

注：于德水，1945 年生，日本遗孤。自幼受中国传统文化熏陶，热爱中国古典诗词。

## 鹧鸪天·大学生村官

王旭

告别寒窗不进城，桃林欢笑麦田迎。一双嫩手开先路，万亩荒丘扣大棚。

牵疾苦，访墒情，频传科技重民生。辛劳换得千家富，百姓心中有准星。

注：王旭，蒙古族，1969 年生。中华诗词学会会员。

## 西江月·女测绘兵

王琳

岸阔人为水影，天低杆入云端。河虾清露野炊鲜，一任心随歌远。

惯眺奇峰沃土，欣巡樵路霞天。女兵活跃白云间，收取山川入卷。

注：王琳，女，1953 年生于北京。曾任国防大学训练部教保部参谋。现为解放军红叶诗社副秘书长。

## 鹧鸪天·月夜送肥

张道理

盼得春回把种播，朦胧月夜上山坡。三车肥送三车笑，一路风清一路歌。

轮滚动，地哆嗦，高头大马尽奔波。长鞭甩碎空中雾，多少星星赶下河。

注：张道理，1939 年生，江苏铜山人。乌苏市水泥厂原工会主席。

## 登雨花台

傅丁本

一天花雨石犹斑，阅尽六朝秋草残。
燕子斜阳来又去，酒旗歌板几曾闲。
无边欲海潮何急，十万英魂骨未寒。
谁解登临无限意，江山如此醉凭栏。

注：傅丁本，1943 年生，江苏省宿迁市人。江苏省宿迁市诗词协会副会长。

## 金湖荷花节

钟振振

风光亦与四时殊，六月西湖似此湖。
不待初阳干宿雨，翠盘十万走明珠。

注：钟振振，1950 年生。南京师范大学文学院教授。中国韵文学会会

长，中华诗词学会副会长。

## 农民

郭云

一粒仓粱百折腰，苍天无雨汗珠浇。
为君消得佝偻背，格比昆仑一样高。

注：郭云，1943 年生，北京市人。高级政工师。《诗词世界》主编。

## 哨所吟

王子江

边关三万里，风雨五千天。
动静眉间锁，枯荣枪上拴。
浮云衔鸟过，明月带歌还。
时去征飞雪，红旗总在前。

注：王子江，1967 年生于辽宁省阜新县。上校军衔。《中华诗词》编委。

## 为地球代言

阎克敏

灾殃遍及此星球，万类如何竞自由？
稍有良知应护惜，永无止境是诛求。
天人合一难分割，祸福成双需统筹。
关爱自然非小事，家园当与子孙留。

注：阎克敏，1948 年生，内蒙古凉城人。中华诗词学会会员。

## 咏伞

李辉耀

铮铮硬骨向心连，伸屈随机自坦然。
落拓寻常若无事，每逢风雨敢撑天！

注：李辉耀，1945 年生，湖北咸宁人。编审，教授。湖北省诗词学会秘书长，《湖北诗词》主编。

## 登燕山将军关

王守仁

将军关上气森森，断壁依稀锁战尘。
古寨难寻明代瓦，新村仍有戚家人。
鸡啼犬吠画中看，鼓角悲笳梦里闻。
古往今来多少事，悠悠化作岭头云。

注：王守仁，蒙古族，1948 年生于内蒙古乌兰浩特市。曾任《长白山诗词》编辑。现为中华诗词学会会员。

## 清平乐·夏夜

刘如姬

夜澄如水，四野虫声脆。蒲扇摇来风细细，闪闪繁星欲睡。

月儿爬上林梢，阿婆唱起歌谣。隐约清溪渔火，稻花香到浮桥。

注：刘如姬，女，1977 年生，福建永安人。永安市文联副主席，永安市燕江诗社副社长。

## 高阳台·过都城南庄

周燕婷

曲径苔侵，闲池萍倦，凭谁认取名园。记得桃花，曾经一段因缘。如尘往事都消散，甚零愁、又到吟边？更何堪、柳影依依，鸟语关关。

流光不带相思去，剩斜阳古巷，细草平川。莫闭重门，天涯恐误归船。蓬山或有重逢日，到而今、应悔当年。对桃蹊、梦也无由，泪也无端。

注：周燕婷，女，1962 年生于广州。广州中学物理高级教师。

## 【正宫·塞鸿秋】穷折腾

余震宇

县官上任砸街道，乡官上任装门套，村官上任修爷庙，赃官不把清官尿。脑门拍一响，点子颠三跳，庶民流泪他还笑。

注：余震宇，陕西蓝田人。高级工程师。中国国土资源作家协会、西安诗词学会会员。

## 卜算子·野营雪夜宿西山

白凌云

夜半卧冰眠，鼾雾鼻尖雪。帐外山风响似雷，被褥凉如铁。

冻醒望京城，水酒乡情烈。万户团圆笑语中，我挽相思月。

注：白凌云，1974 年生，山东淄博人。解放军某部政治部保卫科科长。

## 尹瘦石《亚子先生行吟图》

石理俊

百载风云几劫波，素衣一袭等闲过。
满怀剸虎屠鲸思，总把诗词作剑磨。

注：石理俊，1927 年生，浙江浦江人。曾任空军后勤部政治部副处长。图中有款：“为纪念先生一百周年诞辰而作，一九八七年五月瘦石”。亚子先生有磨剑室诗集、词集、文集。

## 踏莎行·游河，时结褵十周年

王小娟

树影参差，波光荡漾，青春岂独芳枝上。濠河十里月溶溶，熏风吹起桃花浪。

曲岸红稀，中天碧涨，轻舠不碍飞双桨。云中更送好音来，细听犹是当年唱。

注：王小娟，女，1971 年生，南通市人。中华诗词学会会员。

## 重回原子城于列车上

张德祥

自笑东归又转西，成丝往事理还迷。
十年睽隔刚肠友，七省飞奔铁马蹄。

回首云程如火烈，感时鬓发与霜齐。
重来旧地情何限，先吻银滩一捧泥。

注：张德祥，1937 年生，山东泰安人。淄博诗词学会副会长。

## 寄草堂八友

边郁忠

孤顶茅斋忆陋蓬，邻塘吹破柳花风。
村醪每借啼鹃醉，野水多因落照红。
顾影小池怜白鹭，撩人浅草惹春虫。
有时无意惊山月，击箸自耽吟啸中。

注：边郁忠，吉林省诗词学会副会长、吉林市雾凇诗社社长。

## 秋日乡思

傅璧园

老屋疏篱夕照黄，梦魂犹绕旧渔庄。
高楼指点云山远，小阁沉吟笔墨荒。
入户秋风侵病骨，洒窗冻雨作新凉。
平生心事低回里，二字伤神是故乡。

注：傅璧园，1923 年生，浙江镇海人。

## 林下

羊淇

林下萧疏几度秋，未甘寂寞老沧洲。
胸怀赤胆关民瘼，笔触颓风为国忧。
盛世微言堪作诫，兴邦直道总宜谋。
夜来通鉴挑灯读，星斗阑干月一钩。

注：羊淇，1924 年生，江苏常州市人。舣舟诗社副社长。

## 浪淘沙

杜若鸿

把酒祝东风，海阔天空。辞华英气化长虹。声誉远传千万里，南北西东。

畅饮八千盅，情意无穷。师生同庆乐融融。名满学林人盛赞，李白桃红。

注：杜若鸿（香港），就职于香港大学中文学院，为香港诗词学会顾问、香港诗评家学会副会长。

## 车过娄山关

文爱刚

车过娄山每恋之，此间胜迹惹相思。
三军北上传千古，万里东风绽一枝。
克敌不惟凭地利，挥师何止借天时。
个中奥妙谁能识，细品硝烟马背诗。

注：文爱刚，1946 年生。贵州省遵义县文化馆退休干部。《播风诗词》副主编。

## 谒北洋海军忠魂碑

李增山

刀光剑气逼云霄，海雨天风恨未消。
朽腐无能收失土，忠魂大义赴汹涛。
依稀舰影歌悲烈，缭绕鸥声慰寂寥。
肃立碑前传喜讯，自家航母已开锚。

注：李增山，1945 年生，河北平山人。曾任临汾军分区副司令员。大

校军衔。忠魂碑碑身为28.5米高的利剑造型，矗立于刘公岛上。

## 念奴娇·岳阳楼

王爱山

岳阳楼上，望云梦、碧水蓝天相接。远浦归帆杨柳岸，夕照渔歌唱彻。欧鹭翱翔，鱼舟共舞，玉垒千堆雪。一湖胜状，如诗如画澄澈。

遥忆子美佳篇，希文卓记，忧国情何切。多少英贤长探索，换了人间春色。忧乐心中，安危度外，意志坚如铁。中华崛起，任他雨暴风烈！

注：王爱山，1939年生，湖南湘阴人。曾任新疆喀什地委副书记。现为新疆诗词学会会长。

## 忆王孙·迎春二首

陈志明

东风刹那绿芭蕉，姹紫嫣红满目娇。咫尺心湖起海潮。欲抽毫，笔底波澜不可描。

因风杨柳万千条，百卉含芳不胜娇。满眼生机情兴豪。意摇摇，浩荡诗情认今朝。

注：陈志明，1934年生，浙江桐乡人。教授，曾任排浙江大学中文系主任。浙江省诗词与楹联学会副会长。现为浙江省诗词与楹联学会顾问。

## 西江月·回首长安

刘白杨

拂去咸阳尘色，穿过灞柳风烟。蓦然回首已千年，记得海枯石烂。

借我三生肝胆，还君一个长安。天荒地老有奇传，化作歌声飘远。

注：刘白杨，1977年生于西安市雁塔区。西安市雁塔区马腾空小学校长。西安诗词学会副秘书长。

## 书吟

褚水敖

文字攀成骨肉亲，书情永久见殷殷。
万缘易放皆因道，一日难离最是君！
不薄今吟并时唱，爱崇子曰又诗云。
五车也载根本事，求德求功求妙文。

注：褚水敖，1945年生，浙江余姚人。上海市作协党组副书记兼秘书长。中华诗词学会副会长，上海诗词学会会长。

## 鹧鸪天·村姑

国印周

紫燕衔来菜蕊黄，村姑捻得柳丝长。风揉塘水观波细，雨润椿芽出矮墙。

梳短鬓，换春装，情歌一曲对青阳。阿哥城里打工去，浇麦耘田独自忙。

注：国印周，1945年生，河北隆尧人。曾任县委宣传部常务副部长，文化体育局局长。河北省邢台市诗词协会副会长。

## 湘滨即景

王行健

桃花水涨柳新裁，宿雨初晴云半开。
隔岸村姑人似燕，小舟飞桨卖鱼来。

注：王行健，1935年生，湖南湘潭人。湘潭市湘绮楼诗社副社长。

## 鹧鸪天·凤凰采风

李传才

诗友相邀访凤凰，枫丹苇白菊飘香。清幽山水藏龙虎，淳朴民风继汉唐。

楼有脚，石为墙，繁华古镇任徜徉。景观处处留人醉，遍采秋光入锦囊。

注：李传才，1947年生。中学教师。湖南诗词协会会员。

## 忆伟大转折

郭省非

拨尽乌云散雾霾，愁花谢罢乐花开。
精挑几粒明天籽，种入春风长未来。

注：郭省非，1941年生，湖北浠水人。高级经济师。中国楹联学会副会长，湖北省楹联学会副会长。

## 秋夜偶拾

邵红霞

倏然青鬓老，谁解满怀柔？
往事依稀淡，真情悱恻留。
雁携三季梦，菊绽一盆秋。
月晒清光里，蛩声未及收。

注：邵红霞，女，1967年生，吉林长春人。中华诗词学会会员。

## 感怀

韦善通

花开花落梦难寻，百步回眸暮气深。
酒里还呼时运转，镜中早作白头吟。
夜阑偶忆蹉跎路，骨瘦长敲刚直音。
洗尽铅华还本色，怦怦跳动是童心。

注：韦善通，1942年生，广西浦北县人。曾任广东省军区司令部参谋、县人大常委会办公室主任等。

## 的哥

郑玉伟

早追残月暮追星，岁岁炎凉雨雪风。
感叹份钱难喘息，可怜油价又攀升。
野餐一顿吞三口，美酒十年喝几盅。
一枕黄粱方入境，闹铃破梦又催征。

注：郑玉伟，1942年生，原籍河北元氏。

## 浪淘沙·拟两地书

姚飞岩

日日念征桅，水逐云追。鱼书不至月三规。欲叩荧屏偏又怕，是处风雷。

昨夜梦君归，方拥还偎。一声辛苦泪横飞。复向灯前开锦盒，笑看勋徽。

万里护商桅，夜逐晨追。寇狂盗诡岂循规？赖有屠鲨擒鳖手，不待惊雷！

回也不旋归，再约相偎。许君春暖燕双飞。传有雏鹰须练翅，且听音徽。

注：姚飞岩，1945年生，上海崇明人。曾任海军后勤部政治部秘书处处长。大校军衔。《红叶》副主编。

## 游草堂瞻杜甫塑像

尹贤

茅堂重建已翻新，井碓房厨不染尘。
碍日修竹迎鸟渡，餐风野草伴溪吟。
四围万厦千楼立，大道香车宝马奔。
夫子为何眉紧蹙，岂知寒士未欢心？

注：尹贤，1929年生，兰州交通大学退休教师。《陇风》和《甘肃诗词》原主编。

## 垓下吟

汪奇圣

天下烽烟共逐秦，图王图霸战纷纷。
江山不买匹夫勇，天地同悲子弟魂。
垓下凄风吹血泪，长安明月照宫人。
千秋一局鸿门宴，留与书生细品论。

注：汪奇圣，1941年生，安徽铜陵县人。中学高级教师，曾任中学校长。

## 鹧鸪天·那年秋意

张帆

一介浮身不自由，蹉跎日月又逢秋。卧听屋外三更雨，起看窗前百丈楼。

心致远，意难收，而今发白少年头。几多往事浑如梦，醒后方知不可留。

注：张帆，1966年生，河南原阳人。原阳诗词学会副会长，河南甲方乙方《资讯大全》总编辑。

## 满庭芳·小院春日

宫树鼎

燕子来时，梅心谢后，蒙蒙薄雾笼晴。暖人天气，时节近清明。小院东君早到，殷勤把，生意催醒。纱窗外，芭蕉抽绿，竹影乱摇青。

多情，应是我，才同树约，又

与花盟。赏小盆桩景，浅水山陵。更爱松阴涧曲，神会处，渐入空灵。浑忘却，萧萧白发，身外利和名。

注：宫树鼎，1929年生于安徽蚌埠市。铁路工程师。江苏十佳老年诗人。

## 兴平西郊立交桥鸟瞰

张曼利

桥是琴身路是弦，音符缭绕到天边。
秋声弹在斑斓里，融入关中交响篇。

注：张曼利，女，陕西省西安市临潼区人。中华诗词学会会员。

## 醉花阴·扬州瘦西湖

徐红

绿染岸汀春雨透，一棹清波皱。涵月五亭桥，次第楼台，玉女舒歌袖。

二分明月何言瘦？借景成佳构。盐塔入晴云，曾傲康乾，独秀清明后。

注：徐红，1947年生，江苏省张家港市人。南京军区装备部原副部长，少将军衔。江苏省诗词协会副会长，《红叶》副主编。

## 鹧鸪天·学唐诗

顾修俊

借得青莲笔一枝，偷来野老浣花词，子昂玉洁云中鹤，摩诘超凡世外姿。

情切切，意痴痴，胸罗三百启神思。兴来赏月观星斗，一片霞云一首诗。

注：顾修俊，1938年生，山东临淄人。中学高级教师。中华诗词学会会员。

## 春耕

王珉

春风又度小桥西，归燕双飞剪柳低。
日暖桃新尤润雨，风薰雪化沃新泥。
溪头水涨鸭张翅，垄上犁开牛奋蹄。
待到秋来铺锦秀，云霞稻浪涌香堤。

注：王珉，女，黑龙江人。香港诗词学会副秘书长。

## 临江仙·夜巡有感

涂运桥

风雨如磐何所惧？戎衣立尽余寒。英雄埋骨有青山。荣名身外事，心系万民间。

醉里豪言君莫笑，前途道道重关。战歌声里月初残。壮怀时刻在，夜夜国门边。

注：涂运桥，1972年生。将军学府诗词研究会副会长。

## 长安诗会二首

时新

夏雨西京似酒浓，深情一语胜千钟。
诗魂侵润绿阴处，新曲江头老杜风。

小雨名园随树深，新诗写罢梦中吟。
欲传短信故人去，却怕铃声扰夜襟。

注：时新，1946年生，山西清徐县人。山西省社会科学联合会原秘书长。山西诗词学会常务副会长，《难老泉声》主编。

## 静心湖

张茗敕

秋水一泓空自流，千般景象眼难收。
鸟声跃进湖心里，惹得青山乱点头。

注：张茗敕，1953年生。陕西省诗词学会会员。

## 南歌子·观黄果树瀑布

张梅琴

十里闻声远，银河垂下空。高悬巨练响轰隆。激起飞花满野雾蒙蒙。

烟锁天边日，云成七彩虹。霞光四射到苍穹，且喜此时身在画堂中。

注：张梅琴，女，山西平遥人，1955年生于广西壮族自治区贵县。中共山西省委办公厅秘书处副处长。山西诗词学会副会长。

## 萍洲春涨

杨建平

浩荡烟波一小洲，任凭浪击已千秋。
瀑飞峭壁雾先起，水漫西山舟自浮。
摇橹声牵垂岸柳，扬花香染望仙楼。
春风无限潇湘意，不信蓬瀛有此幽。

注：杨建平，湖南永州人。曾任永州市房地产局长兼党组书记。湖南省永州市诗词学会副会长。

## 鸣春曲

毕太勋

一剪寒梅报晓钟，醒来蛙鼓透帘栊。
萋萋芳草坡坡绿，灼灼夭桃树树红。
细雨多情敲雅韵，青山着意展新容。
声声布谷催耕急，遍地春牛赛画工。

注：毕太勋，1954年生，湖北省大冶市人。曾任大冶市文化体育局纪委书记。现为湖北省大冶市诗词楹联学会副秘书长。

## 临江仙·庐阳天鹅湖

何迈

策杖寻春香满袖，蜀山晓雾朦胧。天鹅戏逐日初红。林间莺恰恰，岸上柳重重。

更羡三三比翼鸟，眠沙立草情浓。一篙春水泛舟蓬。悠悠湖上月，绰绰橹摇风。

注：何迈，1932年生，安徽省庐江县人。合肥工业大学教授。

## 春游寄畅园

赵亚娟

料是东君最解怀，得闲拾韵踏青来。
知鱼槛畔微波动，嘉树堂前晓雾开。
泉响清音凭鹤舞，松吟丽日任风裁。
烟霞笼翠寻诗笔，撷取春光润砚台。

注：赵亚娟，女，1968年生，江苏无锡人。江苏省诗词协会会员。

## 元宵寄远

孙景芳

月最圆时恨最深，天涯尚有未归人。
斜阳曲径莺同步，孤影寒窗酒自斟。
客土流光催白发，故园离绪赋停云。
萋萋春草施中谷，万里长风自海门。

注：孙景芳，1947年生，黑龙江省望奎县人。望奎县作家协会古典文学研究分会会长。

## 西安乘班机回榆林

张克鸿

鹏翼抟风上九重，凭窗远眺感虚空。
黄河万里线何异，华岳千寻豆等同。
滚滚红尘抛世外，茫茫碧海纳杯中。
居高别有豪情在，吟到天心自动容。

注：张克鸿，1956年生，陕西省横山县人。中华诗词学会会员。

## 西江月·中秋

王玉明

未了亭亭荷韵，更添籁籁扬声。中秋云翳月无形，别样清寥意境。

堪喜池塘鱼火，尤怜丛草孤萤。盘桓丘上抚青松，不是渊明身影。

注：王玉明，1941年生，吉林人。中国工程院院士，清华大学教授。北京诗词学会副会长。

## 金门刀

郭鑫铨

血浓于水念同胞，喜罢兵戈脱战袍。
拾取遍山飞弹片，化为厨下俎前刀。

注：郭鑫铨，云南省诗词学会副会长。

## 中秋寄远

翁寒春

秋风乍起费沉吟，瑟瑟谁堪夜里音。
远树迷离难倚枕，忧怀萧索怕听琴。
冰轮竞夜光清宇，藜杖何时化邓林。
天上人间分万里，月圆月缺入愁心。

注：翁寒春，女，浙江省龙游人。香港诗词学会常务副会长兼秘书长，《香港诗词》执行副主编。

## 拾荒姑娘

王纪波

堪与娥眉斗画长，风痕雨渍满衣裳。
青春藏在背囊里，灯火街头夜夜凉。

注：王纪波，1987 年生，安徽凤台人。安徽省古籍整理出版基金会秘书。

## 游乾陵咏武则天

胡志毅

一碑无字立斜阳，仰望堪怜武媚娘。
裙下权臣蠲八老，眉间韬略失三唐。
登基忍毁麒麟阁，终死幽归寂寞乡。
女杰从来不容易，缘何独捧骆宾王。

注：胡志毅，1945 年生，河北永年人。大校军衔。《甘肃诗词》主编。

## 摊破浣溪沙·与诗友访青岩龙井村

赵西林

举酒迎宾寨口旁，竹枝一唱彩云翔。翰墨飘香盈里巷，见诗墙。

自古民谣崇讽诵，而今时调重铿锵。小饮清纯龙井水，是琼浆。

注：赵西林，1930 年生，贵州省贵阳市人。曾任贵州省教科文卫委员会常务副主任。现为贵州省诗词楹联学会会长。

## 桂花

韦茂林

月宫仙种落凡尘，开遍故园大小山。
秀色十分赢粉黛，清芬一段胜香檀。
枝头缀玉尤堪折，叶里藏金或可冠。
满地落英君莫扫，任它香透万重关。

注：韦茂林，1944 年生，壮族，广西象州县人。曾任广西教育学院纪委副书记。

## 烈士吟

柳科正

浩浩南湖水，皑皑大雪山。
沙场迎炮火，囚室抗凶残。
一死千钧重，三秋白骨寒。
几多无姓字，青史血斑斑。

注：柳科正，1934 年生，湖南长沙人。曾任总参干部训练基地政委，大校军衔。解放军红叶诗社副社长兼《红叶》主编。

## 临江仙·感事

包德珍

惯识行云多幻化，何由路失羊肠。巫山神女唤难忘。衣沾红雨后，身卧紫罗旁。

说露谈风终可许，春心误抱斜阳。南柯有梦醉官场。花犹初宛丽，月已半昏黄。

注：包德珍，女，1940 年生，黑

龙江呼兰人。海南省诗词学会副会长。

## 垂钓

秦石

远避俗尘乡野来，垂杨柳下坐青台。
起钩莫笑无鱼上，钓得清风已满怀。

注：秦石，1943年生，江苏省盐城市滨海县人。高级检察官。滨海县诗联协会副会长。

## 草原晨曲

蒋继辉

万缕晨光洒北疆，绿茵千里遍牛羊。
毡房点点炊烟直，驼队悠悠古道长。
三两苍鹰披彩缎，几群健马吻朝阳。
奶茶未饮心先醉，早把草原当故乡。

注：蒋继辉，1948年生，江苏徐州人。高级政工师。徐州市诗词协会副秘书长，《徐州诗词》副主编。

## 颂乌蒙百里花都

徐正云

最是乌蒙上巳天，风光绮丽惹人怜。
三边春暖初杨柳，百里山深已杜鹃。
叶底储香眠蛱蝶，枝头生籁听丝弦。
蓬莱景好何须觅，到得花都便胜仙。

注：徐正云，女，1934年生于昆明。贵州省毕节市诗词楹联学会副会长，毕节乌蒙诗社副社长兼秘书长。百里花都亦称百里杜鹃林带，是风景名胜区域，位于黔、滇、川三省边连腹地。

## 水调歌头·景山万春亭远眺

郑欣淼

花柳各争胜，城阙正春喧。沉沉一线中轴，气象逼云天。次第巍峨宫殿，左右堂皇坛庙，辐辏涌波澜。西北五园迹，遐思到邯郸。

阪泉血，燕市筑，蓟门烟。几多龙虎拏掷，得意此江山。漫道金元擘划，更叹明清造建，宏构震瀛寰。总是京华好，一脉自绵绵。

注：郑欣淼，1947年生，陕西省澄城县人。曾任文化部副部长、故宫博物院院长。现为中华诗词学会会长。系第四届华夏诗词奖评委。

## 登山有感二首

郑伯农

龙钟老迈发苍苍，岂有豪情上武当。
旧雨新知勤助力，半推半拽入云乡。

登顶攀巅望远方，野云飘荡楚天茫。
休言一览众山小，华夏千峰挺脊梁。

注：郑伯农，1937年生于福建省长乐县。曾任《文艺报》主编，中国社会主义文艺学会会长，中华诗词学会常务副会长、代会长。现为诗词学会驻会名誉会长，《中华诗词》主编。系第四届华夏诗词奖评委。

## 临江仙·普救寺

李文朝

厚土长河飘绝唱，魂牵梦绕西厢。梨花院里觅衷肠。两人成眷属，天下谢红娘。

普救钟声依旧响，书斋玉兔银光。莺莺塔下影双双。爱情朝圣地，待月梦鸳鸯。

注：李文朝，1948年生，山东梁山县人。曾任大军区政治部宣传部副部长、陆军学院政治部主任。少将军衔。现为中华诗词学会常务副会长。系第四届华夏诗词奖评委。

## 喜读松公妙句走笔立和

周笃文

卿云纠缦太平洋，伟矣鲲鹏更举航。
动地掀天观气象，酌浆援斗庆端阳。
神弓射日三光泰，国策仁民百世长。
击壤康衢歌九老，安居应不羡仙乡。

注：周笃文，1934年生，湖南汨罗人。中华诗词研究院顾问。系第四届华夏诗词奖评委。

## 赠文房一号

王充闾

云海襟怀大雅情，即从极品见分明。
文行天下功无量，艺溉心灵誉有声。
纸寿千年邀俊赏，墨华七色证人生。
砚田万顷春光满，虎跳龙飞待笔耕。

注：王充闾，国家一级作家，辽宁省作家协会名誉主席，中华诗词学会顾问。系第四届华夏诗词奖评委。

## 望海潮·钓鱼岛

宣奉华

夜阑不寐，饕蚊成阵，缘何嚣聚如麻？污浊东瀛，狼心知事，疯癫“买岛”喧哗。怒浪卷狂沙！眺汪洋琼宇，是我邦家。风雨千秋，先民汗血，溉奇葩！

钓鱼宝岛殊佳，系黄礁赤屿，南北珠崖。声应澎湖，地亲台岛，雄踞陆架海涯。万里跃飞槎。炎黄十三亿，拱卫中华，岂任瓜分豆剥，投戟戮凶鲨！

注：宣奉华，女，1942年生，安徽省肥东县人。曾任中国新闻学院副院长、党委副书记。现为中华诗词学会副会长。系第四届华夏诗词奖评委。

## 观

李树喜

### 一 观史

君子知音少，人才悲剧多。
几波文字狱，淹没大风歌。

### 二 观山

曲折竹林水，漂浮云外山。
纷纷黄绿里，秋色不均摊。

注：李树喜，1945年生于河北省

安平县。曾任光明日报出版社社长兼总编辑。现为中华诗词学会副会长。系第四届华夏诗词奖评委。

## 永遇乐·神游金台

易行

一路鲜花，两厢碧树，万千商厦。寻访多年，金台胜迹，依旧心头挂。子昂去了，纳兰走了，唐宋明清叹罢。看今朝、嫣红姹紫，京城又是华夏！

建国伊始，残垣断壁，远景如何描画？毛邓江胡，六十寒暑，接力安天下。卫星放了，神舟回了，奥运世博唱罢。凭谁问、龙腾四海，友邦惊诧？

注：易行，本名周兴俊，1945 年生于北京。曾任线装书局总经理兼总编辑。现为中华诗词学会副会长、中国毛泽东诗词研究会副会长、中华诗词研究院执行副院长。系第四届华夏诗词奖评委。

## 湿地公园

张桂兴

浩渺芦花荡，曲桥连水乡。
路边花斗艳，堤岸柳生凉。
鸟雀归巢宿，鱼龙潜底翔。
减排添绿色，低碳得天长。

注：张桂兴，1944 年生，河北隆尧人。曾任北京市民政局副局长。现为中华诗词学会副会长、北京诗词学会副会长。系第四届华夏诗词奖评委。

## 咏西柏坡毛泽东等领袖推碾兼贺建党九十周年

高立元

太行深处小山村，荡漾东风万象新。
春意盎然飞笑语，征途迢递走雷音。
时将五谷研为粉，终把三山碾作尘。
西柏坡中几双手，共旋日月转乾坤。

注：高立元，1941 年生，山东临朐人。少将军衔。曾任解放军理工大学副校长。现为《红叶》副主编。系第四届华夏诗词奖评委。

## 行香子·暮春旅怀

罗辉

烟雾笼沙，野水浮槎。听风雨、山涧喧哗。枝头落叶，路上飞花。有林中鸟，水中石，草中蛙。

新朋把酒，旧友分茶。等闲那、晚照西斜。但言秋实，莫恋春华。试读禅宗，谒禅寺，访禅家。

注：罗辉，1950 年生，湖北省大冶市人。教授。现任湖北省人大常委会副主任。湖北省诗词学会会长。系第四届华夏诗词奖评委。

## 参观甲午海战展览馆

钱志熙

旌旗蔽日阵图雄，铁舰王师冠亚东。
壮士有心吞丑虏，庙堂无策破强戎。

蛟宫愁见鱼龙泣，虎帐畏闻猿鹤空。
一鉴刘公岛上月，当年曾照血花红。

注：钱志熙，1960 年生于浙江乐清。北京大学中文系教授、古代文体研究中心常务副主任。系第四届华夏诗词奖评委。

### 一剪梅·小猪

高昌

总是哈哈笑小猪，胖亦遭嘘，憨亦遭嘘，娱人放任俗言粗。不改心愉，不碍筋舒。

同样生灵地一隅，冷对刀屠，淡看庖厨，谁将悲悯待无辜？此念胸纡，试为君呼。

注：高昌，1967 年生于河北辛集。现为《中华诗词》执行主编、中国文化报理论部副主任。系第四届华夏诗词奖评委。

## 第五届华夏诗词奖获奖作品和评委作品选

### 苏州咏廉石

宫殿阁

一石寻常万众躬，民心可鉴与谁同。
橘堪孝母非关盗，资不安舟乃见穷。
半块江矶骸落落，十年太守袖空空。
若将磨得窥心镜，挂向人间净仕风。

注：宫殿阁，1945 年生于黑龙江省望奎县。退休教师。中华诗词学会会员。廉石：三国时苏州人陆绩曾任郁林太守，为官清廉，任满回乡时，归舟空荡，恐不胜风浪，江边采一矶石镇船。此石被后人称为廉石，现存苏州陆府。橘堪孝母：《二十四孝·怀橘遗亲》：陆绩六岁，于九江见袁术，术出橘待，绩怀两枚，及归，拜辞堕地，术曰："陆郎作宾客而怀橘乎？"绩跪曰："吾母性之所爱，欲以遗母。"

### 访农户

吕文芳

稼穑逢初夏，农时岂可违！
肩扛朝日起，脚踩月光归。
帷幄置新囤，田园换绿衣。
敲盘寻信息，网上有商机。

注：吕文芳，1940 年生。高级工程师。原任福建省三明市《麟山枫韵》副主编。

### 水调歌头·水滴畅想

李同振

一滴汪汪水，转换岂无穷？或蒸云汽为雨，或冻结成冰。一水无非三态，都是二氢一氧，何必计行踪。但愿无污染，天地共晶莹。

人生路，何阡陌，若浮萍。青云托梦，曾欲拔地试凌空。几许炎凉遭遇，仍是相同自我，淡漠那虚名。不乞多长寿，若水一身清。

注：李同振，1945 年生于河北深泽县。高级工程师，曾任河北省医药局副处长。现为燕赵晚霞诗社副社长。

## 长城

范翔云

登上烽楼瞰大千，云丝雾絮涌胸前。
胡天已过三春雁，戈壁将闻九塞弦。
秦汉森森龙峪险，嘉榆炯炯铁门坚。
天山柳拂左公路，一缕清歌上碧天。

注：范翔云，1933 年生，安徽亳州市谯陵区人。合肥市第六人民医院离休干部。中华诗词学会会员。

## 鹊桥仙·擦鞋女

乐本金

走街穿巷，背箱挎椅，下岗为求生计。热情呼客擦鞋忙，赚几许，油盐菜米。

尘埃轻拭，垢污尽洗，但愿人人满意。且将日子一天天，都擦得，光鲜亮丽！

注：乐本金，湖北荆州市人。荆州楚风诗联社常务副社长。

## 月牙

简彦勇

谁骑天马跨长空，留下银蹄挂印踪。
溅起参商南北斗，星河外泄浪千重。

注：简彦勇，1991 年生于河南信阳淮滨。新疆师范大学学生。

## 竹笛

鲍淡如

耐得风霜骨气盈，心无挂碍畅流声。
玲珑七窍千音幻，得意从来不自鸣。

注：鲍淡如，上海诗词学会理事。

## 咏狗尾草

蒋复琨

淡定偏多风雨摇，清贫瘦弱一头毛。
位卑任尔呼为狗，命贱由人笑续貂。
敢与竹兰争素雅，羞同桃李炫妖娆。
怜他稻粟终亏节，我便枯黄不折腰。

注：蒋复琨，1960 年生，湖南省东安县人。湖南省永州市环保局副局长。永州市诗词协会副会长。

## 八声甘州·曾母暗沙主权碑

陈中寅

梦神州万里起豪雄，开边久图南。溯明清唐宋，汉回蒙满，每动云帆。更有丝茶瓷器，过往再而三。攘外书青史，千古犹谈。

自爱身投礁岛，恰尧疆守护，伟业欣担。羡油田气井，海底几多涵。示他邦、主权休犯，警八方、豺虎莫贪婪。重涛倚、待华船访，听笛情酣。

注：陈中寅，1955年生，湖南祁东人。衡阳市中学高级教师。衡阳市诗词学会副会长，《衡州诗词》主编。

## 通榆风电塔

褚艳芳

野甸荒丘效斗衡，长空放叶卷云行。
那分高洁临风品，此世襟怀抱月生。
未许人间输气势，敢从天上掠光明。
立根瀚海添春色，一路灯花一路情。

注：褚艳芳，吉林省白城市人。吉林省诗词学会会员。

## 过赤壁

洪峻峰

惊涛未许一舟藏，又见神州古战场。
如此东风犹澹荡，当时暮色正苍茫。
从知逐鹿分周鼎，孰听哀鸿怨鲁阳。
烽火而今已陈迹，江天万里鹤高翔。

注：洪峻峰，1958年生，福建泉州人。《厦门大学学报（哲社版）》副主编。厦门市诗词学会副会长。

## 回乡探老母

李增山

少年边戍去，到老始回乡。
望眼嫌家远，归心觉路长。
孤村刚入目，热泪早沾裳。
不等柴门进，隔墙先喊娘。

注：李增山，1945年生，河北平山人。曾任山西临汾军分区副司令员。

## 小村雨后

贾来发

长街雨洗净无泥，巷口村姑竞浣衣。
信步不妨花挡路，闲聊哪管日偏西。
总言商海常掺假，最喜乡情不过期。
布谷声声催种地，谁家屋后试初犁。

注：贾来发，1966年生。云南省玉溪市文化局副局长。云南省诗词学会副会长。

## 除夕

李建新

礼物无须重，回家即有情。
老人今夜盼，儿女叩门声。

注：李建新，上海诗词学会办公室主任。

## 水调歌头·登岳阳楼

项宗西

行别长沙雨，晴上岳阳楼。枫红层岭初染，鹤影翥芦洲。华发骋怀送目，浩渺烟波万顷，一洗古今愁。尽览巴陵胜，无限洞庭秋。

楚天阔，君山碧，大江流。范公千载无恙，相见话沉浮。五秩沧桑塞北，冰雪风霜肝胆，未敢忘乐忧。夕照斜晖里，楼记诵从头。

注：项宗西，1947年生，浙江乐清人。现任全国政协经济委员会副主任、中华诗词学会顾问、宁夏诗词学会名誉会长。

## 鹧鸪天

李艳娟

照影灯窗入梦迟，纤纤素手数青丝。难消别绪半壶酒，最忆相逢那首诗。

寻故纸，写相思，泪垂唯恐有人知。迷离云幕星光黯，怅望天涯又一时。

注：李艳娟，女，1987年生，河北昌黎人。《深圳诗词》编辑。

## 笔耕

王学新

春风知几许，花甲素心留。
放眼三千界，寻章五十秋。
挑灯如梦令，面壁信天游。
唯有耕耘乐，谁言苦作舟。

注：王学新，1948年生，河北磁县人。高级政工师。曾任邯矿集团、金能集团、冀中能源集团党委组织部长。现为河北诗词协会副会长。

## 眼儿媚·春日

杨灏武

赢得东风倩流霞，陌上瘦桃花。几多春事，几多心事，寄予春芽。

茸茸草色寒犹剪，布谷乱天涯。些儿烟影，些儿雾影，浸透田家。

注：杨灏武，1936年生于云南鹤庆。中华诗词学会、云南省诗词学会会员，云南省楹联学会理事，曲靖市老年书画诗词协会《爨乡艺苑》副主编。

## 浣溪沙·岁首夜书怀

樊泽民

斗酒敲诗箫剑鸣，亲山悦水共鸥盟。疏狂啸傲一书生。

怀似今宵霜月朗，思如昨夜雪花轻。敢凭直笔写民声。

注：樊泽民，1971年生，甘肃民勤人。苏武山诗社副社长，《天马诗刊》《苏武山诗词》副主编。

## 满庭芳·宁夏黄河金岸

刘树靖

千顷晴澜，万匹白练，惊涛爽籁华灯。生肖典趣，八骏骨铮铮。金岸围观把钓，霓虹处，拊掌风生。古藤下，银鳞出彩，新事沸花城。

豪情，一路是，襟江满月，霞蔚云蒸。叹诗画墙东，华表鸣旌。本欲登台诧日，神怡也、碧水玄冥。凝眸望，百舟竞发，涌动一湖星。

注：刘树靖，1948年生，江苏邳州人。昌吉回族自治州诗词学会副会长。

## 行香子·学诗

段富林

银汉澄明，窗竹摇星。夜三更，枕上翻腾。披衣伏案，伴月挑灯。读诗中句，句中理，理中铭。

口占愁忘，诗绪方兴。糟糠问，老命何轻！装聋笑对，挥笔蛇惊。写心中事，事中愿，愿中情。

注：段富林，1944年生。湖北省电力公司职工，鹰台诗社副社长。

## 登将军岭

张志民

地远天长独此间，英雄魂魄抱山眠。
将军岭上松千树，绿到白云红日边。

注：张志民，邯郸学院古典文学教授，邯郸市诗词协会顾问。

## 武夷山漂流口占

胡静怡

百里山溪九道弯，风高浪急水云寒。
人生恰似漂流客，闯过前滩又后滩。

注：胡静怡，1943年生，湖南宁乡人。湖南省文史研究馆馆员。

## 生死关头这一推

——赞最美女教师张丽莉

辛元珠

生死关头这一推，力排山海卷风雷。
燃成蜡炬莹莹火，唤起朝阳熠熠辉。
见绌显然超市井，思齐不仅限须眉。
合当双腿化双翼，尽在人们心上飞。

注：辛元珠，1951年生。黑龙江省依安诗词协会名誉主席。

## 回娘家

陈惟林

三月烟花景色佳，华车随燕转山洼。
新楼露脸高声唤，扑进桃林一片霞。

注：陈惟林，1945年生于湖北石首。中级经济师。石首楚望诗社副社长兼《楚望诗刊》主编。

## 退休老父亲

张彦

斟词酌句已三更，仕路回头第几程。
两袖清风心浩荡，一身正气梦安宁。
但期晚景秋分色，无意长江潮有声。
浮世云烟皆过眼，禅音入耳月晴明。

注：张彦，女，1968年生。中华诗词学会会员。

## 农家即景

方庆珠

弯曲河流绕小庄，几家楼宇沐朝阳。
葡萄也识新房好，引蔓欣欣上粉墙。

注：方庆珠，广西武鸣县人。广西诗词学会会员。

## 老伴儿

刘世恩

人道桑榆问谁亲？相依老伴最知心。
殷勤日日操油米，不厌朝朝虑饱温。
每坐闲聊同叙旧，时逢外出互搀身。
夫妻结发情同海，愈到白头爱愈深。

注：刘世恩，1946 年生。国防科技大学计算机学院政委。

## 壬辰元旦书怀

陈子波

饱阅沧桑九十三，且欣蔗境渐回甘。
元辰喜听喧箫管，往事追思付笑谈。
迹历亚欧疲亦乐，性耽声律老犹酣。
名山一席争何易，想作诗人笑太憨。

注：陈子波（台湾），1920 年生，福建省闽侯县人。台湾中华传统诗学会副理事长，福建省诗词学会顾问。

## 过始皇陵漫题

乔树宗

帝陵烟树几枯荣，漫与河山说废兴。
过眼惟余秦月朗，流年已逝汉关雄。
劫灰历历人何在，废苑斑斑草自生。
劲旅难防天下口，可怜兵马满三坑。

注：乔树宗，河北安平县人。高级政工师。曾任陕西澄合矿务局宣传部长、矿党委书记。现为《秦风》诗刊副主编。

## 赵作海案

洪君默

李代桃僵事不违，仙翁已惯倒骑驴。
捕风君是惊弓鸟，入瓮谁成漏网鱼。
序可回春天地有，人能起死古今虚。
十年辜负牢头饭，换得一张平反书。

注：洪君默，1951 年生于福建晋江。四川省闽南商会常务副会长。赵作海以“杀人”罪入狱十一年，后“死者”生还，遂予平反，幸甚。

## 清明雨

闫宝林

纷纷洒洒涨清溪，润绿南堤润北堤。
布谷一声耕事好，春光漫过小桥西。

注：闫宝林，1958 年生。内蒙古科左中旗诗词学会常务副会长，《科尔沁诗苑》主编。

## 纪念毛泽东诞辰 120 周年

胡儒成

大梦君先觉，豪情灌一身。
三山妖雾散，五岳彩云奔。

主义开新径，文章镇恶神。
真金无足赤，何必盼完人。

注：胡儒成，1931年生，四川省大英县人。曾在解放军炮兵院校担任军事教员。毛主席语："金无足赤，人无完人。"

## 辽宁号入列

孙景芳

扁舟一放大洋宽，无限风光到眼前。
关岛惊涛淹落日，琉球急雨洗归帆。
漫伸鹰隼云端翼，微振鲸鲨水底天。
扫净浮尘秋月朗，子孙闲处看江山。

注：孙景芳，1947年生，黑龙江省望奎县人。望奎县作家协会古典文学研究分会会长。

## 问雨

孔祥元

人住高楼上，难闻淅沥声。
欲知昨夜雨，须问最低层。

注：孔祥元，1949年生，甘肃省兰州市人。退休中医主治医师。中华诗词学会会员。

## 老马咏

刘国范

昔日守边关，黄沙卷牧原。
密云千里合，冷月一钩弯。
玉勒嘶空谷，银蹄踏白烟。
勿言年齿暮，伏枥梦征鞍。

注：刘国范，辽宁辽阳市人。曾任总参电子工程学院装备处长。现为安徽省炳烛诗书画联谊会副会长。

## 门前

胡成彪

昨夜枝头小试装，嫩芽初上浅鹅黄。
东风不是闲来客，暗送门前一片香。

注：胡成彪，1957年生、江苏沛县人。曾任沛县副县长。现为徐州市诗词协会副会长。

## 南乡子·煮粥

孔繁宇

经历几番淘，一碗杂粮水两瓢。暂把红红炉上火，微调。静候光阴慢慢熬。

沸起小波涛，思绪随他涨又消。掀盖欲尝熟也未，香飘。味至真时最耐嚼。

注：孔繁宇，女，1965年生，黑龙江省大庆市人。中华诗词学会会员。

## 新兵入列

丁冬

军衣乍着衬天青，帽上红星似日明。
莫道孤身丁点绿，并肩立正是长城。

注：丁冬，本名杨裕坚。广西玉林市诗词学会副会长兼《万花楼诗词》主编。

## 九门口怀古

路焕京

锁钥幽燕几万重，九江汹涌九门横。
山来脚下列严阵，城向云端挽硬弓。
叛将终留千载耻，闯王空有半生雄。
敌楼遥望钓鱼岛，三尺龙泉吼作声。

注：路焕京，1948 年生，河北省临城县人。临城县原副县长。山荆诗社社长。九门口长城位于山海关外，因在九江河上修建九个泄洪城门而得名。1644 年，李自成与吴三桂在此激战，吴三桂引清兵入关，李自成战败。此战成为李自成农民起义军失败的转折点。

## 重读《革命烈士诗抄》

阎克敏

诗抄复读动心旌，仿佛重闻呐喊声。
血沃中原甘赴义，寒凝大地敢争荣。
遗篇犹自垂风范，先烈凭谁识姓名?
一派笙歌喧盛世，几人还记有牺牲。

注：阎克敏，1948 年生，内蒙古凉城县人。中华诗词学会会员。

## 卜算子·咏天山雪莲

道·李加拉

冷雪沁银茎，暖日莹丹萼。独处冰岩不厌寒，未被尘污浊。

根本扎天山，无意移京洛。待到春风化雨时，香气盈千壑。

注：道·李加拉，蒙古族，1946 年生，新疆和静县巴音布鲁克人。曾任州人大常委会民侨委副主任。

## 重九登高

王振权

重九登高望海天，老犹不见族人旋。
插萸易惹思亲泪，提笔难成寄远篇。
港澳珠还欣万日，陆台璧合盼何年。
遥知隔岸怀归客，也对沧波祝梦圆。

注：王振权，1940 年生，陕西吴堡人。教师。中华诗词学会会员。

## 橘子洲

吴金水

满眼风光催酒醒，优游初过望江亭。
春馀云气来衡岳，雨后波涛下洞庭。
我欲纫兰酬屈子，谁能鼓瑟起湘灵。
同俦遥指朱张渡，杨柳风摇万缕青。

注：吴金水，1963 年生，北京人。

## 战士说巡逻

贺中轩

踏碎夕阳霞有声，天涯溅染我豪情。
欲知边境线长短，试问肩头枪重轻。
静静界河心底浪，茫茫林海眼中旌。
坐骑也解路弯转，未举鞭儿坚自行。

注：贺中轩，1946 年生，江西莲花人。中学高级教师。中华诗词学会会员。

## 习总书记探访渔民村

许振文

轻车简朴少随从，扑面清新廉洁风。
问计基层诚纳下，交心民众细谈中。
求真探得兴邦路，务实磨成执政功。
筑梦人间承百载，扬帆破浪舰旗红。

注：许振文，1954年生，广东紫金县人。中华诗词学会会员。

## 忆上山下乡

徐达珍

仿佛当年梦一场，知青往事岂能忘。
汗挥四季收何少，雨打孤棚漏更长。
未有氤氲来眼底，聊将寂寞入诗囊。
相怜自是山前月，悄把殷情递过窗。

注：徐达珍，1948年生，湖北红安人。曾任红安卷烟厂副厂长。中华诗词学会会员。

## 荷缘

姚国仪

野塘清趣好安家，水漾涟漪雨戏蛙。
三夏盛妆擎绿伞，一秋枯影对苍葭。
临晨啜露凝珠泪，入夜披霜聚月华。
同是泥根尘世客，此生知己许荷花。

注：姚国仪，1948年生于上海。上海诗词学会副秘书长。

## 给贪官画像

邵立新

台上堂皇论短长，自称百姓是爹娘。
升前甘做朱门犬，提后忽成白眼狼。
色欲难填拥姬妾，贪心无度远贤良。
一朝树倒猢狲散，大梦醒来哭断肠。

注：邵立新，1947年生。黑龙江省诗词协会会员。

## 和乡友三律之一

潘朝曦

平生信守是求真，每把言行质自身。
大伪斯兴人弃善，邪风正盛我持珍。
当教浩气充天地，欲使诚心感鬼神。
世道披靡扶令直，拼将全力唤阳春。

注：潘朝曦，1949年生，江苏连云港市人。上海中医药大学研究生院导师。

## 野外演练营地伪装

李永成

旷野迎来三伏风，官兵挥汗练藏功。
隐身犹似孙行者，障眼堪超变色虫。
营帐无痕山坳里，周边有哨草丛中。
但教侦察高科技，上下搜寻皆落空。

注：李永成，曾任沈阳军区司令部军务装备部副部长。

## 破阵子·重游二战终结地感赋

姜红

鹃泣新烟古木，人寻旧迹虚踪。玉石愁书千载痛，白塔伤魂倚暮空。飞鹰细雨中。

二战硝烟散尽，三山要塞残钟。地下深埋多少恨，征舸当磨箭上弓。叮咛东海风。

注：姜红，女，1964 年生。黑龙江省《虎林艺苑》副主编。

## 小草

胡玉章

春姑催梦醒，未计几衰荣。
有意经风雨，无暇虑死生。
扎根恋故土，吐叶展新绒。
岁岁遭霜虐，犹怀天地情。

注：胡玉章，1937 年生，辽宁黑山县人。曾任中共阜新市委秘书长、阜新市政协副主席。市诗词学会副会长，《阜新诗词》主编。

## 夕阳

林峰

霏霏雨后白云开，红浸斜晖入酒杯。
满地暖霞千树雪，一江寒叶半山梅。
墨磨沧海奔怀去，诗唱遥空咏日来。
多少烟霾今不见，晚晴欲上最高台。

注：林峰（香港），1934 年生，广东省蕉岭县人。香港诗词学会会长。

## 满江红·重游喀纳斯湖

王爱山

紫气环山，云围处，一湖秀色。抬望眼、冰峰争俏，翠连天接。碧水情留天下客，卧龙舞戏边陲月。正秋声，鸟语醉游人，心愉悦。

世间事，终难测；人生怨，不宜结。看前程路远，物华高洁。壮志不挥忧国泪，雄心岂惧征途血。愿神州，快马再加鞭，齐飞越。

注：王爱山，1939 年生于湖南湘阴。新疆诗词学会会长。

## 声声慢·喀拉昆仑山极顶神仙湾哨所抒题

王善同

迢迢路险，莽莽山寒，惊人雪霰如豆。牵马巡逻休辨、南箕北斗。兵和哨卡天上，竟俨然、妇夫厮守。可慰也，看人间、正是桃花时候。

都市青春靓丽，多缱绻，湖畔柳阴人后。椅背喁喁，静静夕阳白首。随风领巾飘舞，总欢歌，竞花同秀。这幸福、莫不系边卡隘口。

注：王善同，1954 年生，山东郓城人。新疆昌吉州诗词学会会长。

## 纪念杜甫诞生一千三百年

王智华

作诗不易做人难，老杜风标千古贤。
诗到大唐江到海，灯如北斗笔如椽。
为官敢骂朱门臭，作庶常怀百姓怜。
足踏洞庭风雨散，唤回圣手赋新篇。

注：王智华，1947年生，甘肃静宁人。曾任甘肃医药集团平凉地区医药公司书记。平凉崆峒诗词学会副会长。

## 杂感

赵廷范

平时常笑自身痴，镇日忙忙寄所思。
花貌朱颜逐岁老，姹红嫣紫赏评迟。
宁将诗钥开眉锁，不让心机织鬓丝。
有限光阴揉碎过，岂能虚度暮年时。

注：赵廷范，1939年生，河南省郑州市人。中学高级教师。中华诗词学会会员。

## 鹧鸪天·春到西柏坡

马文斐

三月和风拂客尘，山村无处不消魂。心融旧址浓浓意，身体滹沱浩浩恩。

灯闪亮，碾思亲，领军自有后来人。柏坡走出新中国，重抹神州一笔春。

注：马文斐，女，1951年生，河北定州人。河北省诗词协会副会长，《燕赵诗词》副主编，燕赵巾帼诗社社长。

## 醉花阴·初夏

王旭

细雨霏霏青杏小，又见黄鹂鸟。垄上换新芽，蛙唱池边，荷露尖尖角。

村头柳岸相约好，待到炊烟袅。伞下影双双，浪漫柔情，不比城中少。

注：王旭，蒙古族，1969年生。现在中国联通内蒙古通辽市分公司工作。内蒙古通辽市诗词学会副会长。

## 百岁述怀

王斯琴

百载艰难世路长，几回吮血舐新伤。
受恩欠债情犹急，问水寻山愿已偿。
锦瑟无声馀寂寞，芸笺有泪识凄凉。
时逢九九寒将尽，好待迎来满院香。

注：王斯琴，1914年生，浙江萧山人。钱塘诗社名誉会长。

## 读抗战史

王义胜

凄凉把卷对孤檠，月黑风高寇势惊。
战血染红千废垒，野蒿争绿万荒城。
模糊骨血已留鉴，愤痛史文难尽情。
只恨吾身生未早，不能仗剑杀倭兵。

注：王义胜，1946年生，江苏苏州人。上海诗词学会会员。

## 项羽

刘家魁

千古英雄第一人，空留遗恨到如今。
江边犹绽花如血，垓下仍悬月似魂。
力可拔山难救妾，气能盖世不安民。
既存人性三分善，争霸已输八九分。

注：刘家魁，1952年生，江苏泗阳人。江苏省诗词协会会员。

## 大棚赞

冯泽

明棚罗万象，六采蕴一家。
燥洒菲菲雨，寒生灿灿霞。
枝红三界果，垅馥四时花。
市上多鲜味，山乡焕物华。

注：冯泽，1930年生，四川南充市人。现为贵州省诗联学会顾问。

## 闻日本首相安倍晋三鼓噪修宪

郑伯农

晋三何所事，修宪改朝纲。
昔日举兵燹，环球半死伤。
罪魁身已殁，孽种气犹狂。
莫走东条路，恶名千古彰。

注：郑伯农，1937年生于福建省长乐县。曾任《文艺报》主编，中国社会主义文艺学会会长。现为中华诗词学会驻会名誉会长、《中华诗词》主编。系第五届华夏诗词奖评委。

## 东风第一枝·习词《念奴娇》读后

易行

斗转星移，云消雾散，京华又一春晓。霞墙柳浪车潮，风吹碧波浩渺。红旗猎猎，迎旭日，民心晴好。交口争说念奴娇，百字令人倾倒。

赞裕禄，心连兰考。魂仍在，精神不老。为民甘做公仆，为国甘当地脚。英雄本色，五十载，育人多少？会澄碧，共献涓滴，共向明天迅跑。

注：易行，本名周兴俊，1945年生于北京。曾任线装书局总经理兼总编辑、《中国诗词年鉴》主编。现为中华诗词学会副会长、中国毛泽东诗词研究会副会长、中华诗词研究院执行副院长。系第五届华夏诗词奖评委。

## 癸巳秋西湖与坡仙塑像合影作

星汉

朝阳已满惠州城，秋色平湖两湛清。
睡醒东坡旧居士，招来西域老狂生。
百年岁月千年恨，有限诗词无限情。
一人相机成醉侣，胸襟也敢与君争。

注：星汉，姓王，1947年生，山东省东阿人。新疆师范大学人文学院教授。中华诗词学会副会长，新疆诗词学会常务副会长。系第五届华夏诗

词奖评委。

## 水龙吟·夏威夷珍珠港

赵京战

太平洋上珍珠，晶莹闪烁波涛里。凭栏远望，翠峰如链，港湾如贝。战舰横陈，星期高挂，军威盖世。看晴天丽日，游人如织，料多为，当年事。

岁月匆匆去矣。便硝烟、至今谁记？天涯海角，无端翻作，兵家争地。七十春秋，怎堪回首，那时滋味。待乾坤转换，滔天巨浪，把河山洗。

注：赵京战，1947 年生，河北安平人。大校军衔。中华诗词学会副会长、《中华诗词》常务副主编。系第五届华夏诗词奖评委。

## 东坝头乡黄河岸边作

杨逸明

北呼东啸见惊波，顿觉身心带电多。
胸内血浆添激浪，手中茶盏起漩涡。
万年浓汁真成乳，九曲迂途总放歌。
掬饮神州百川水，能令我哭是黄河。

注：杨逸明，1948 年生于上海。中华诗词学会副会长，上海诗词学会副会长。系第五届华夏诗词奖评委。

## 焦裕禄赶考

李树喜

灾变摧原野，狂沙折泡桐。
风清两袖破，曲尽一肝红。
堪解民心重，方知利禄轻。
基层皆曰可，胜似考京城。

注：李树喜，1945 年生于河北省安平县。曾任光明日报出版社社长兼总编辑。现为中华诗词学会副会长。系第五届华夏诗词奖评委。

## 忆秦娥·纪念袁崇焕

张桂兴

肝胆裂，忠奸不辨心滴血。心滴血，山河破碎，黎民遭虐。

灰飞烟灭魂难灭，陵前不信阴阳隔。阴阳隔，乾坤已转，浩歌连阕。

注：张桂兴，1944 年生，河北隆尧县人。曾任北京市民政局副局长。现为中华诗词学会副会长、北京诗词学会会长。系第五届华夏诗词奖评委。

## 颂春·依秋子传明原韵

张克复

迎春赋颂诗，蛰起物苏时。
河暖禽凫早，山寒雪尽迟。
雨酥滋燥土，风煦动柔枝。
愿斥沙尘暴，休摧娇弱姿。

注：张克复，1945 年生，河南伊川人。文史研究员。曾任甘肃省地方史志编纂委员会副主编、省地方史志办公室副主任。现为甘肃省诗词学会会长。系第五届华夏诗词奖评委。

# 第六届华夏诗词奖获奖作品和评委作品选

## 重庆梅花山谒抗日名将张自忠墓

奚晓琳

将军剑出唱云雷，十里沙场去未回。
决死眼神堪服鬼，出腔血色不输梅。
天悲雾霭蒙三界，忠尽英名土一堆。
老竹为邻风是伴，山园歌哭向崔嵬。

注：奚晓琳，女，满族，1962年生于吉林省蛟河市。现就职于吉林市丰满区国家税务局。吉林市诗词学会副会长。

## 夏夜游荷池

崔杏花

毕竟不成眠，寻凉菡萏边。
萤从草尖亮，月向水心圆。
一片星辉里，几声蛙鼓前。
来生如有幸，许我作青莲。

注：崔杏花，女，1977年生，湖南宁乡人。湖南《涟源诗刊》副主编。

## 珠海航展歼－31

张荣安

谁驾雄鹰穿宇寰，凌风振翮搏蓝天。
钻云滚动三千丈，掠地翻飞八百旋。
于彩霞间扬国梦，向虹湾处挂征帆。
出舱竟是婵娟女，惹得须眉刮目看。

注：张荣安，1951年生，河南省南召县人。河南南召诗词学会副会长。

## 念奴娇·有感于习主席视察兰考

张文学

举头南望，凤来仪、一派光风云霁。万里丹山温旧梦，九曲黄河故地。手把焦桐，心萦故国，念念唯兴替。一声轻唤，庶黎多少凝涕。

默咏归去来兮，桐花片片，还向陵前祭。一旦根除三害后，明月清风此际。最惧官肥，但忧民瘦，事业终须继。知君倦了，梧桐荫下稍憩。

注：张文学，1949年生，吉林省白城市人。吉林省诗词学会副会长。

## 岁序

黄坤尧

岁序无痕影，惊心动魄过。
琴音怜冷落，剑气郁嵯峨。
日月连环蚀，江湖薤露歌。
青阳三月客，风雨夜鸣珂。

注：黄坤尧（香港），现任香港能仁专上学院中文系教授。香港诗词学会首席顾问。

## 蝉

苏在成

敛翼隐高林，垂缨簪玉针。
露深沉俗气，树老纳禅心。
不向红尘舞，还随白首吟。
迎风弹一曲，天下共知音。

注：苏在成，慈利人。湖南省诗词协会会员。

## 总书记寒冬山村访农家

高怀柱

山道弯弯过险崖，驱车辗转到农家。
炕头对坐询生计，灶上掀锅尝地瓜。
牵手含情嘘冷暖，脱贫寄意话桑麻。
家长里短言难尽，不觉门前月影斜。

注：高怀柱，1954 年生，山东莘县人。曾任莘县教育局副局长。中华诗词学会会员。

## 纪念常德保卫战七十周年

姚作磊

烽火当年不了情，悲风为我过江汀。
铁蹄蹂躏鞭存废，铜雀疮痍共死生。
师重虎贲锋未折，城如累卵血来擎。
怆然一拭男儿泪，尚有雄魂贯武陵。

注：姚作磊，湖南邵阳人。香港诗词学会副会长，深圳市长青诗社副社长兼《长青诗刊》副主编。

## 蝶恋花·煎药

罗典

余患结肠癌数年，老母亲每隔三五天为儿子煎一次草药。

白发丝丝烟绕起。颤手添薪，颤手轻轻理。瘪嘴吹风风乏力，炉膛燃得微微细。

草药清泉陶罐里。每每煎熬，每每长悲戚。慈母晶莹千颗泪，汤中滴入浓浓意。

注：罗典，湖南长沙县人。中华诗词学会会员。

## 放鹅

李振平

燕剪风裁草满坡，柳丝摇曳荡春波。
长篙慢点歌声起，闲牧白云过小河。

注：李振平，1948 年生。中华诗词学会会员。

## 云海

华芳

骤起千涛携梦回，远山之外叠峰台。
犹如骏马腾骧去，拟似鲲鹏展翅来。
别浦于今归朗澈，太清自此满崔嵬。
等闲舒卷人间事，一任万般襟抱开。

注：华芳，女，江苏扬州人。陕西省宝鸡市诗词学会副会长。

## 奉和苣珊、卫林两教授《乙未除夕有怀》韵

林峰

莫叹斯文坠已久，潇潇风雨未蹉跎。
采微不顾周王粟，立节堪吟正气歌。
岁晚但闻春已到，书深岂怨墨初磨。
雪晴欲折梅花去，徒望高枝奈老何。

注：林峰（香港），1934年生，广东省蕉岭县人。香港诗词学会会长，《香港诗词》主编。

## 西江月·荷塘月夜

丁丽萍

几许清风梳柳，一轮皓月横塘。蛙声起伏噪湖乡，惹得花儿频放。

谁在荷边醉倒，舟斜叶底浑忘。转身还问俏鸳鸯：前日别来无恙？

注：丁丽萍，女，1963年生，湖南桃江人。

## 对菊

赛有才

几案金盘粲粲黄，青眸贮秀对孤芳。
秋心冷染篱边露，花骨寒凝月下霜。
香入晶壶浮幼蕊，情随畹梦度重阳。
谁言陋室知音寡，岁岁邀君夜话长。

注：赛有才，1942年生，河南郑州人。郑州老年诗词研究会常务副会长。

## 临江仙·岁末农家

刘曙光

一水一山烟霭霭，斜阳小径斜斜。竹林画阁掩云霞。鹦哥相问候，摇曳笑梅花。

腊酒糍粑香满院，鸡豚悬挂枝丫。一壶龙井说年华。篱笆黄犬卧，稚子扮家家。

注：刘曙光，湖南益阳人。中学高级教师。中华诗词学会会员。

## 花

翁寒春

缓缓应从陌上来，嫣红姹紫到荒垓。
名归桃李成蹊径，影弄枝柯傍月台。
颜色且随莺燕语，馨香偏惹蝶蜂猜。
春心不作瓶中放，要向风前烂漫开。

注：翁寒春（香港），女，浙江省龙游人。香港诗词学会常务副会长兼秘书长。《香港诗词》执行副主编。

## 乡居即事

王国旭

江海浮槎岂是家，蓬门野趣即生涯。
风来河上莺穿柳，日过墙头蚁篆沙。
草径荒芜疏旧雨，蛙声远近品新茶。
邻翁薄暮来相探，说罢传闻说种瓜。

注：王国旭，1968年生，湖北省南漳县人。襄阳市诗词学会副会长。

## 高空电工

王金

我欲青春绽火花，朝擎旭日晚牵霞。
豪情更在青云上，总把光明送万家。

注：王金，满族，1954 年生，河北省秦皇岛市青龙满族自治县人。曾任青龙县语委办主任。现为青龙诗词学会副会长。

## 卜算子·油茶花

夏朝炳

不与李争春，不与桃争色。待到秋风扫叶时，自有花如雪。

花谢果盈枝，果碎浓香烈。忍受千锤榨就油，尽化光和热。

注：夏朝炳，1932 年生，湖南郴州人。曾任中学校长。湖南省诗词协会会员。

## 天门山玻璃桥上戏作

凌明明

一线桥横百丈巅，天门未锁好参禅。
寒潭颠倒众生相，头顶波摇脚底天。

注：凌明明，1949 年生。衡阳市诗词学会秘书长。

## 春之歌

陈国元

塞上风光若画屏，牛羊结队鸟争鸣。
吟哦哪用搜肠苦，一甩长鞭曲自成。

注：陈国元，祖籍湖南，现定居于陕北。榆林市诗词学会会员。

## 油灯忆

张景芳

半桶麻油点一冬，母亲深夜把衣缝。
休言灯火细如豆，却在童心梦里红。

注：张景芳，1947 年生，吉林省农安县人。农安县黄龙诗社常务副社长。

## 纪念张自忠将军

吴亚卿

投笔从戎国事忧，沙场百战挫仇雠。
威名初载喜峰口，浩气长留襄水头。
忍辱待时凭卓识，舍生取义搏狂流。
睢阳风范公何忝，一代军魂颂不休。

注：吴亚卿，1945 年生，浙江德清人。浙江省辞赋学会第一副会长、浙江省楹联研究会执行会长。

## 春晚山居

涂有成

草屋幽窗暗，山居独院深。
花开空作色，云笑静无音。
不识三江水，谁知一片心。
敲门风雨问，愿否共闲吟？

注：涂有成，1964 年生，江西南昌人。供职于抚州市公安局交警支队，抚州市诗词楹联学会秘书长。

## 蝶恋花·西子湖上

田子馥

十月西湖浓似酒，柏暗西泠，烟锁苏堤柳。槐老释香熏路瘦，睡莲偷卧芳桥口。

一霎风来秋雨骤，风卷舟横，急棹波光皱。借问船家知在否？明朝灵隐枫红透。

注：田子馥，1937 年生。吉林省艺术研究院研究员，吉林艺术学院客座教授。

## 路见一蝉僵卧于地，怜而埋之，归作此咏

陈松春

曾对南冠作楚吟，骆郎去后少知音。
志高叶密无人赏，梦远枝繁独自寻。
率性争鸣难立世，图闲避隐不偕今。
一朝僵卧梧桐下，抔土谁埋五柳心？

注：陈松春，深圳籍惠来人。深圳市诗词学会副秘书长，《深圳诗词微刊》主编，深圳市长风诗社社长。

## 苏幕遮·茶姑

陈承宝

浣溪沙，鸣翠鸟。手挎衣篮，浅唱畲家调。最是茶姑容貌好。溪鲤翻身，倩影宜相照。

上闺房，开电脑。芽壮西山，上网行情晓。百份销单犹觉少。惊喜阿哥短讯今来早。

注：陈承宝，福建福鼎一中高级教师。中华诗词学会会员。

## 鹧鸪天·金仓湖

高科

何处春归问小城，湖边柳树戴金缨。廊桥斗折樱花路，白帐星罗绿草坪。

云影散，纸鸢升。晓风摇曳彩旗轻。林间踱步寻诗晚，静听新芽破土声。

注：高科，1947 年生。内蒙古乌兰察布诗词学会副会长。

## 临江仙·访天路之上观通站

王琳

石径秋寒疏雨处，凭天一瀑长青。危云半湿浸孤庭。键忙寻马迹，心细检云屏。

凉尽征袍斜日晚，鹧鸪催月邀星。戏从山影捉流萤。茶烟晨锁露，风片夜敲灯。

注：王琳，女，1953 年生于北京。曾任国防大学训练部教保部参谋。现为解放军红叶诗社副秘书长。战士们在高海拔山上修起一条路，起名天路。观通站建在天路上，站里常年只有两名战士值班。

## 秋日船中望江心屿

边郁忠

遥看江渚晚，山色入清秋。
霭发疏林下，潮平古渡头。
斜晖绕双塔，鸥影照中流。
久慕浩然气，行船渡孟楼。

注：边郁忠。供职于吉林省吉林市国税局。吉林省诗词学会副会长，吉林市雾凇诗社社长。

## 翻看旧日相册随感

孙爱晶

翻开岁月掉船头，追逐青葱轶事搜。
花季清纯多带笑，儿时懵懂总无忧。
三千万里飞烟去，六十余年逝水流。
旧梦依稀抚倩影，幸留方寸可回眸。

注：孙爱晶，女，1951 年生。山西诗词学会副秘书长、太原诗词学会副会长、山西杏花诗社副社长。

## 冬柳

唐勤亮

犹见菊残万木摧，尚余岸柳赤条垂。
游人莫笑琼枝弱，敢向寒风舞一回。

注：唐勤亮，1951 年生，河南省商丘市人。河南诗词学会会员。

## 浪淘沙・竹石图

钱家骧

月落五更残，竹影姗姗。依依石上洒清寒。风雨潇潇今又是，心绪何堪。

往事去如烟，似水流年。竹石一画写清廉，但愿清风传后世，永住人间。

注：钱家骧，1928 年生，浙江杭州人。原西北电管局副总工。中国电力诗词学会副会长，陕西电力诗词学会名誉会长。

## 诗教十年随感

王诚

对镜惊呼白发新，难寻脸上那年春。
浮名一笑换低唱，书海十年辞浊尘。
宁恋诗文甘淡泊，不悲荣辱守清贫。
酬身后浪拍前浪，端是骚坛得意人。

注：王诚，辽宁省楹联家协会副主席，沈阳诗词学会副会长兼秘书长。

## 浪淘沙・春日踏青

吴培昆

衰草吐新芽。雨走寒鸦。湖塘水满又鸣蛙。燕舞莺歌堤岸绿，蝶戏篱笆。

清早唤锄耙。种豆栽瓜。嫂姑汗湿夕阳斜。长笛数声人尽醉，乐在农家。

注：吴培昆，1934年生。曾任宁德针织厂厂长。

## 梅花

李瑞祥

东风初绾蕊含神，触动垄头便是春。
乍见琪花冰炼魄，忽来瑞雪玉妆魂。
横枝每碍俗人眼，品格深归高士心。
冷韵热情双恨晚，同怀襟抱傲空林。

注：李瑞祥，1952年生，河南商丘人。河南省商丘诗词楹联协会秘书长。

## 农民画

冯振江

笔作犁头纸作田，翻风耕雨种云烟。
农民自有如花梦，收获心中一片天。

注：冯振江，1973年生，吉林东丰人。作家。

## 长白山天池

房爱广

谁持鬼斧开天镜，八面雕镶碧玉龙。
气壮因怀千古月，心明可鉴九天星。
解融冰雪济沧海，吐纳烟云凌险峰。
缘结中朝虽有界，三江分水不分情。

注：房爱广，1952年生于山东郓城。现为双辽市诗词学会名誉会长及会刊《辽水歌吟》执行主编。

## 鹧鸪天·伞

许承保

秋雨催开花一城，缤纷五彩胜春樱。竹条绾就清新骨，油纸妆成荷盖亭。

天有变，事无凭。能收能展任平生。红尘历遍风云后，独倚墙边看晚晴。

注：许承保，女，1951年生。安徽芜湖《镜湖诗词》编辑。

## 秋与采风团登无棣古城楼

孙金榜

登临天远欲何求，半吐唐风半纳柔。
塔倒影垂波载景，叶张莲谢雁啼秋。
白云来去无痕迹，锦鲤沉浮共水流。
大道空灵连佛性，千年古寺别高楼。

注：孙金榜，1958年生于山东省无棣县。山东省无棣县诗词学会秘书长。

## 回归十载抒怀

潘金山

瑶台仙阁巧天工，霞影珠光耀眼瞳。
几代金瓯连夜雨，十年赵璧补春穹。
兴高欲写新鹏赋，心静微吟古大风。
滟滟香江升丽日，五星灿灿紫荆红。

注：潘金山，1946年生，福建南安人。香港诗词学会副会长。

## 鹧鸪天·农家乐

邱才扬

小坐庭前看菜花，紫砂壶里泡新茶。溪边柳色迷人眼，院内兰香沁客家。

青豆角，紫番瓜，葫芦上架绿荫遮。平常小菜家常饭，送了朝云送晚霞。

注：邱才扬，1953 年生，江西省赣州市上犹县人。上犹县犹江诗社常务副社长。

## 江晚

李国梁

落木飘零似碎绸，枫堤晚踏十分秋。
云溜星野山全裸，月皱镜湖鱼乱游。
水榭灯悬归客梦，渔光曲唱去时舟。
浮桥不再观寒钓，已负江风那阵柔。

注：李国梁，福建永安人。美术师。永安市燕江诗社副社长。

## 过喜峰口向抗战老兵致敬

李玉平

轻车掠过水关楼，血染樱花忆旧仇。
虎将横空磨利刃，大刀落地斩顽酋。
长城堞缺悲凝泪，东海樯倾耻覆舟。
更喜神州新铸剑，高峰鸣镝佩吴钩。

注：李玉平，1972 年生，山西离石人。山西中石雕塑有限责任公司艺术总监，黄河散曲社理事长，山西诗词学会副会长。

## 野趣溪钓

伍云华

一蓑烟雨洗心尘，喜见春溪肥几分。
谁说孤村无钓伴？岸边新柳共垂纶。

注：伍云华，湖南会同人。退休教师。中华诗词学会会员。

## 二娃回村

李冠宸

今春老母传佳讯，改造危房到咱村。
辗转一程回故土，蹉跎三月讨微薪。
白墙红瓦排排靓，窄巷宽街路路新。
泥屋难寻旧时迹，不知该进哪家门。

注：李冠宸，1949 年生。乌兰察布诗词学会副会长。

## 咏杖

李建章

晚年何物作俦朋，身瘦如柴弯体形。
桥窄溪宽帮尔过，路岖坡陡倚其行。
或趋或步主人意，能拄能扶孝子情。
终日何曾离左右，通宵侍立到天明。

注：李建章，1930 年生，河北无极人。原系北京卫戍区党委纪委专职委员。

## 鹧鸪天·仲弟自台湾归来

王澄华

促膝灯前忆旧容，酸甜苦涩汇心胸。沧桑屡易难回首，泪眼迷离疑梦中！

悲往事，喜重逢，慈亲墓草已葱茏。劝君须尽杯中酒，手足情深比血浓！

注：王澄华，1928 年生，安徽凤阳人。安徽省凤阳县诗词学会驻会名誉会长。

## 浣溪沙·民工回家

黄春元

背井离乡道路长，竹编背篓换皮箱。累弯脊柱钱三万，抢破头颅票一张。

几件新衣赠哥嫂，万般心意敬爷娘。腰间留得疤痕在，自蘸辛酸自品尝。

注：黄春元，《武汉诗词》编辑，武汉竹枝词学会秘书长。

## 踏莎行·无题

陈光武

弄点闲愁，拾些旧絮。强拼苦炼成诗句。管它今夕是何年，迢迢一路风和雨。

顺日何欢，逆时莫惧。人生苦乐皆成趣。桃花源里访桃花，桃花开到何方去？

注：陈光武，1943 年生，内蒙古赤峰市松山县人。内蒙古赤峰市松山区诗词学会会长。

## 水调歌头·丝绸之路经济带咏唱

李同振

东望长安殿，西眺玉门关。丝绸之路开拓，古道越千年。膜拜敦煌圣佛，陶醉酒泉神韵，举足跨天山。不见胡杨老，岁月录茫原。

穿荒漠，经风暴，历硝烟。张骞出使，西域千古结良缘。昔有诗仙出世，今有春风远度，故事谱新篇。共展丝绸路，欧亚一家欢。

注：李同振，1945 年生于河北深泽。燕赵晚霞诗社副社长，《晚霞诗笺》主编，《乡土诗人》副主编。

## 高压锅

刘道平

一阀千钧头上重，天旋地转口难封。
若无舒缓胸中气，便付安危儿戏中。

注：刘道平，1956 年生，四川平昌人。四川省人大常委会副主任。

## 游聚鲜园蔬菜产业基地得句

张英玉

一脚山风一脚泥，农人邀我过桥西。
层云帐下烟村渺，柳线帘中紫燕啼。

摘罢果蔬连露品，拈来纸笔浸香题。
浮生但得诸鲜味，槐梦何妨共此栖。

注：张英玉，吉林省东丰县人。教师，河北涿州太行诗词学会副会长，东丰县画乡诗词学会副会长。

## 摊破浣溪沙·春来

詹彩梅

一寸春来一寸香，半沾幽梦半沾窗。疏影斜摇小庭月，乱红妆。

枕上吟笺犹未寄，门前杨柳忽成行。打点诗囊空寂寞，不思量。

注：詹彩梅，女，教师。《诗丛》主编。

## 成都宽窄巷

李汎

古巷人文重，蚕丛一典藏。
无阶青石路，有序老门墙。
对宇亲和久，相邻帮衬长。
世情多变化，宽容好商量。

注：李汎，1941年生，陕西兴平人。新疆诗词学会常务副会长。

## 卜算子·环卫工

李景霜

霰伴朔风飞，夜迫寅光透。月下犹闻飒飒声，隐约挥彩袖。

拂落满天星，再把丹霞绣。扫出清平世界来，处处无尘垢。

注：李景霜，1940年生，吉林德惠人。中华诗词学会会员。

## 新年后出外打工者

隋鉴武

窗前絮语两情深，腮印娇儿小嘴唇。
正月初三打工去，心头一片艳阳春。

注：隋鉴武，1948年生，山东诸城人。山东威海诗词楹联学会副会长。

## 塞北之雪

孟雪琴

天公飞白草书狂，万卷云笺洒古霜。
写入乾坤无一字，江山与我共苍茫。

注：孟雪琴，女，1971年生。中华诗词学会会员。

## 打工归来

韦茂林

买得新车驶到家，村头不断摁喇叭。
急弯让过公鸡仔，碰落塘边一树花。

注：韦茂林，壮族，1944年生，广西象州县人。曾任广西教育学院纪委副书记。

## 冬日觅句

李翰儒

贪怜雪景忘夕阳，久立烟村醉柳乡。
随手捧来梅瓣句，引得茅舍满屋香。

注：李翰儒，1965年生，陕西省商洛市商州区人。商州区诗词学会副

会长。

## 沈阳故宫

裴立新

铁马金戈迹已空，十王亭畔忆雄风。
雕栏如诉荣华史，銮殿再无朝拜声。
飞去飞来梁上燕，不悲不喜径边松。
顽童难懂皇家事，墙角折花逗草虫。

注：裴立新，女，1969年生，辽宁丹东人。现居沈阳。

## 军中寄妻

郎松

莫对窗花拭泪花，莫叹军绿别婚纱。
为圆国梦男儿志，誓靖海波功绩嘉。
已把私情压心底，唯将明月挂天涯。
乡关休问知何处，万户千门都是家。

注：郎松，1965年生，黑龙江省伊春市人。现居哈尔滨市。黑龙江省诗词协会副秘书长，《黑龙江诗词大观》副主编。

## 鹧鸪天·坐公交车接受让座有感

陈丽华

挤上公交汗未停，才扶把手见雷锋。披肩长发飘如瀑，耀眼新衣似火红。

音袅袅，笑盈盈，阿姨您坐响如铃。冰城腊月真温暖，洒满车厢都是情。

注：陈丽华，女，1959年生。黑龙江省诗词协会会员，中华诗词学会会员。

## 秋风

陈世金

不作争荣想，何来失落愁。
飞天驱密雾，着地报丰收。
新菊催千朵，残红聚一抔。
骚人萧瑟怨，无意释从头。

注：陈世金，1937年生，浙江嵊州人。医生。浙江省诗词与楹联学会会员。

## 牛耕图

刘庆贺

癸巳四月，沂南访青衫先生，见岭上正忙春耕，感而赋此。

又是人间谷雨天，叱牛携子到坡前。
千年未改柴犁杖，十辈同翻砂砾田。
汗透春衫犹鼓劲，心期秋稔更加鞭。
农家亦有中华梦，果绕汀楼粮满川。

注：刘庆贺，1957年生，山东莒县人。山东省日照市诗词学会副会长、莒县诗词学会会长。

## 初春大雪有作

高志发

鹤城三月雪纷纷，漫洗尘霾润物勤。
最是春风能做主，不教天上有闲云。

注：高志发，1976年生于黑龙江省齐齐哈尔依安县。中华诗词学会

会员。

## 野草

任绍德

任他畴野与园庭，寂寞芊芊丛杂生。
铁犁勤薅根尚健，路人屡踏叶还青。
不须呵护凌寒雪，甘忍摧隳负恶名。
罹难频年亦无惧，逢春昂首又欣荣。

注：任绍德，1944年生，辽宁新民人。《辽海诗词》执行主编。

## 临江仙·戍守永暑礁

涂运桥

永暑礁盘何处是，碧波万里魂牵。战机飞过白云巅。爱他风浪涌，戍守一年年。

沧海多情留我驻，任凭明月扶肩。军徽镶嵌海疆前。西风欧雨里，不皱是心弦。

注：涂运桥，江西临川人。现为武汉市公安局警督。中华诗词学会会员。

## 祖父乡邮轶事

吴宗绩

邮包两个压双肩，担过冬天担暑天。
青史何曾留足迹，只今印满小村边。

注：吴宗绩，1979年生，海南省儋州市人。儋州市文联副秘书长。

## 远行科右中旗牧区见闻

王玉庆

打点行囊赴远涯，一肩风雨裹尘沙。
荒村过夜惊豚鼠，溪水浣衣赏暮鸦。
绿草沁芳蛩戏露，紫云堆锦燕衔花。
逢人莫道征程苦，牛粪炉中有热茶。

注：王玉庆，1965年生。内蒙古诗词学会会员，中华诗词学会会员。

## 采棉女

屈聚贤

无涯棉海泛白银，少女如花披彩巾。
妙手采来云万朵，温馨情暖世间春。

注：屈聚贤，1952年生，河南虞城人。中华诗词学会、河南诗词学会会员。

## 鄢陵鹤鸣湖

李国庆

谁遣瑶池下宇寰？琼珠耀锦玉生烟。
凌波双燕剪秋雨，戏水群鸥弄管弦。
四面林花依翠柳，一湖诗梦网红莲。
风骚最是云间鹤，忽振清音到碧天。

注：李国庆，1953年生，河南禹州人。河南省许昌市诗词学会会长。

## 上昆仑

赵力纪

豪情勃发上昆仑，亘古苍茫大气吞。

险峻千峰撑广宇，奔腾万水润沙盆。
驭车何觅蟠桃宴，投笔谁承壮士魂。
骋目开怀放声笑，老夫斗胆扣天门。

注：赵力纪，曾在新疆商贸经济学校从事教学工作。

## 青玉棠·呼图壁海棠花季

马晓燕

海棠烂漫城东雾，乍一看，繁华树。点点琼瑶堆粉露，花开无数，妖娆媚妩，慢了游人步。

轻香淡淡吟哦处，染透沉思有诗句，却被微风吹枝去。早知如此，牢牢抓住，不教留空腑。

注：马晓燕，女，回族，1974 年生于新疆。现就职于呼图壁县第五中学。

## 与山对话

陈文林

秋山对我意缠绵，我对秋山似古贤。
红叶灿时香溢袖，白云蔚处嶂排天。
巍峨偶会知心友，坦实犹登哲士肩。
此刻传言勇攀者，成峰有志必临巅。

注：陈文林，1949 年生，浙江温州鹿城人。中华诗词学会会员。

## 燕子

程良宝

檐下翻飞身影轻，呢喃还似去年声。
柳林着意勤挥剪，不信春风不动情。

注：程良宝，1958 年生，湖北郧西人。黄陵县祭陵办咨询员。陕西省黄陵县诗词楹联学会会长。

## 水龙吟·塞上春雪

薛维敏

绿杨初吐新芽，关河万里芳菲酿。凭谁漫展，素兰梨蕊，明花潮涨。琼塞风生，瑶池波起，银莺弥望。看天公摇翰，绘新春稿，都铺在、云笺上。

长卷春光若漾。溯冰河、暗流低唱。萦回几处，迎春小草，摇旗叶放。信是初春，多情飞雪，不同凡响。藉琪花一剪，东君梦底，满庭香荡。

注：薛维敏，1950 年生，安徽舒城人。中学高级教师。新疆诗词学会理事。

## 过农家

丁中唐

墙内藤萝墙外爬，鸡鸣牛背日西斜。
栅门久叩无人应，燕语催开老树花。

注：丁中唐，1968 年生，陕西神木人。神木职业教育中心副校长。

## 拜访霍松林先生

郑欣淼

秀出奇峰不老松，朗声敏思气犹雄。
云烟千古秦州月，桃李三春雁塔风。

笔雅曾传唐韵远，墨香今绎宋诗丰。
清秋又是蝉吟际，皓首书城夕照红。

注：郑欣淼，1947年生，陕西省澄城县人。文化部原副部长，故宫博物院原院长。现为中华诗词学会会长。系第六届华夏诗词奖评委。

## 水调歌头·敬亭山

李树喜

久慕宣城道，来访敬亭山。曲径竹林绿雪，遥忆昔时颜。记得谪仙坐卧，天子呼来不醒，狂客在峰巅。十里桃花渡，湮没旧船帆。

追逝水，辨沉陆，叹桑田。汪伦李白小谢，佳话逾千年。莫羡名留纸墨，但愿云闲似我，心净胜参禅。一醉千杯少，只要结诗缘。

注：李树喜，1945年生于河北省安平县。原为光明日报出版社社长兼总编辑，现为中华诗词学会副会长。系第六届华夏诗词奖评委。绿雪为敬亭山茶名，清冽幽香。此为李白与汪伦交往之地。谢朓，李白称之“小谢”，曾为宣州太守。

## 宿海南雨林仙境温泉度假村

钱志熙

泉声长日绕楼台，岭上闲云自去来。
高馆临风迎鸟乐，曲廊带水映花开。
仙人近在峰头住，琪树真如世外栽。
我是东华尘土客，桃源虽好亦须回。

注：钱志熙，1960年生于浙江乐清。北京大学中文系教授，古代文体研究中心常务副主任，中华诗词学会副会长。系第六届华夏诗词奖评委。

## 夜读即兴

罗辉

灯下苦行僧，清风两袖生。
书中心自暖，窗外雨初晴。
霁色何其净，澄光别样明。
思深难入梦，放眼一天星。

注：罗辉，1950年生，湖北省大冶市人。中华诗词学会副会长。系第六届华夏诗词奖评委。

## 元大都遗址抒怀

赵永生

曾闻鼙鼓大河声，铁马金戈守蓟城。
几曲胡笳吹暮景，数杯浊酒乞新晴。
乾坤已转红星耀，岁月今多彩凤鸣。
喜看花溪人络绎，欢歌一路赏繁荣。

注：赵永生，中华诗词学会副会长，中华诗词学会教育培训中心主任，北京诗词学会副会长，北京楹联学会副会长，《雅风》《朝阳诗刊》主编。系第六届华夏诗词奖评委。

## 水调歌头·甘肃永泰龟城遗址

林峰

边塞烟尘古，漠北水云黄，举头残月明灭，野色满胡杨。险设孤城铁瓮，要控龙沙绝域，烽火没穹苍。虎卫关山久，风起笛声长。

人何处，山未老，事昏茫。心头鼓角悲壮，匹马下西凉。欲效骠姚许国，更羡文渊投笔，旆影耀天光。草白金鹰疾，碧落任翱翔。

注：林峰，1967年生，浙江龙游人。中华诗词学会副会长，《中华诗词》副主编。系第六届华夏诗词奖评委。

### 暗香·超短裙

周啸天

被萝带荔，束相思一把，楚腰纤细。回放当年，平地一声迅雷至。演到惊鸿比腿，羽衣舞、团荷连袂。直赚得欲下霜禽，银幕那头觊。

佳丽，莲梦里。乍屈膝未防，蓦地风起。眼开还闭，更世间何物迷你。为舞春风多处，早变了融和天气。不复着、刚道是，驻颜无计。

注：周啸天，1948年生，四川省渠县人。四川大学文学院教授。中华诗词学会副会长。系第六届华夏诗词奖评委。

## 《诗刊》诗词奖获奖作品选

### 玉树二首

周啸天

不往高原去，焉知抢险难！
有风氧气薄，不雪夹衣单。
滥震何为地？精诚可动天。
昔闻格萨尔，定力至今传。

注：此次地震救援最大障碍为高原反应，甚而至于不治。格萨尔王是青海藏民传说中坚忍不拔的民族英雄，生活年代相当于北宋。关汉卿《滚绣球》：“地也，你不分好歹何为地？”

病骥志千里，长云暗雪山。
偏逢连夜雨，最是五更寒。
惯饮香江水，宁愁青海湾！
求仁仁既得，马革裹尸还。

注：周啸天，1948年生，四川省渠县人。四川大学文学院教授、中华诗词学会副会长。港人黄福荣身患糖尿病，2008年曾赴汶川地震灾区为义工，余震中奋力救三人脱险，阿福不幸遇难。特首曾荫权称其为“香港光荣的榜样”。

### 鹧鸪天·洛阳烈士陵墓被拆让位商业用地有感

涂运桥

风卷红旗鼓角加，执戈边塞战

云遮。而今寸土黄金价，曾是当年血染沙。

房地产，竞豪奢！与君羞说大中华。可怜烈士英魂散，更待何人护国家？

注：涂运桥，江西临川人。现为武汉市公安局警督。中华诗词学会会员。

## 诉衷情·探家

赵京战

十年边塞枕戈眠，今日探家园。急如天外归客，双手叩门环。

含泪眼，望慈颜，却无言。不说思念，先报军功，笑语堂前。

注：赵京战，1947年生，河北安平人。大校军衔。中华诗词学会副会长，《中华诗词》常务副主编。

## 水调歌头·公木百年诞辰听军歌有记

翟志国

一曲铿锵韵，激越涨心潮。大江南北传唱，铁骑卷狂飙。横扫千军无阻，荡涤人间腐恶，绝唱震重霄。唱出新天地，埋葬旧王朝。

壮军魂，丧敌胆，起刍荛。古今遍数歌乐，孰与比风骚。遥想当年泰斗，词曲珠联璧合，意气正丰饶。百岁逢华诞，把酒酹英豪。

注：翟志国，1947年生于黑龙江呼兰。吉林省诗词学会副会长，《长白山诗词》副主编。

## 题美人鱼雕像

刘征

精魂因爱灭，今日问如何？
游客踪无绝，怜君爱更多。
一情柔似水，万古海扬波。
月照伶仃影，轻潮怅似歌。

注：刘征，1926年生，北京市人。人民教育出版社副总编辑。现为中华诗词学会名誉会长。

## 临江仙·游岳麓书院

空林子

天下几番兴废，山中依旧炎凉。圣贤来去亦匆忙，小园秋已尽，落叶且清香。

落客欲归何处，楚材应赴他乡。看穿名利与文章。我今无一事，到此看风光。

注：空林子，生于福建霞浦。曾任记者、编辑等。

## 青海湖

詹晓勇

瑶池何处是，青海在人寰。
风起思天马，云开见雪山。
小知迷渐顿，大道许追攀？
欲觅高僧问，行游去未还。

注：詹晓勇，1973年生于湖北省红安县。文学博士。现任教于华中科

技大学中文系。武汉诗词学会副会长。

## 有祭

刘如姬

冢草春来碧，斯人安可归。
唯有风中烬，犹化素蝶飞。

注：刘如姬，女，1977年生，福建永安人。永安市文联副主席，永安市燕江诗社副社长。

## 丁亥中秋前七日偶成

吴小如

世路谁厘浊与清，暂安衣食便承平。
山妻病久徒增虑，文债缘悭懒速成。
雨后新凉惊逝水，枕边残梦倦余情。
忘怀得失心长健，何必生前身后名。

注：吴小如，1922年生于哈尔滨。北京大学教授，中央文史研究馆馆员。

## 登泰山

叶嘉莹

髫年吟望岳，久仰岱宗高。
策杖攀千级，乘风上九霄。
众山供远目，万壑听松涛。
绝顶怀诗圣，登临未惮劳。

注：叶嘉莹，女，1924年生于北京。南开大学中华古典文化研究所所长，加拿大籍华人学者，加拿大皇家学会院士，中央文史研究馆馆员。

## 避暑山庄浩叹

周清印

盛极孰忧末日苍，木兰秋猎掩逃亡。
山庄有计驱炎暑，条约无能避国殇。
犹自康乾夸利箭，奈何英法试神枪？
残垣处处多楹匾，御笔曾题万代昌。

注：周清印，新华社高级记者，《半月谈》杂志执行主编，《新华诗叶》总编。

## 鲁院闲思

刘能英

晴云一片晚烟收，月上中天我上楼。
灯耀京华光闪闪，风吹衣袂冷飕飕。
故人书信频相问，何日诗文早入流。
夜渐深沉星渐落，不堪对景黯回头。

注：刘能英，女，武汉新洲人。中国故土资源作家协会签约作家，《诗刊》编辑。

## 癸巳岁末绝句

王海亮

高楼独坐邈风尘，落落云间寂寂身。
雪未曾来冬已半，明朝灯火又新春。

注：王海亮，1974年生于河北沧州吴桥。河北省金石学会秘书长，石家庄市诗词学会副会长。

## 中秋漫兴

周退密

桐叶飘然下，草堂景物新。
虫声秋世界，月色老词人。
语爱花间好，儒尊席上珍。
婵娟共今夕，苦乐总难均。

注：周退密，1914 年生于浙江鄞县，曾为上海外国语学院教授，上海文史研究馆馆员。上海诗词学会顾问。

## 秋声

韩倚云

碎叶画空阶，丹枫颜色旧。
霜勾冷月飞，篱影参差瘦。

注：韩倚云，女，1977 生，河北保定人，现居北京。北京航空航天大学副教授。《九州诗词》常务副主编，陈少梅诗书画院院长。

## 说明

本编所选均为获奖作品中的短章，其中有个别内容不符合本丛刊要求的或作者情况不详的未予选录。选录的诗词作者简介均系获奖时情况。

# 第五编　焦裕禄精神诗书画作品选

## 前言

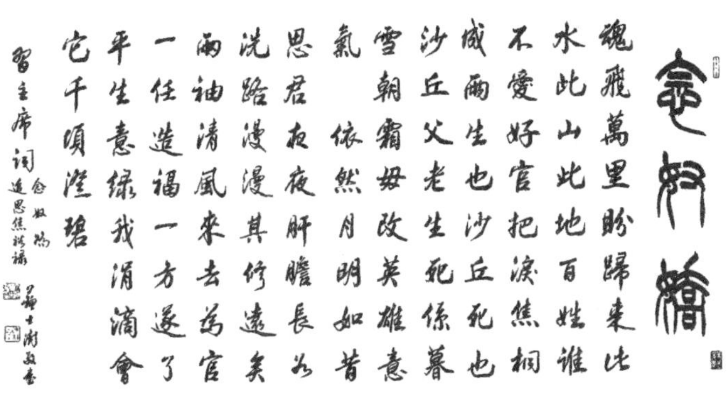


二〇一四年三月十八日，当电波传出习近平总书记作于一九九〇年七月十五日的《念奴娇·追思焦裕禄》后，诗人词家迅即写诗作词唱和响应。中华诗词学会和中华诗词发展基金会筹委会也就迅即责成笔者从收到的千余首诗词中选取数百首，编成《呼唤——人民呼唤焦裕禄诗词选集》交由人民出版社出版。该书出版发行后不仅受到广泛好评，线装书局还特约笔者从中选取百余首，遍邀诗人、书家将这百余首诗词写成书法作品编成线装书出版，同时将这些作品装裱展出并刻碑，加大宣传力度 。于是，在中华诗词学会、中华诗词研究院、中国书法家协会、中国美术家协会、中共河南省委宣传部、中原出版传媒集团和兰考县委县政府、线装书局、中华诗词创新研究会以及河南书法家协会、黄河散曲社、郑州仙客来坊度假园区、山西中石雕塑有限公司的大力支持下完成了“焦裕禄精神诗书画作品展”展板、诗墙的制作建造工程和《千顷澄碧集——焦裕禄精神诗书画作品精选》的编辑出版工作。今天“焦裕禄精神诗书画作品展”碑刻诗墙如期面世，可喜可贺：喜这一诗墙将同焦裕禄精神一起益国利民，贺这一诗墙将同焦裕禄精神一起光辉永存。

易 行

二〇一六年三月十八日

注：本页书法作品系中国书法家协会主席苏士澍敬书习近平总书记的《念奴娇·追思焦裕禄》词。

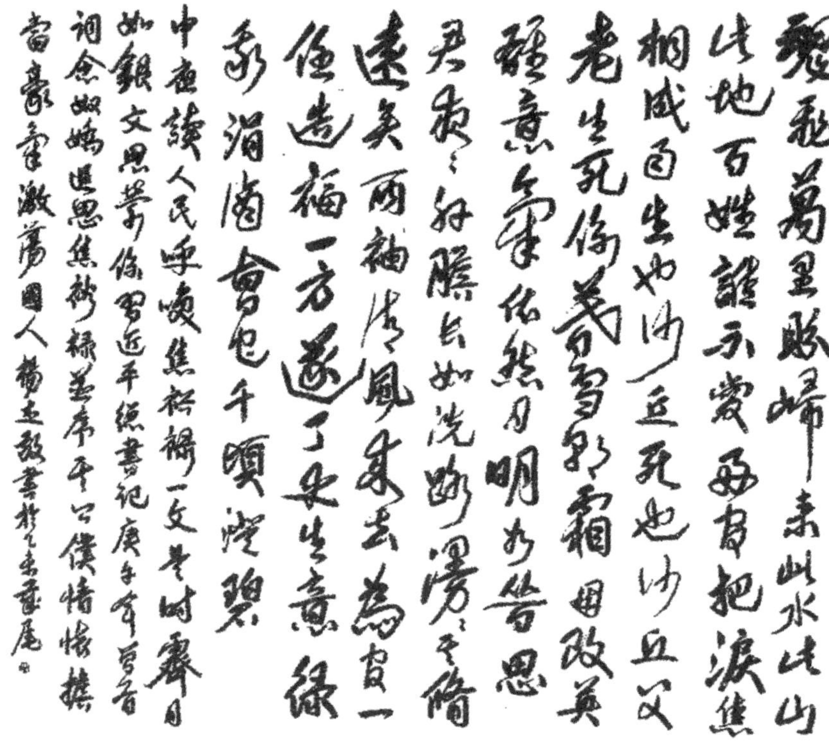

## 念奴娇・追思焦裕禄

习近平词　杨杰书

中夜，读《人民呼唤焦裕禄》一文，是时霁月如银，文思萦系……

魂飞万里，盼归来，此水此山此地。百姓谁不爱好官？把泪焦桐成雨。生也沙丘，死也沙丘，父老生死系。暮雪朝霜，毋改英雄意气！

依然月明如昔，思君夜夜，肝胆长如洗。路漫漫其修远矣，两袖清风来去。为官一任，造福一方，遂了平生意。绿我涓滴，会它千顷澄碧。

## 大写人

两袖清风不染尘，一衣明月尽耕耘。蓝天作纸山为笔，饱蘸江湖大写人。

马凯诗 言恭达书

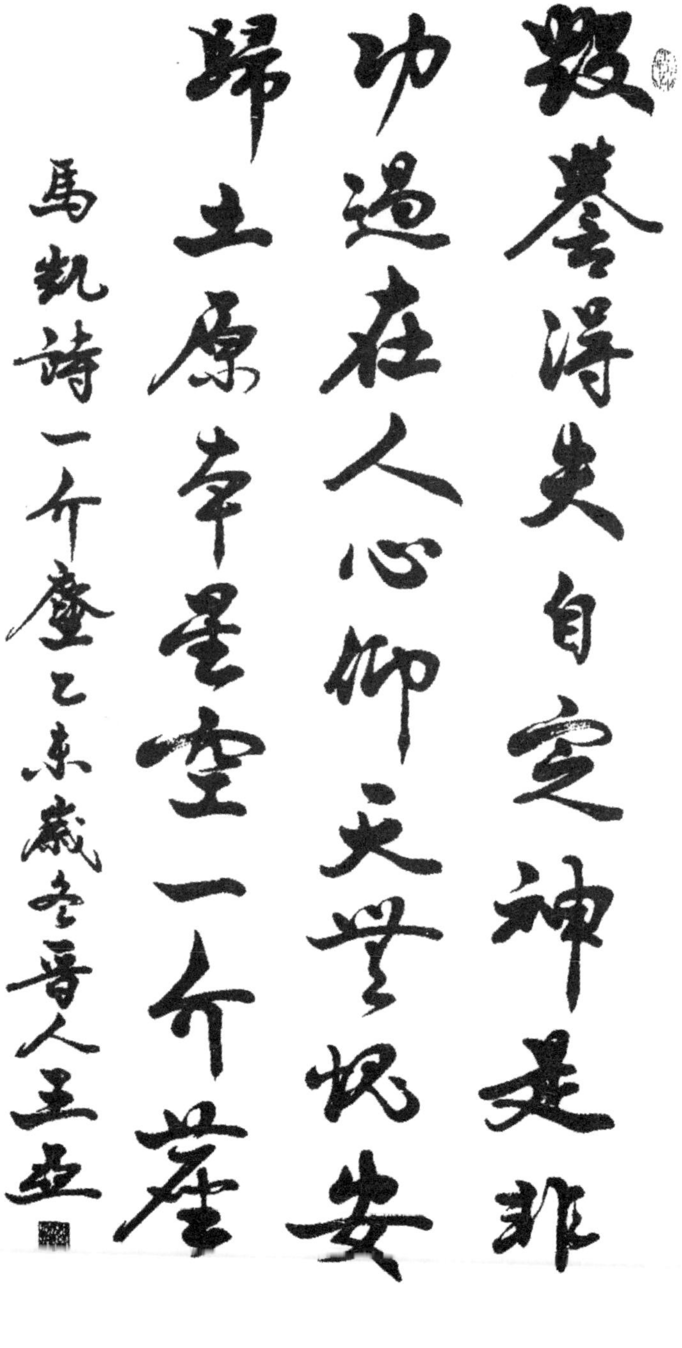
毁誉得失自定神是非
功过在人心仰天无愧安
归土原本星空一介尘
马凯诗一介尘乙未岁冬晋人王亚

## 一介尘

马凯诗　王亚书

毁誉得失自定神，是非功过在人心。仰天无愧安归土，原本星空一介尘。

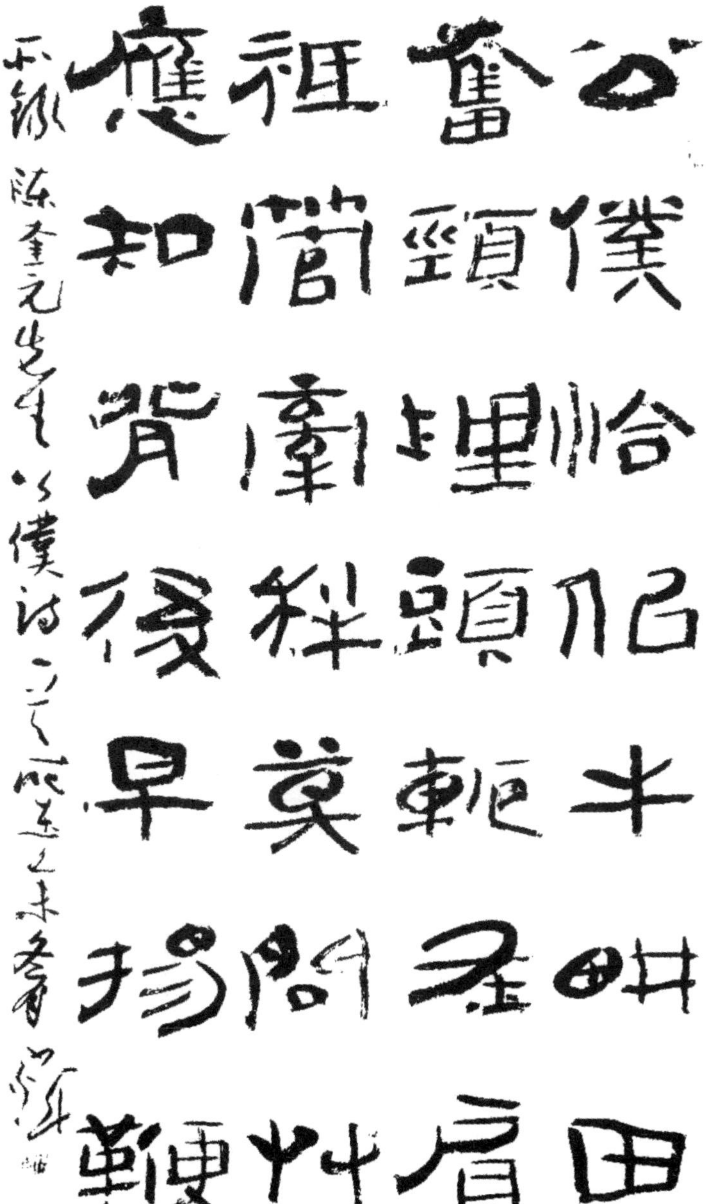

公仆

陈奎元诗 韩少辉书

公仆恰似牛耕田，奋颈埋头轭在肩。只管牵犁莫问草，应知背后早扬鞭。

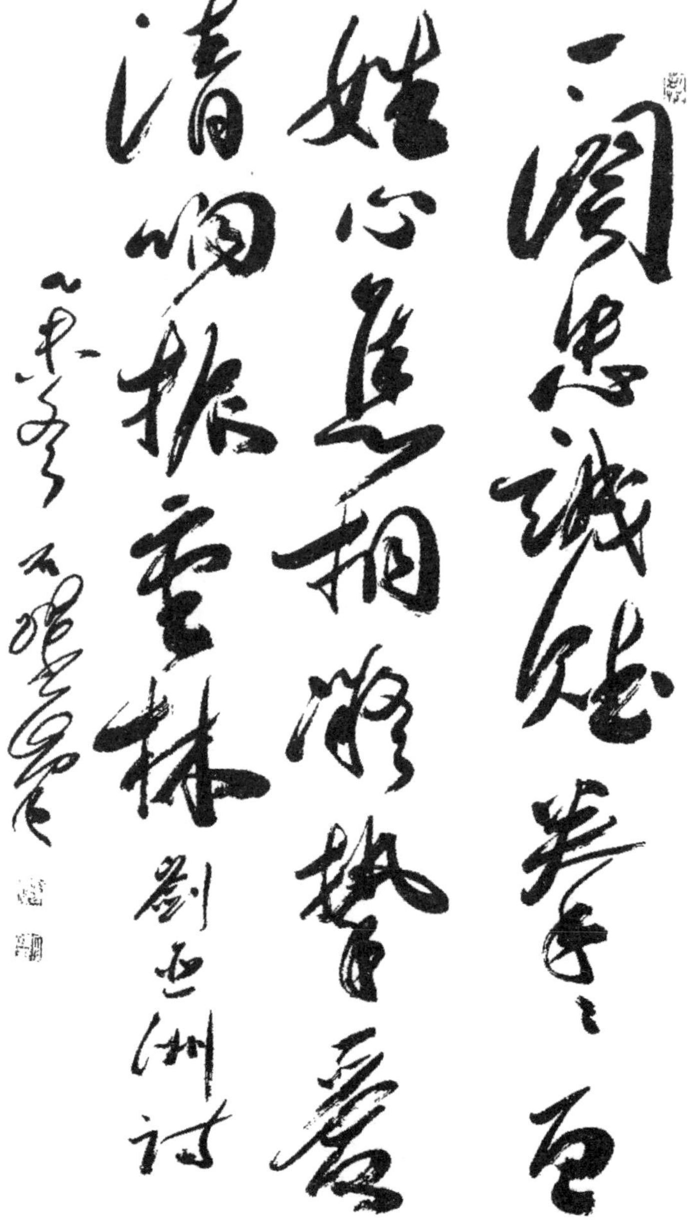

读习主席《追思焦裕禄》词有感之一　刘亚洲诗　石耀峰书

一阕忠诚赋，拳拳百姓心。焦桐凝挚爱，清响振重林。

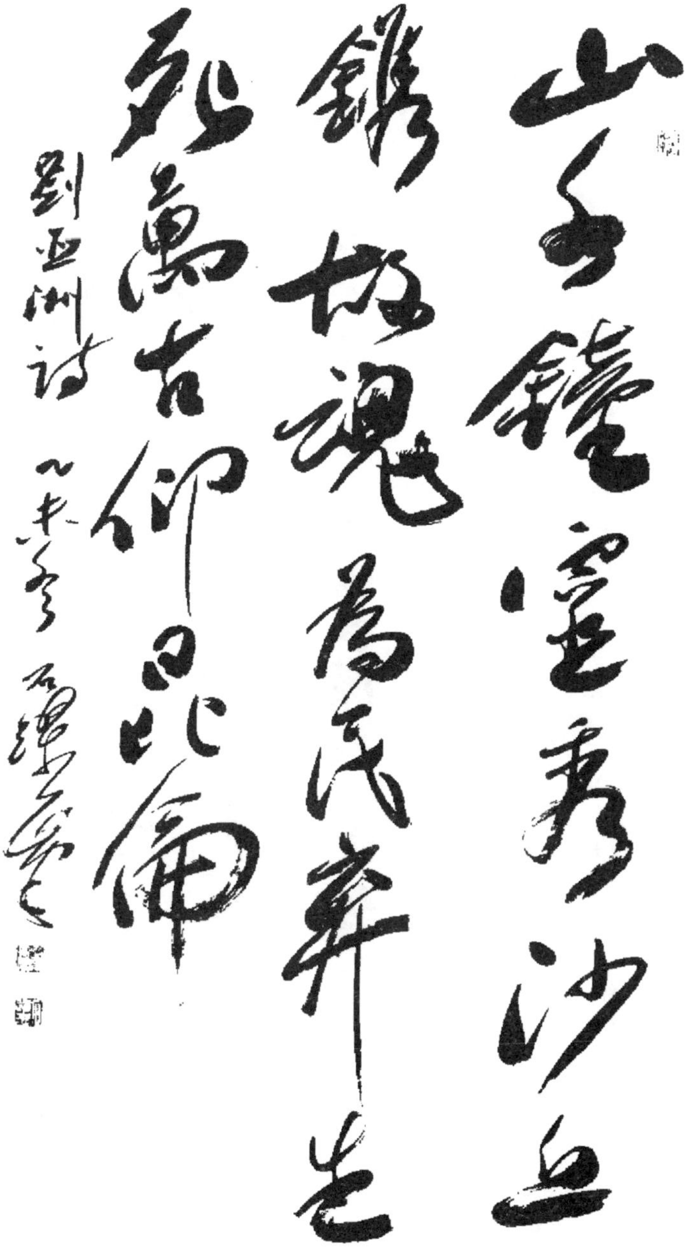

读习主席《追思焦裕禄》词有感之二　刘亚洲诗　石耀峰书

山水钟灵秀，沙丘镌故魂。为民弃生死，万古仰昆仑。

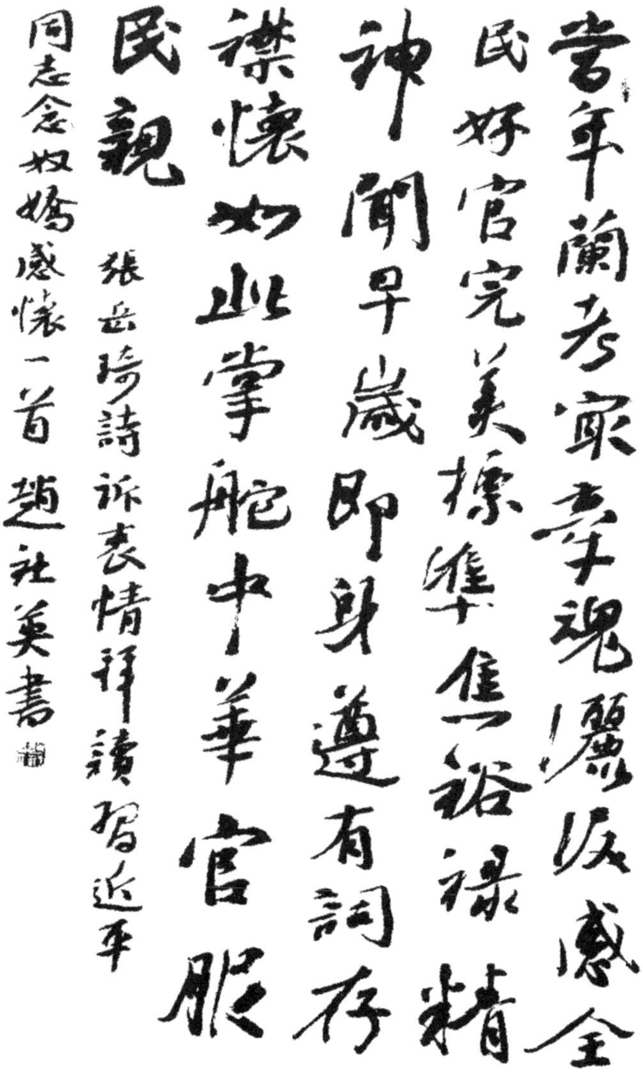


## 诉衷情·拜读习近平同志《念奴娇》感怀

张岳琦词 赵社英书

当年兰考最牵魂，洒泪感全民。好官完美标准：焦裕禄精神。

闻早岁，即身遵，有词存。襟怀如此，掌舵中华，官服民亲。

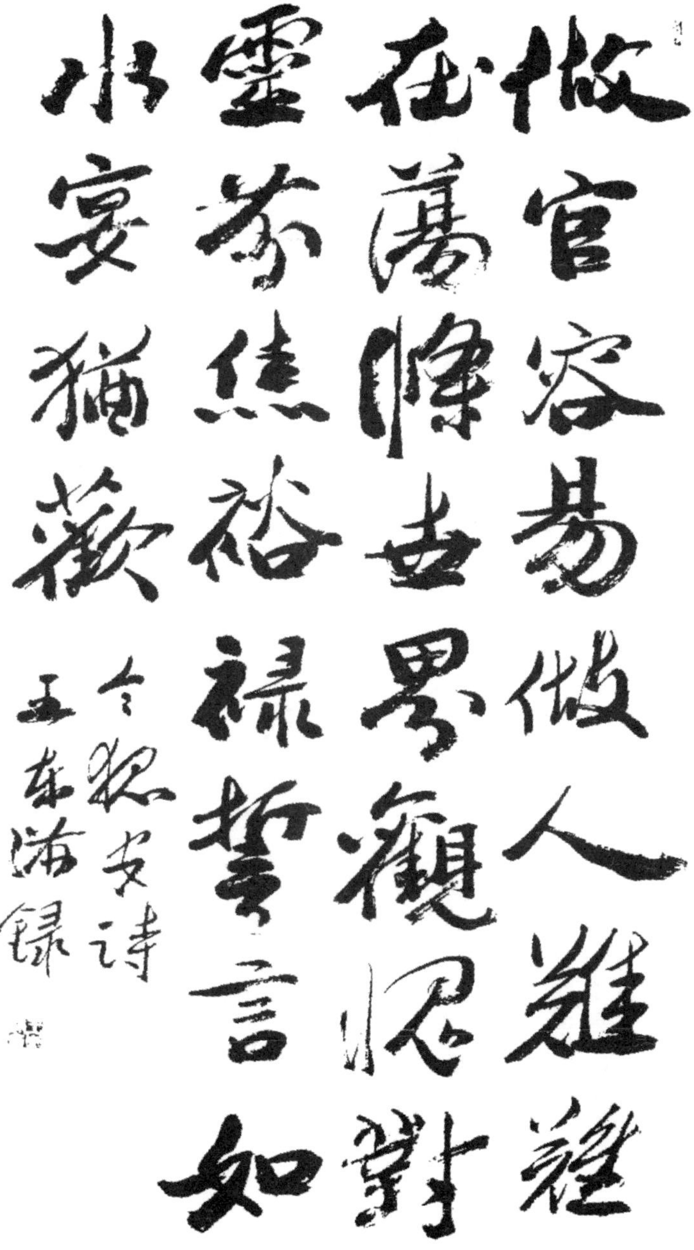
做官容易做人难
难在荡涤世界观
愧对灵前焦裕禄
誓言如水宴犹欢
令狐安诗
王东满录

## 谒焦裕禄墓

令狐安诗　王东满书

做官容易做人难，难在荡涤世界观。
愧对灵前焦裕禄，誓言如水宴犹欢。

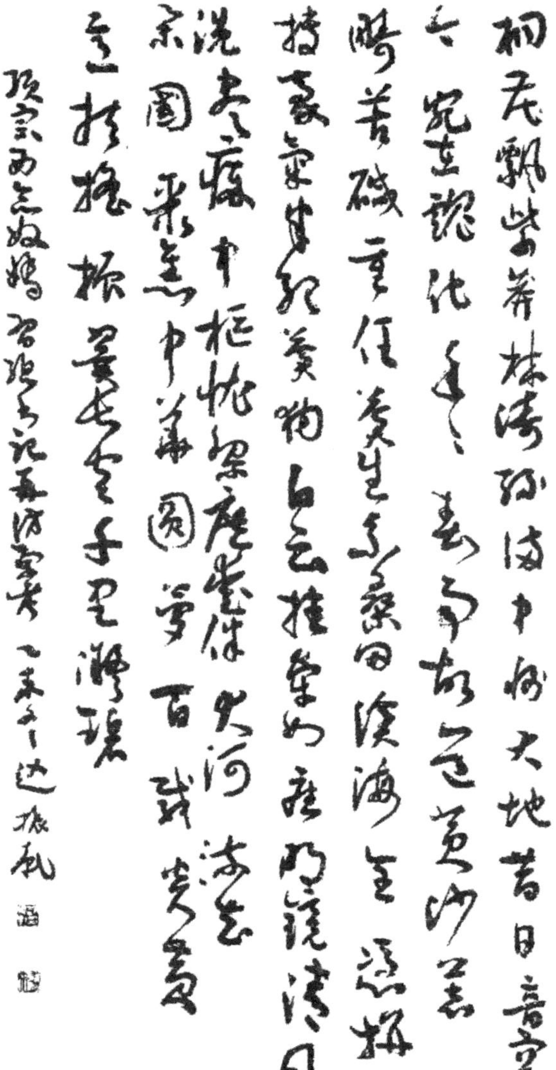

## 念奴娇·习总书记再访兰考

项宗西词　赵振乾书

桐花飘紫，莽林涛，绿满中州大地。昔日音容今宛在，魂化年年春雨。故道黄沙，荒畴苦碱，重任苍生系。桑田沧海，全凭拼搏豪气。

半纪苍狗白云，挂牵如旧。明镜清风洗。尽瘁中枢忧黎庶，爱伴大河流去。举国『聚焦』，中华圆梦，百载炎黄意。扶摇振翼，长空千里凝碧。

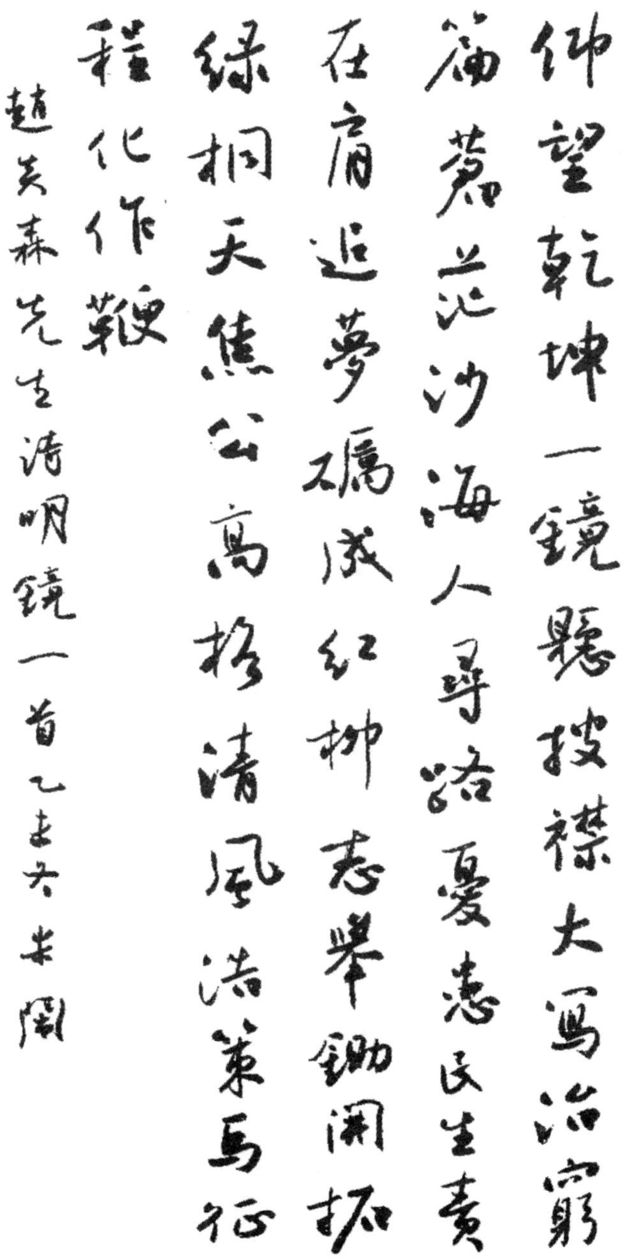


## 明镜

赵焱森诗　米闹书

仰望乾坤一镜悬，披襟大写治穷篇。苍茫沙海人寻路，忧患民生责在肩。
追梦砺成红柳志，举锄开拓绿桐天。焦公高格清风浩，策马征程化作鞭。

## 水调歌头·焦裕禄逝世五十周年

袁行霈词并书

五十春秋矣，谁不悼斯人。遥思兰考大地，桐树已成荫。漠漠良田万顷，处处焦公身影，雨露润阳春。俯首奉杯酒，酹地祭忠勋。

世之范，民之望，国之魂。清风正气，何时吹散雾霾尘？只怕蛀虫不尽，不信中华不盛，峻峙有昆仑。明月当空照，百姓为北辰。

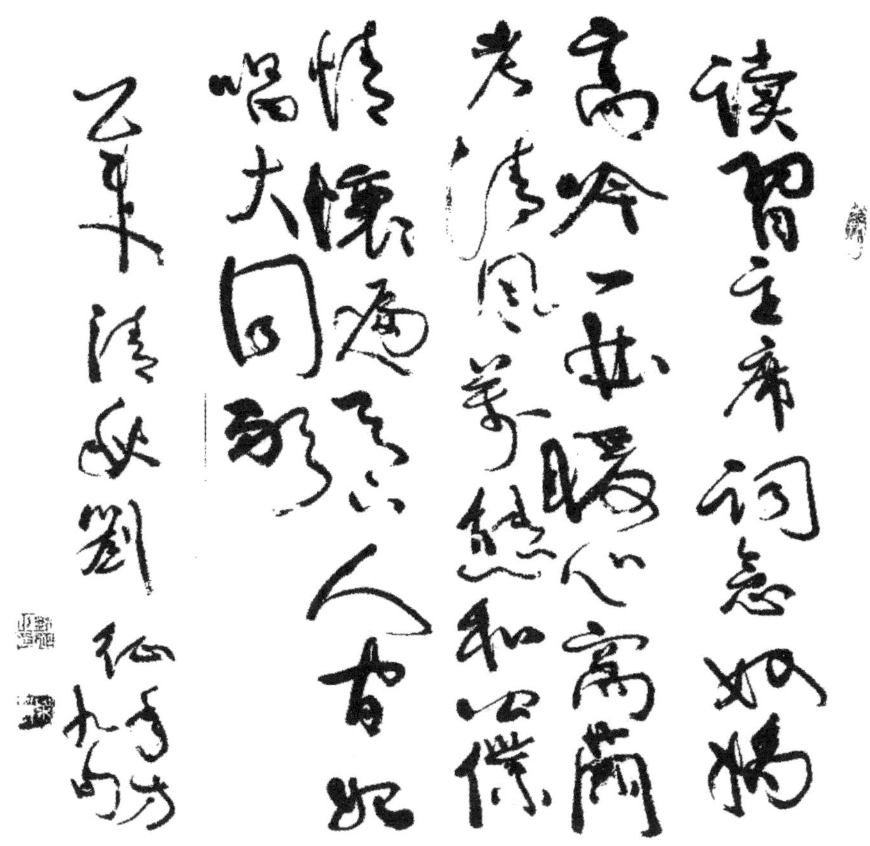

**读习主席《念奴娇》**

刘征诗并书

高吟一曲暖心窝，
兰考清风万态和。
公仆情怀遍天下，
人间始唱大同歌。

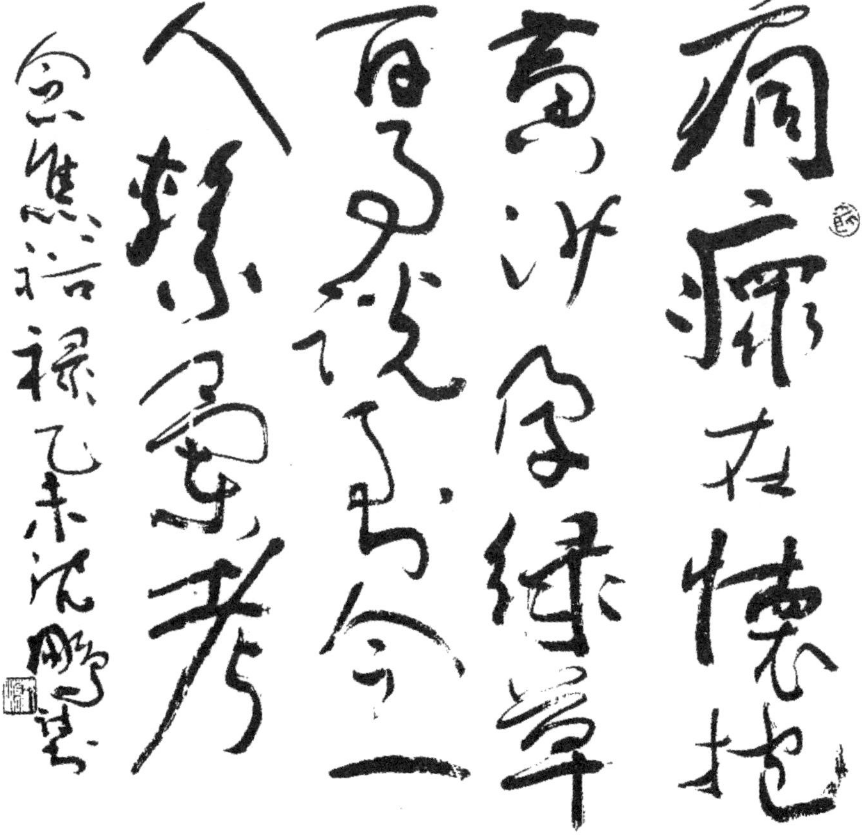

**念焦裕禄**

沈鹏诗并书

痌瘝在怀抱，
黄沙孕绿草。
百事说到今，
一人系兰考。

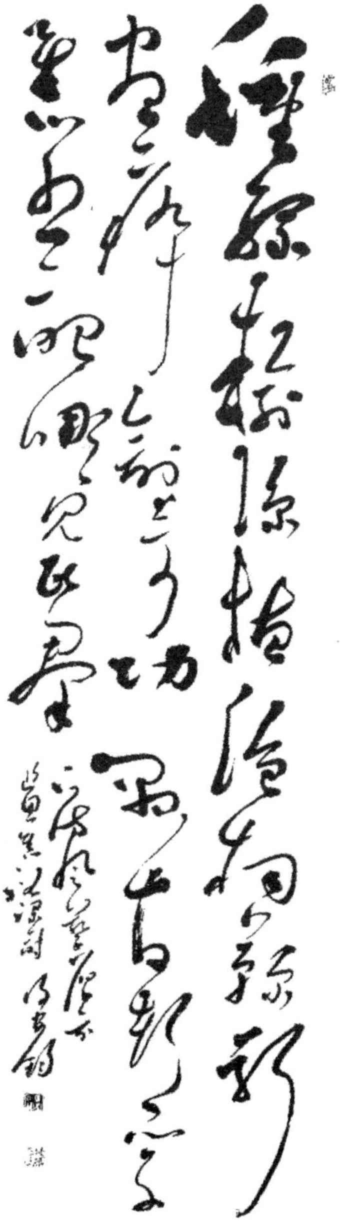

**读习总书记《念奴娇》词感赋**

蔡厚示诗 谢安均书

种绿输凉植泡桐，鞠躬尽瘁创奇功。县官都学焦书记，哪见民群上访风？

## 焦桐赞

欧阳鹤诗并书

春风一路引琴弹，绿野葱葱草木繁。改土已臻人致富，造林终得树摇钱。
无私公仆拼肝死，有幸焦桐以姓传。矢志为民民誉在，前贤遗范仰高山。

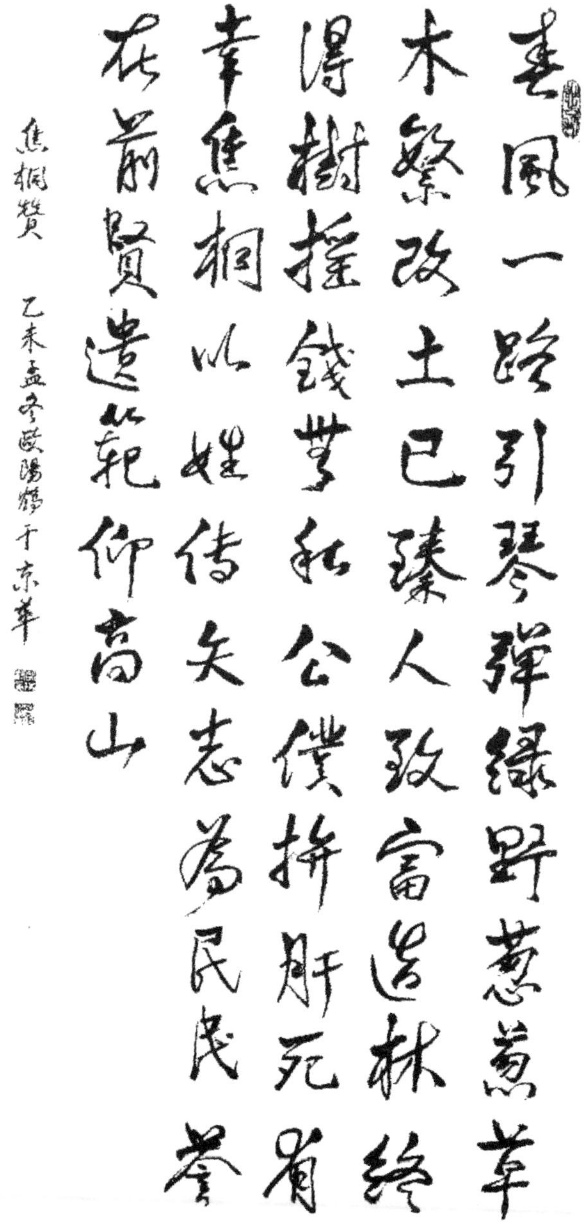

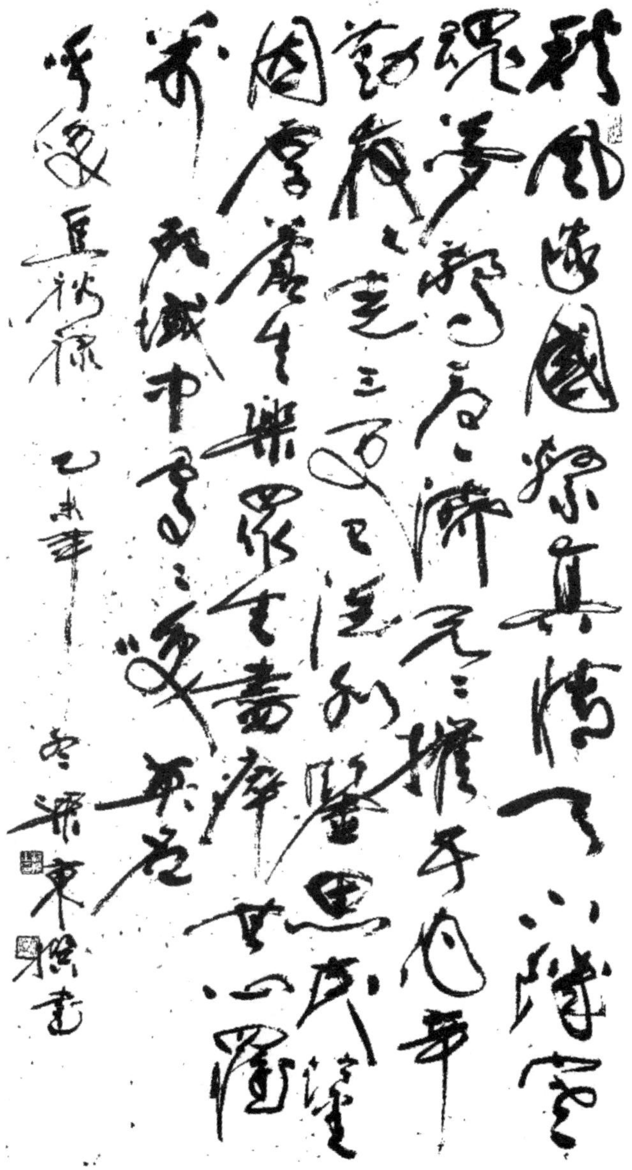

## 呼唤焦裕禄

梁东诗并书

秋风家国系真情，天下饥寒魂梦惊。忧济元元摧五内，辛勤夜夜走三更。

已从水鉴思民鉴，因厚苍生乐众生。尽瘁甘心罹万死，域中处处唤英名。

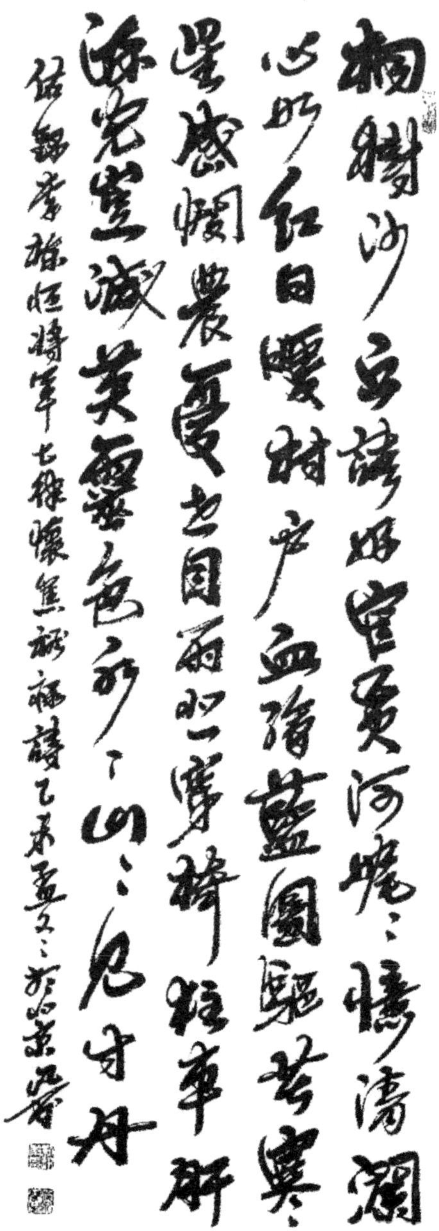


## 怀念焦裕禄

李栋恒诗　刘迅甫书

桐树沙丘夸好官，黄河娓娓忆清澜。心如红日暖村户，血绘蓝图驱苦寒。
星感悯农忧世目，雨悲穿椅拄车肝。流光岂减英灵色，水水山山见寸丹！

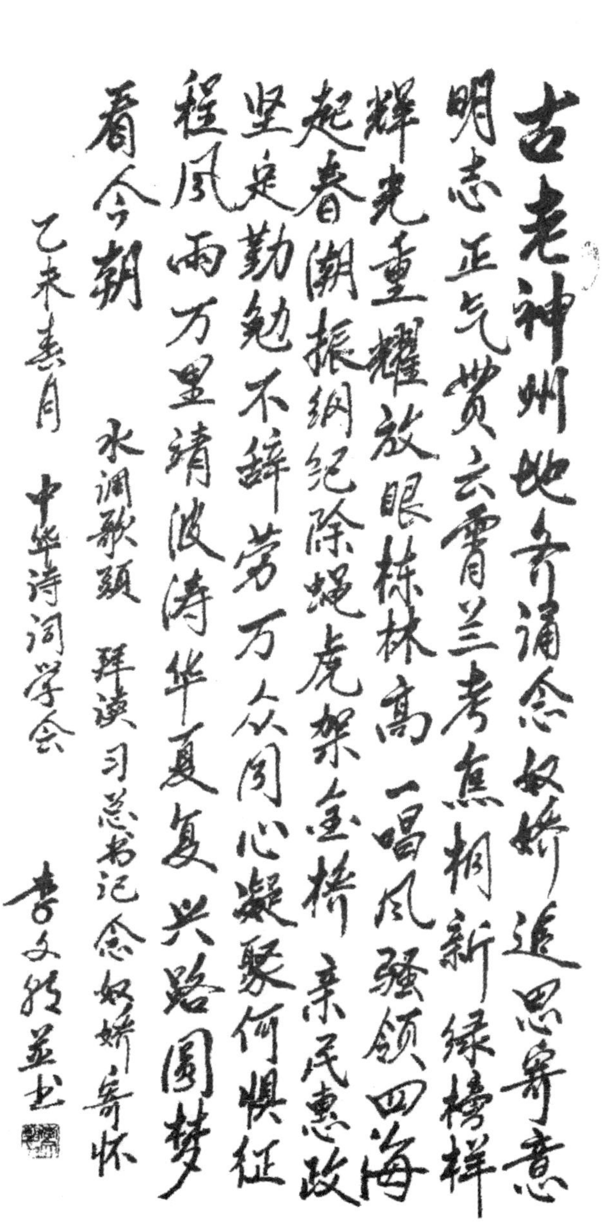
古老神州地齐诵念奴娇追思寄意明志正气贯云霄兰考焦桐新绿榜样辉光重耀放眼栋林高一唱风骚领四海起春潮振纲纪除蝇虎架金桥亲民惠政坚定勤勉不辞劳万众同心凝聚何惧征程风雨万里靖波涛华夏复兴路圆梦看今朝
水调歌头　拜读习总书记念奴娇寄怀
乙未春月　中华诗词学会　李文朝并书

**水调歌头·拜读习总书记《念奴娇》寄怀**　李文朝词并书

古老神州地，齐诵念奴娇。追思寄意明志，正气贯云霄。兰考焦桐新绿，榜样辉光重耀，放眼栋林高。一唱风骚领，四海起春潮。振纲纪，除蝇虎，架金桥。亲民惠政，坚定勤勉不辞劳。万众同心凝聚，何惧征程风雨，万里靖波涛。华夏复兴路，圆梦看今朝。

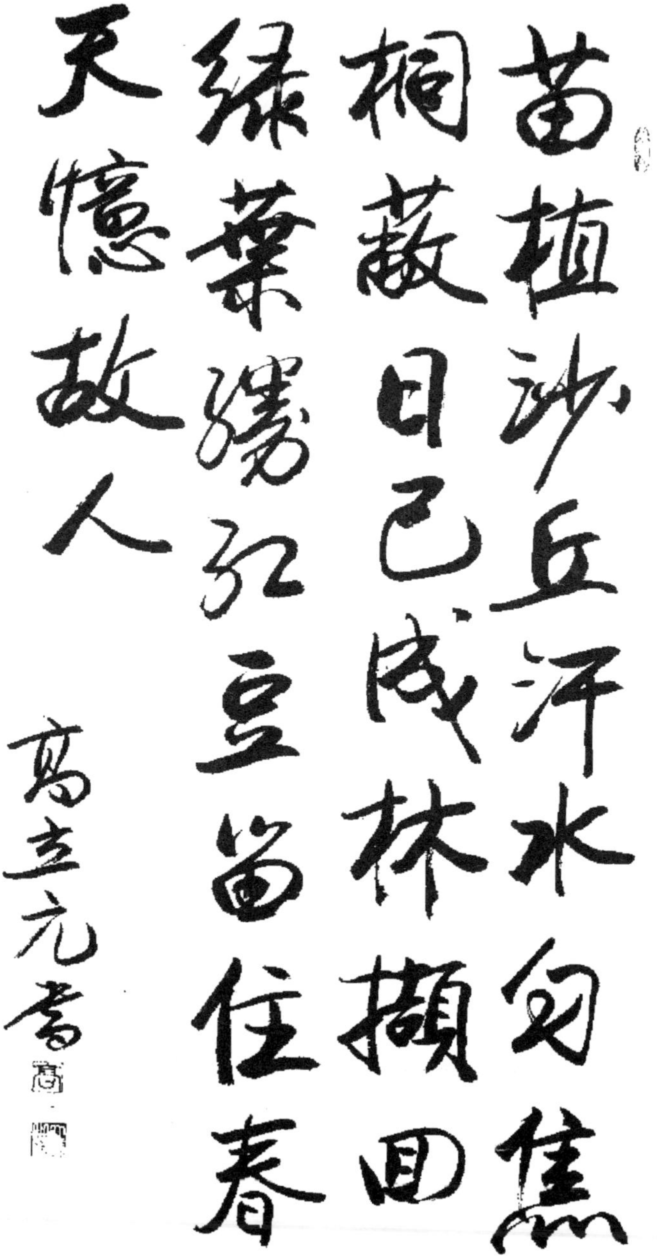
苗植沙丘汗水匀
焦桐蔽日已成林
撷回绿叶胜红豆
留住春天忆故人
高立元书

## 焦桐礼赞

高立元诗并书

苗植沙丘汗水匀，焦桐蔽日已成林。
撷回绿叶胜红豆，留住春天忆故人。

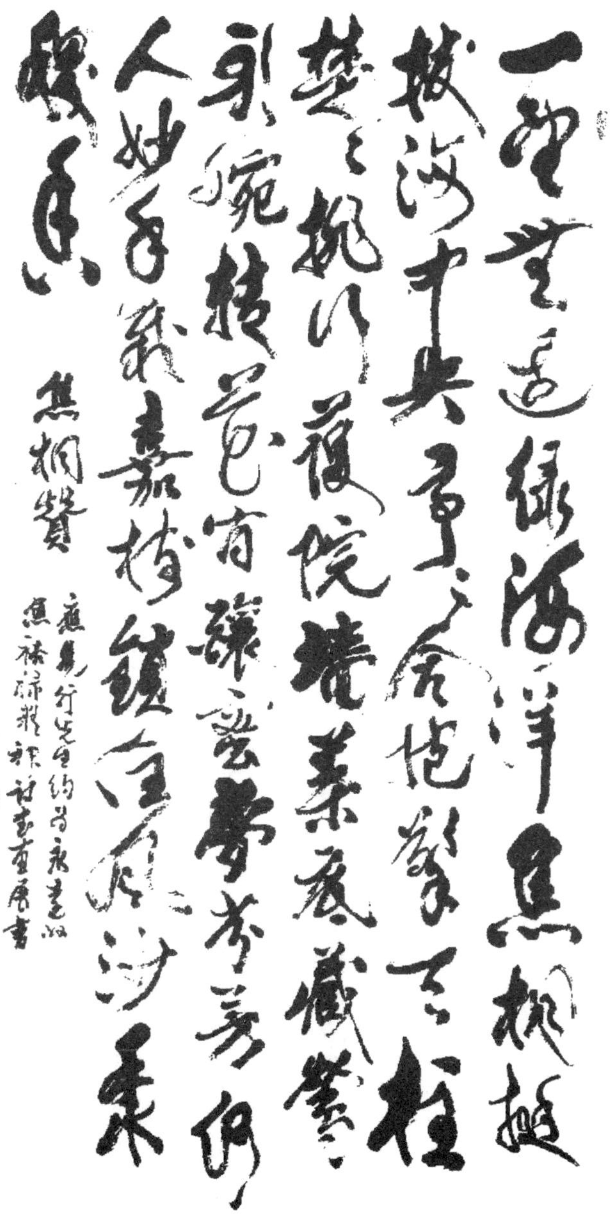

## 焦桐赞

李旦初诗并书

一望无边绿海洋，焦桐挺拔海中央。亭亭合抱擎天柱，楚楚排行护院墙。叶底藏莺歌婉转，花间酿蜜梦芬芳。何人妙手栽嘉树，锁住风沙黍稷香。

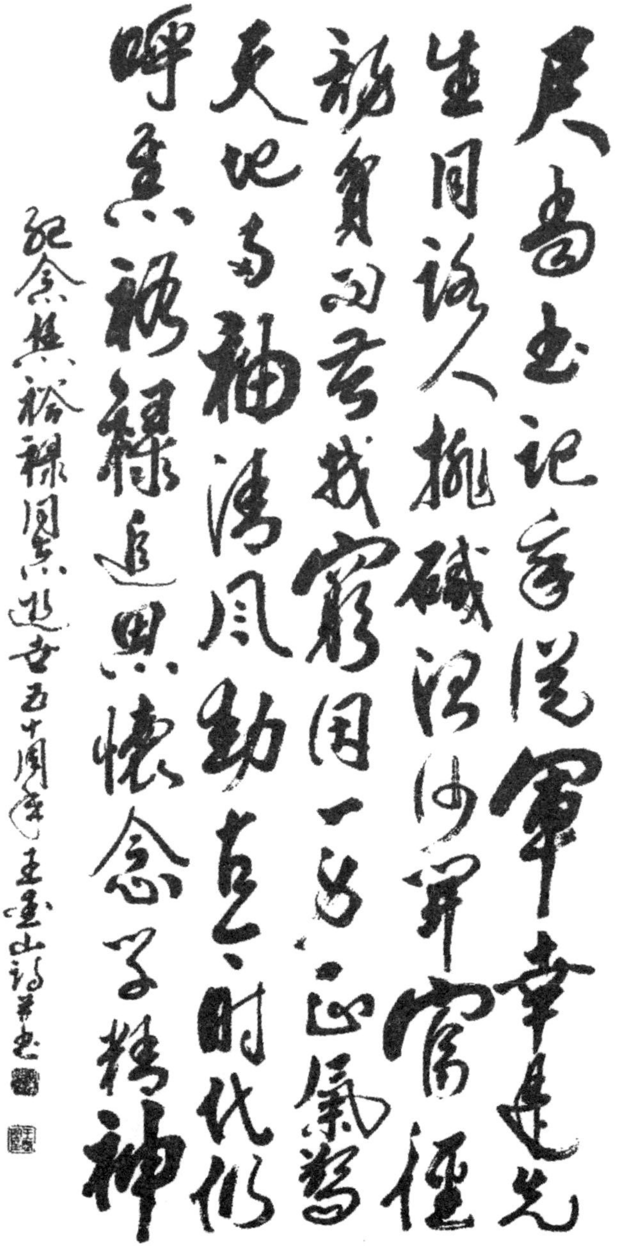

## 纪念焦裕禄同志逝世五十周年

王爱山诗并书

君当书记我从军，幸是先生同路人。排碱治沙开富径，访贫问苦我穷因。
一身正气惊天地，两袖清风动古今。时代仍呼焦裕禄，追思怀念学精神。

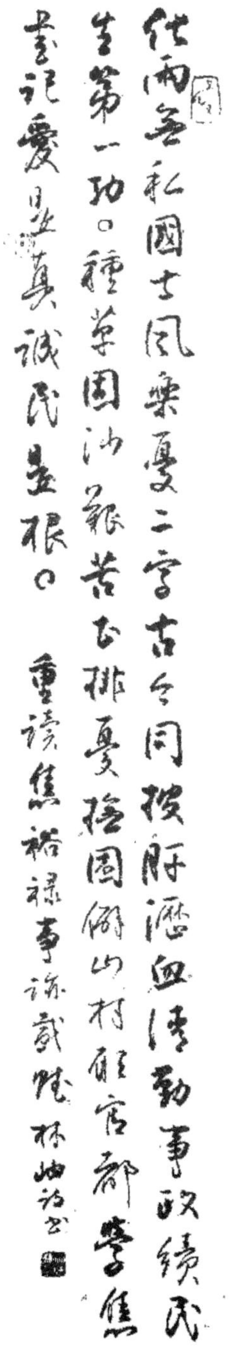

## 重读焦裕禄事迹感赋二绝

林岫诗并书

化雨无私国士风，乐忧二字古今同。
披肝沥血经勤事，政绩民生第一功。

种草固沙艰苦甚，排忧抚困僻山村。
愿官都学焦书记，爱是真诚民是根。

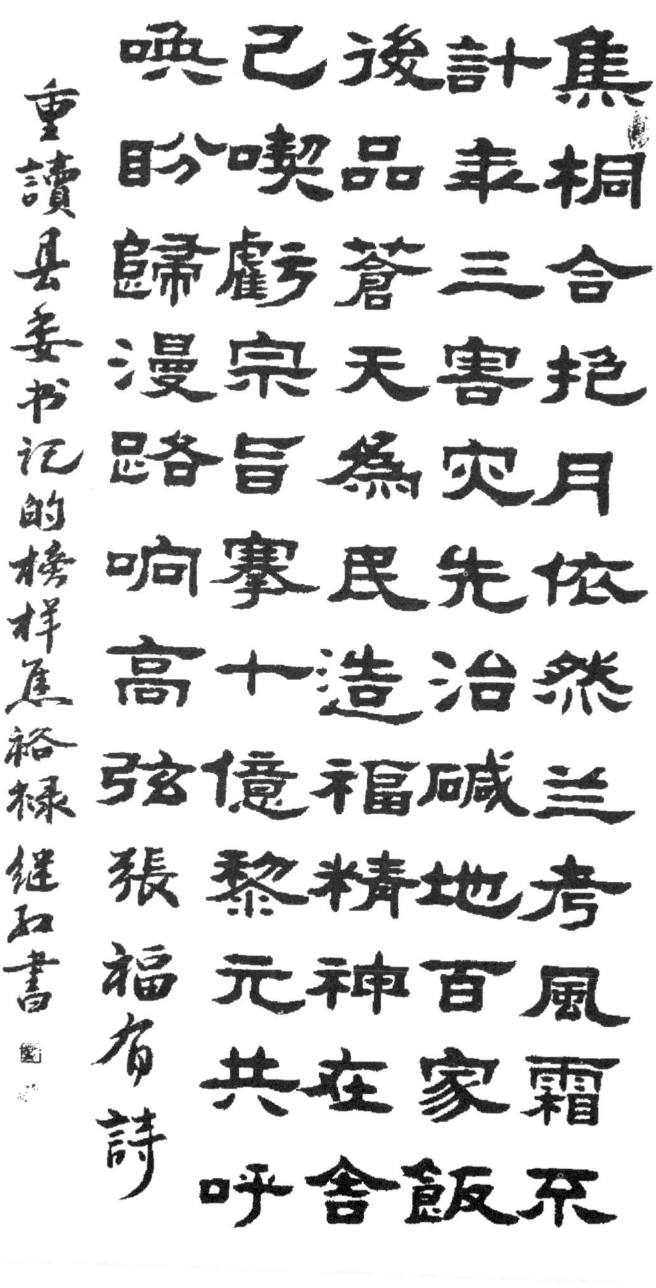


## 重读《县委书记的榜样——焦裕禄》

张福有诗　冯继红书

焦桐合抱月依然，兰考风霜不计年。三害灾先治碱地，百家饭后品苍天。

为民造福精神在，舍己吃亏宗旨搴。十亿黎元共呼唤，盼归漫路响高弦。

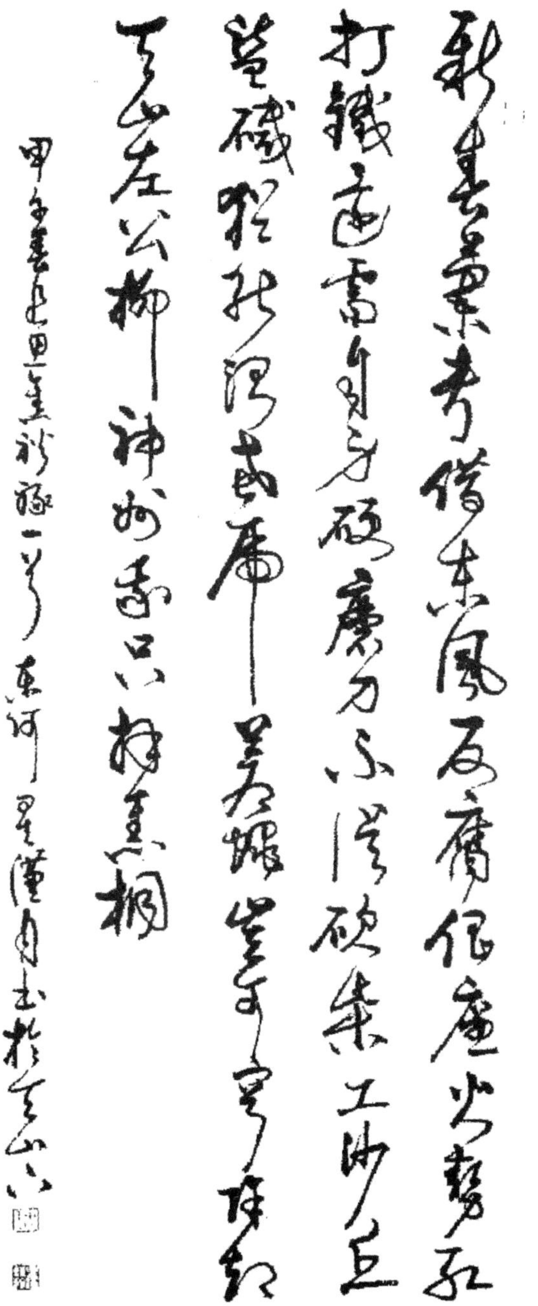

## 甲午春追思焦裕禄

星汉诗并书

新春兰考借东风，反腐倡廉火势红。打铁还需自身硬，磨刀不误砍柴工。
沙丘盐碱犹能治，老虎苍蝇岂可容？除却天山左公柳，神州我只拜焦桐。

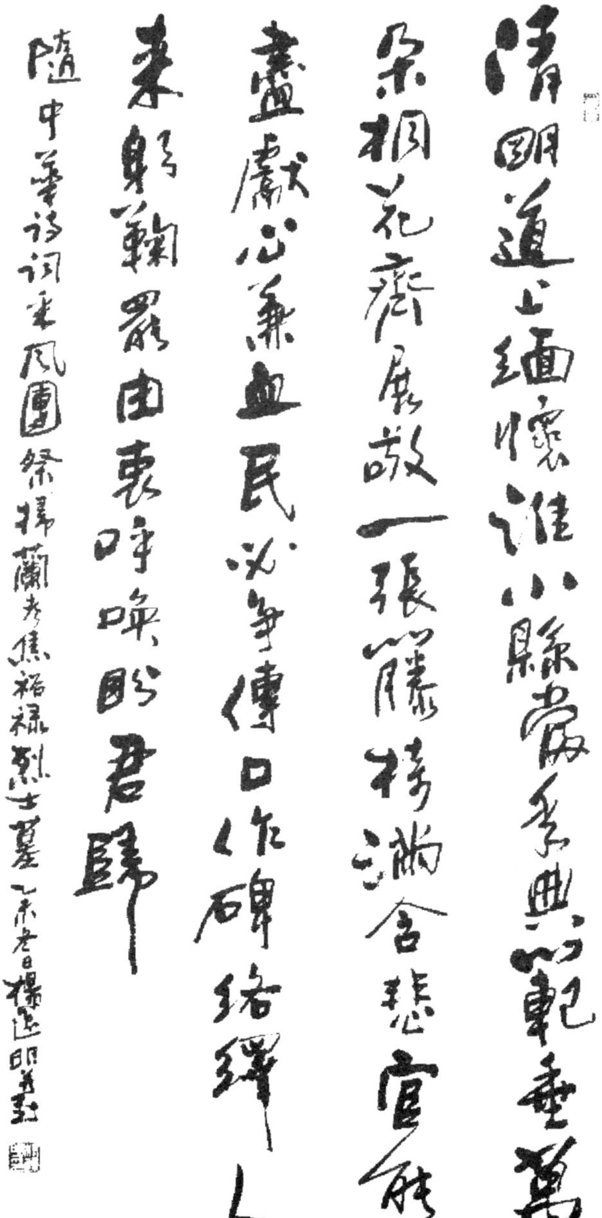


## 随采风团祭扫焦裕禄烈士墓

杨逸明诗并书

清明道上缅怀谁？小县当年典范垂。万朵桐花齐展敬，一张藤椅满含悲。
官能尽献心兼血，民必争传口作碑。络绎人来躬鞠罢，由衷呼唤盼君归。

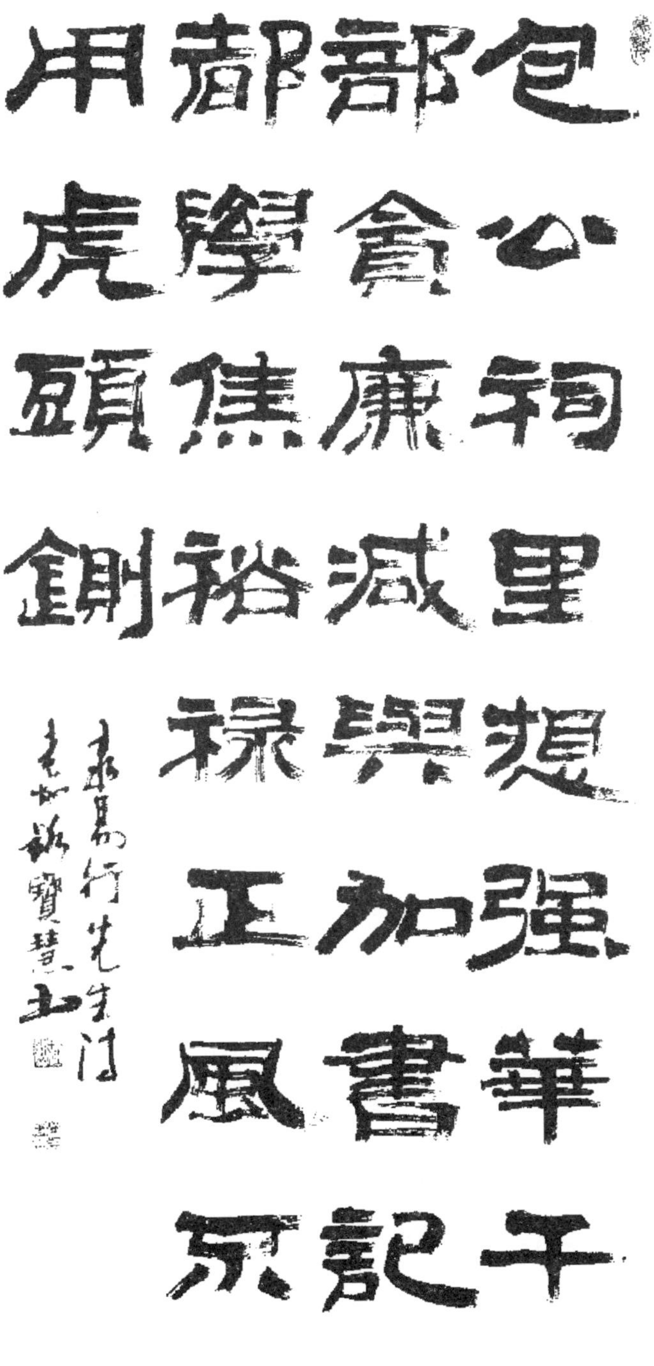


在包公祠虎头铡前沉思

易行诗　路宝慧书

包公祠里想强华，干部贪廉减与加。书记都学焦裕禄，正风不用虎头铡。

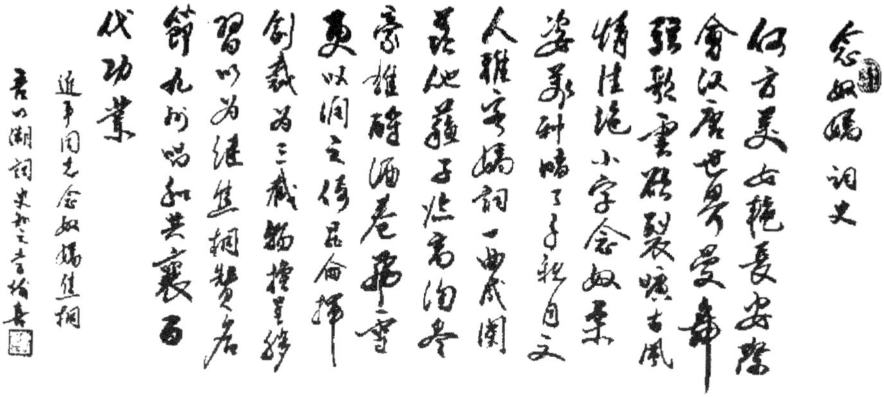

## 念奴娇·词史

李树喜词并书

何方美女，艳长安，际会汉唐世界。曼舞弦歌云欲裂，旷古风情佳绝。小字念奴，柔姿万种，暗了千秋月。文人雅客，娇词一曲成阕。

羡他苏子临高，淘尽豪雄、酹酒卷飞雪；更叹润之倚昆仑，挥剑裁为三截。物换星移，习以为继，焦桐赞名节。九州唱和，共襄百代功业！

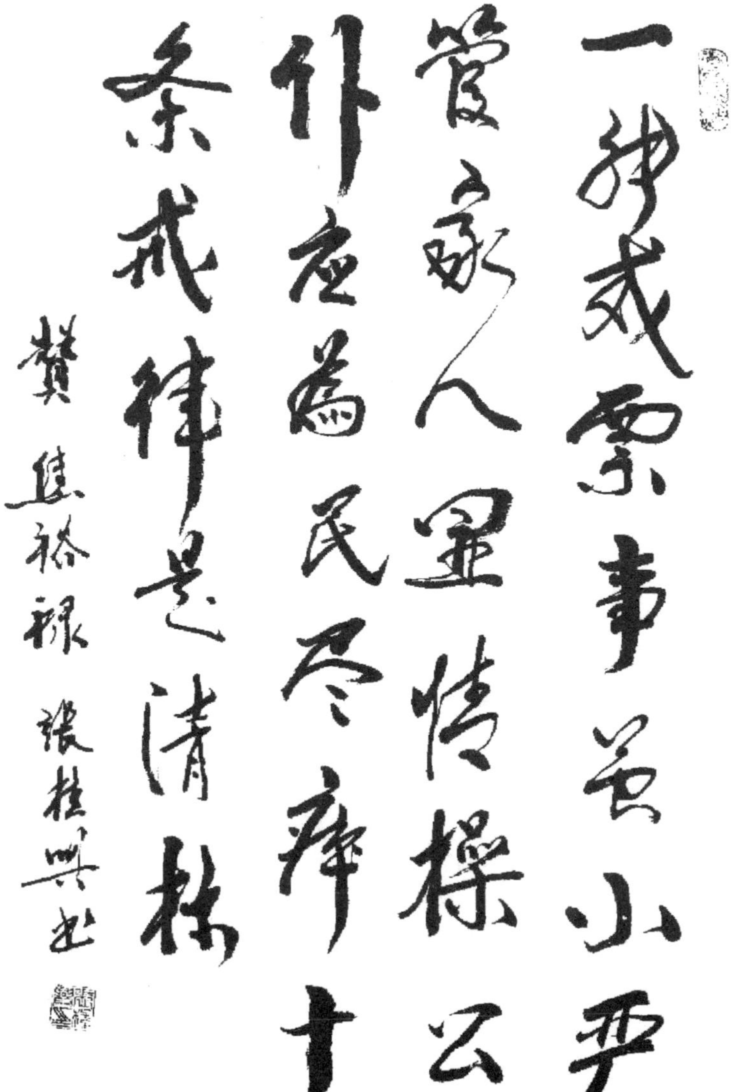
一张戏票事虽小严
管家人显情操公
仆应为民尽瘁十
条戒律是清标
赞焦裕禄　张桂兴书

## 赞焦裕禄

张桂兴诗并书

一张戏票事虽小，严管家人显情操。公仆应为民尽瘁，十条戒律是清标。

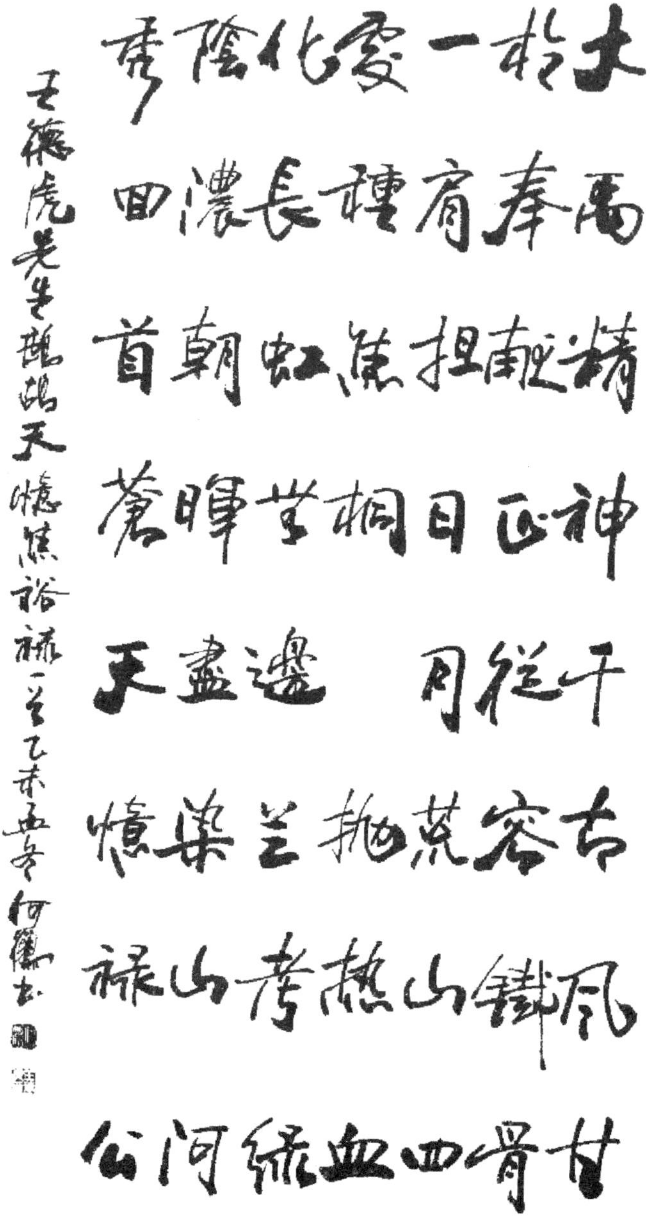

## 鹧鸪天·忆焦裕禄

王德虎词 何鹤书

大禹精神千古风，甘于奉献正从容。铁骨一肩担日月，荒山四处种焦桐。

抛热血，化长虹。无边兰考绿阴浓。朝晖尽染山河秀，回首苍天忆禄公。

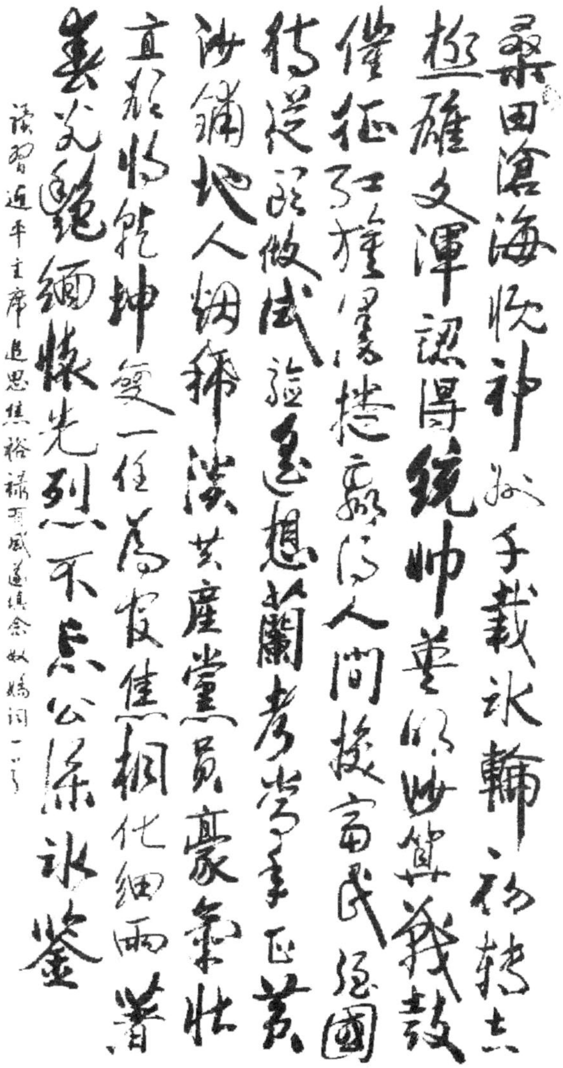

## 念奴娇·读习近平主席《追思焦裕禄》感怀 李一信词并书

桑田沧海，慨神州、千载冰轮初转。立极雄文，浑认得、统帅英明妙算。战鼓催征，红旗漫卷，赢得人间换。富民强国，待从头做试验。遥想兰考当年，正黄沙铺地，人烟稀淡。共产党员，豪气壮、直欲将乾坤变。一任为官，焦桐化细雨，著春光艳。缅怀先烈，不忘公仆冰鉴。

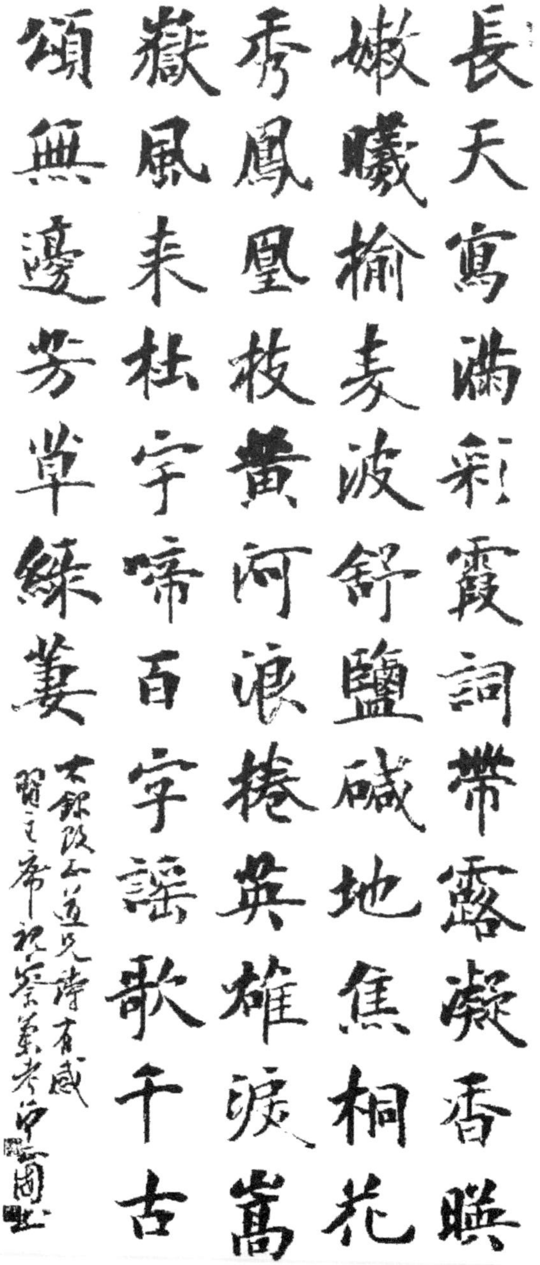


## 有感于习主席视察兰考

王改正诗　曾正国书

长天写满彩霞词，带露凝香映嫩曦。榆麦波舒盐碱地，焦桐花秀凤凰枝。

黄河浪卷英雄泪，嵩岳风来杜宇啼。百字谣歌千古颂，无边芳草绿萋萋。

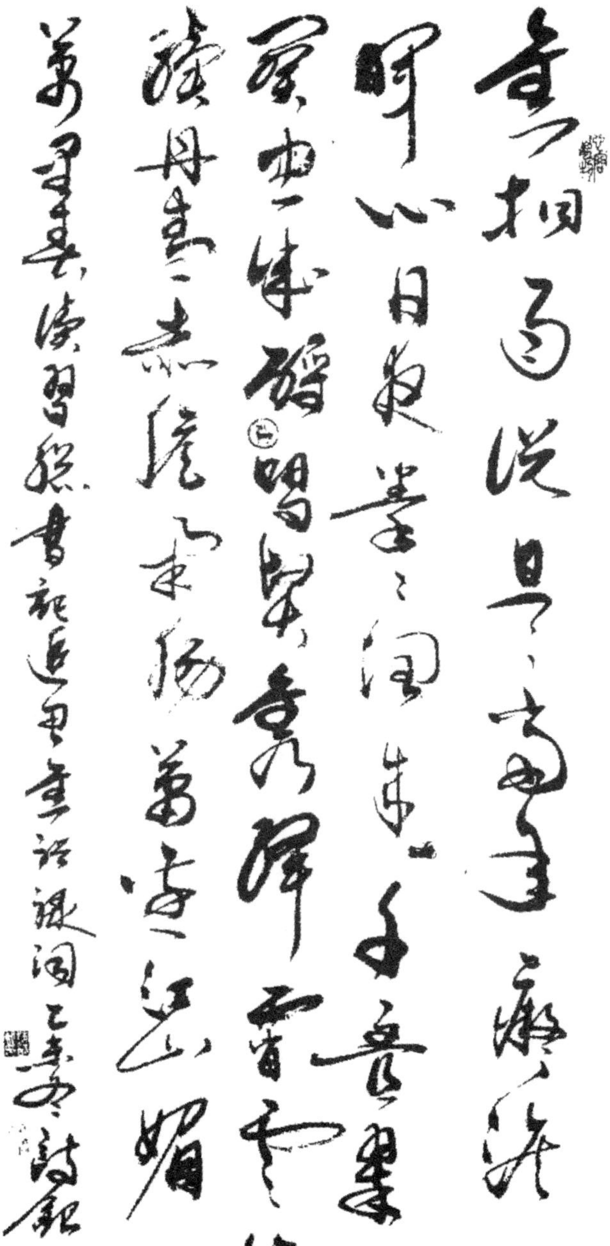

## 万里春·读习总书记《追思焦裕禄》词感怀

范诗银词并书

焦桐雨说，是当年痴泪。寸晖心、日夜拳拳，润来千叠翠。一阕

忠诚酹。唱贤隽、绛霄云旆。续丹青、赤胆柔肠，梦边江山媚。

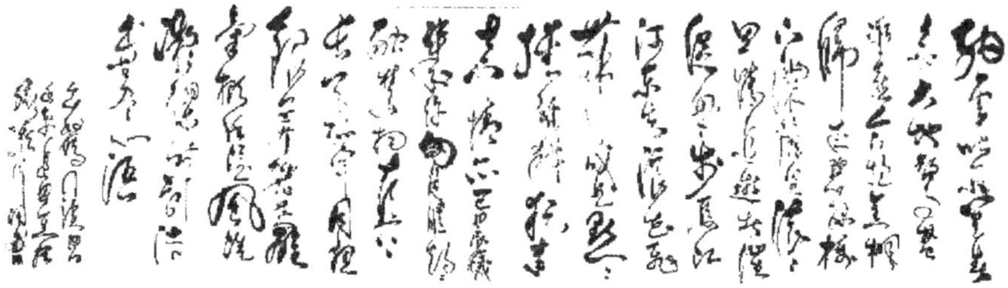

## 念奴娇·读习近平《追思焦裕禄》词

陈文玲词并书

纳云吐雨，阅春色、大地惊蛰微熹。滚滚思怀，追逝者、催促匆匆步履。合抱焦桐，归来碧绿。树下浓荫里，江河东去，浪花飞舞成曲。　默默播种耕耘，奉深情不已，晨曦几许。胸臆灼灼，融梦想、直上长天环宇。月夜银屏，酹英雄气概，任凭风洗。凝胶时刻，淌出无尽心语。

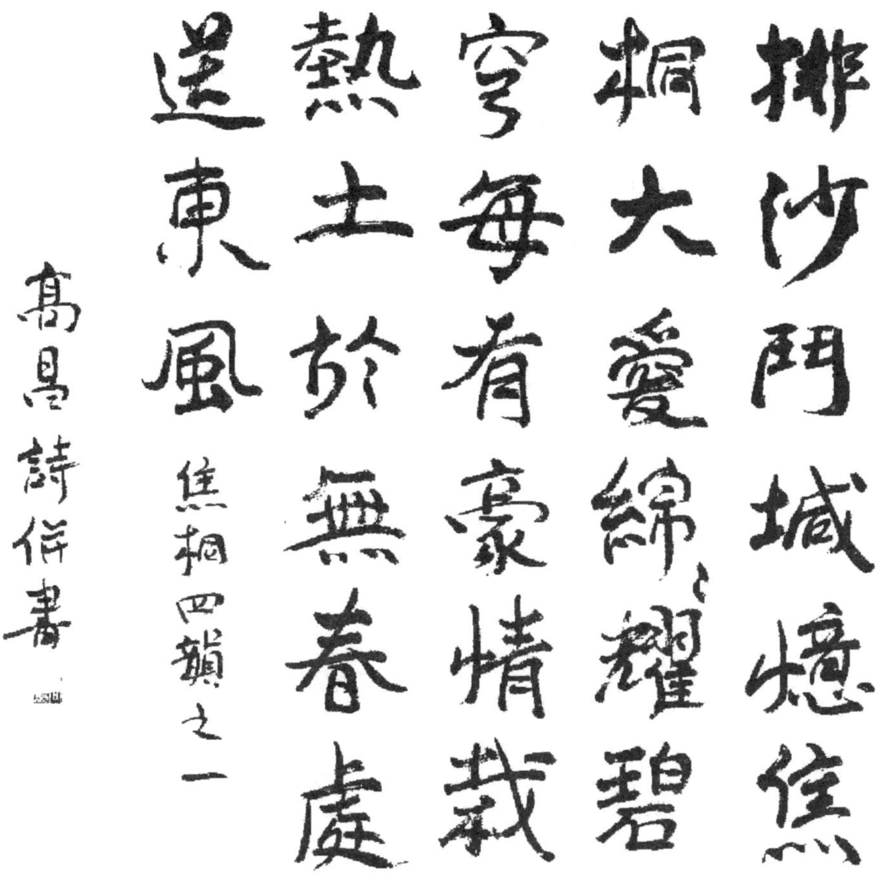


## 焦桐四韵之一

高昌诗并书

排沙斗碱忆焦桐，
大爱绵绵耀碧穹。
每有豪情栽热土，
于无春处送东风。

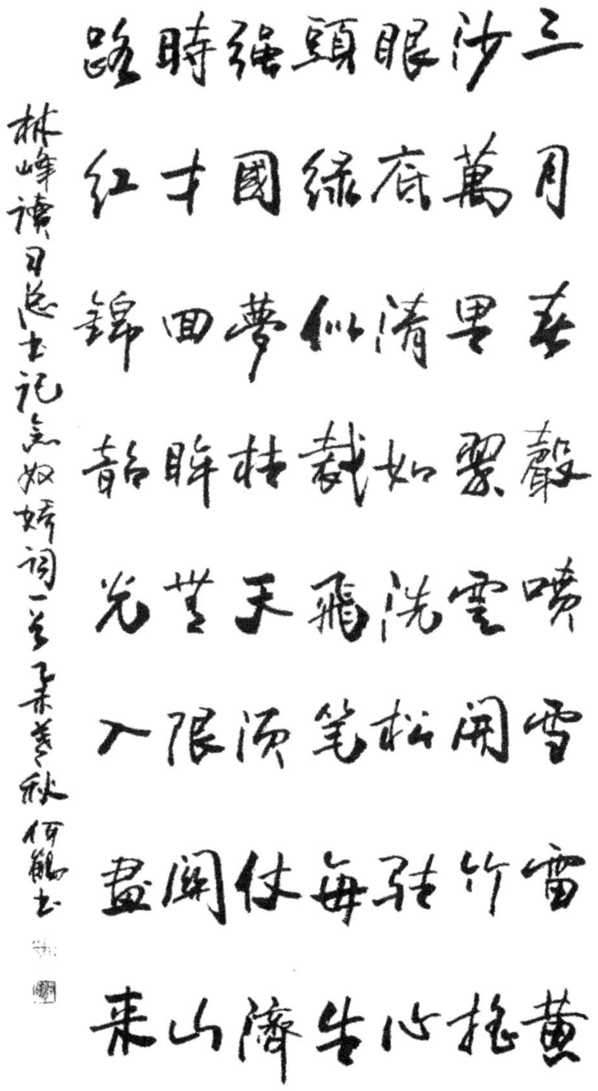

## 读习总书记《念奴娇》词

林峰诗　何鹤书

三月春声喷雪雷，黄沙万里翠云开。竹摇眼底清如洗，松驻心头绿似裁。
飞笔每生强国梦，柱天须仗济时才。回眸无限关山路，红锦韶光入画来。

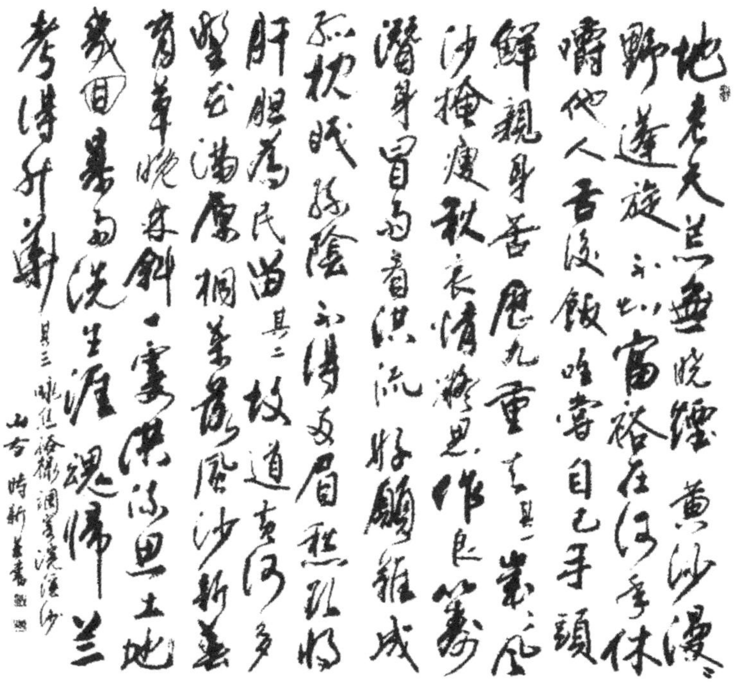

## 浣溪沙·咏焦裕禄三首

时新词并书

地老天荒无晓烟。黄沙漫漫野蓬旋。不知富裕在何年。休嚼他人舌后饭，唯尝自己手头鲜。亲身苦历九重天。

岁岁风沙掩瘦秋。哀情凝思作良筹。潜身冒雨看洪流。好愿难成孤枕梦，绿阴不得两眉愁。欲将肝胆为民留。

故道黄河多野花。满原桐叶落风沙。新春育草晚林斜。一霎洪流思土地，几回暴雨洗生涯。魂归兰考得升华。

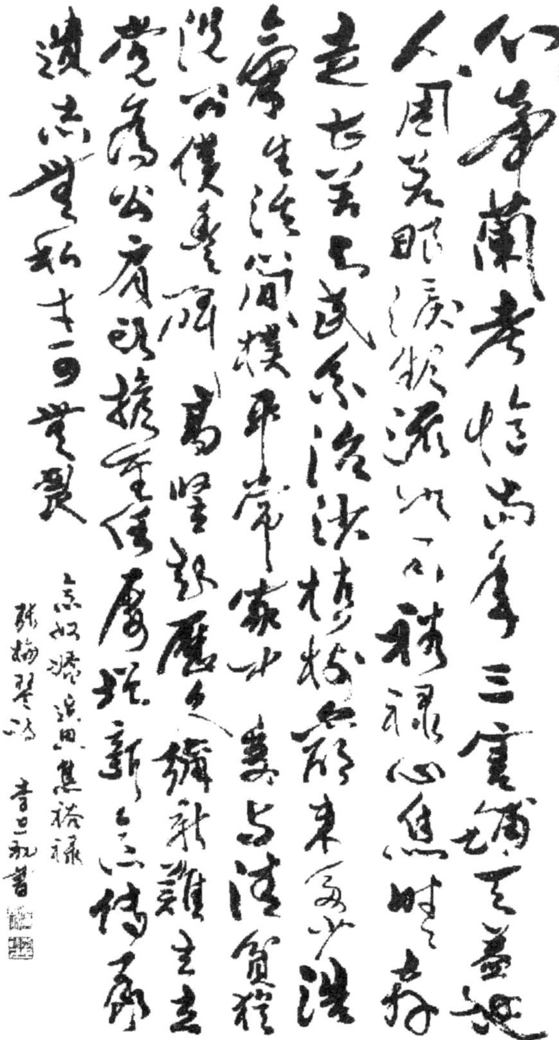

## 念奴娇·追思焦裕禄

张梅琴词　李旦初书

心牵兰考，忆当年、三害铺天盖地。饥饿贫穷，人困苦、眼泪频流如雨。裕禄心焦，时时奔走，甘苦与民系。治沙植树，赢来多少浩气！

生活简朴平常，家中妻与子，清贫犹洗。公仆丰碑，高竖起，历久弥新难去。立党为公，肩头担重任，屡增新意。传承遗志，无私才可无畏。

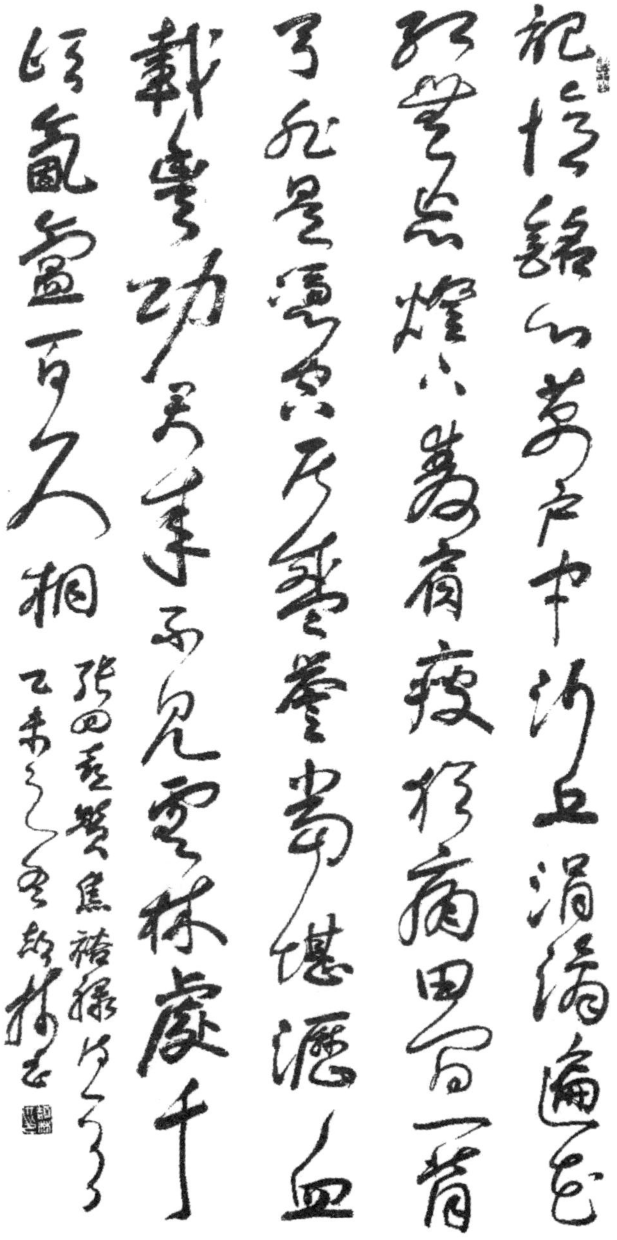

## 赞焦裕禄

张四喜诗　颉林书

记忆铭心万户中，沙丘涓滴遍花红。
无忘灯下双肩瘦，犹痛田间一背弓。
非是凭空居盛誉，当堪沥血载丰功。
君来不见云林处，千倾氤氲百尺桐。

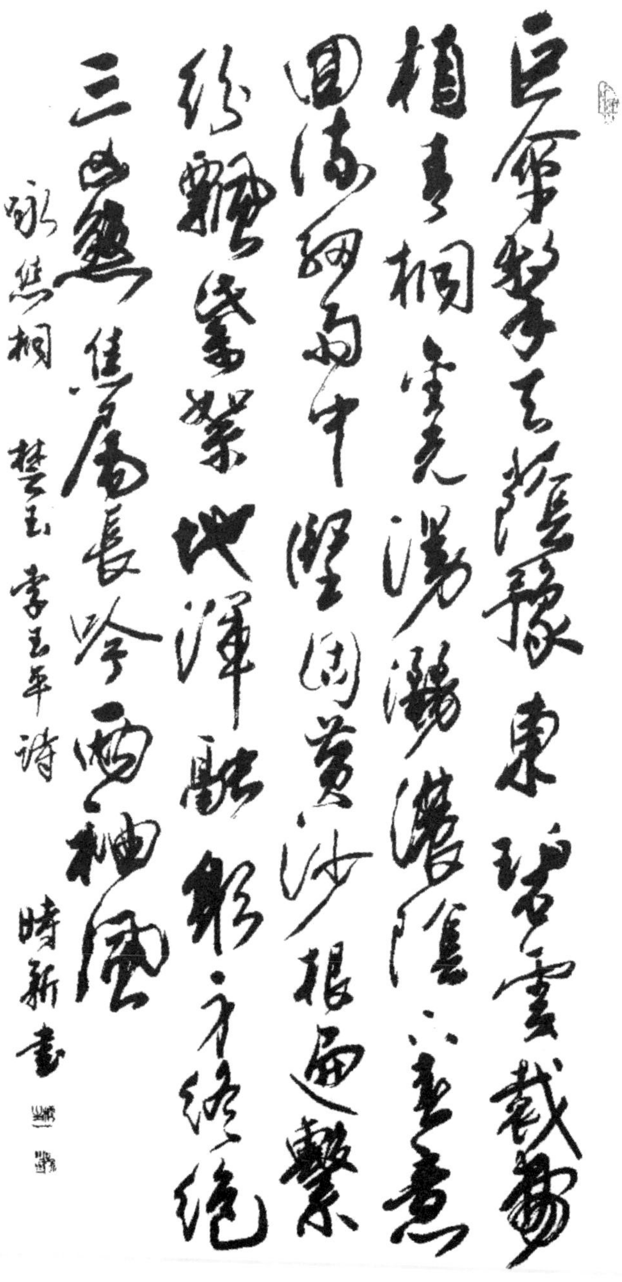

## 咏焦桐

楚玉诗 时新书

巨伞擎天荫豫东，碧云裁梦植青桐。金光漫洒浓阴下，春意回流细雨中。
坚固黄沙根遍系，纷飘紫絮地浑融。躬身终绝三凶煞，焦尾长吟两袖风。

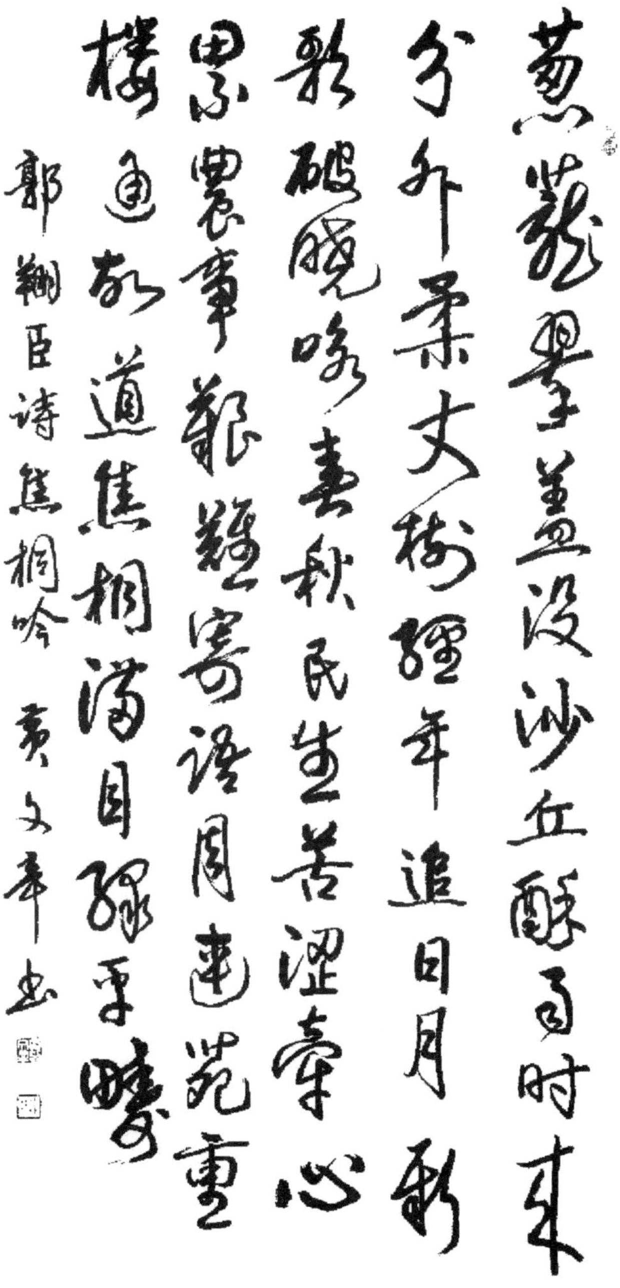

## 焦桐吟

郭翔臣诗　黄文辛书

葱茏翠盖没沙丘，酥雨时来分外柔。丈树经年追日月，新歌破晓咏春秋。
民生苦涩牵心累，农事艰难寄语周。连苑重楼通故道，焦桐满目绿平畴。

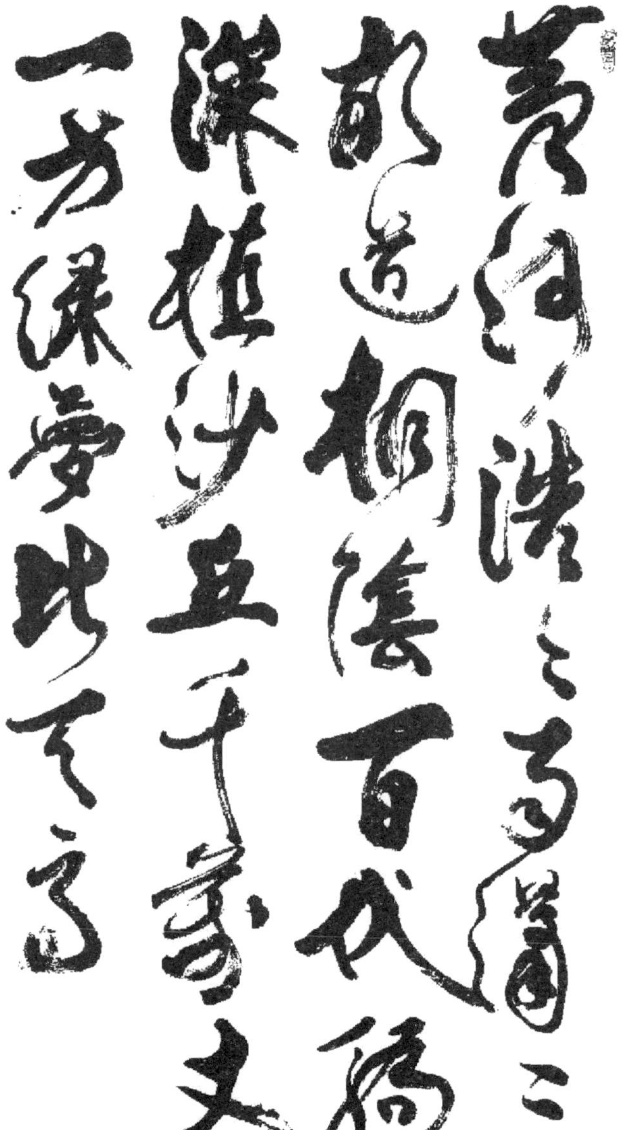

## 焦桐赞

原振华诗　李旦初书

黄河浩浩雨潇潇，故道桐阴百代骄。
深植沙丘千万丈，一方绿梦比天高。

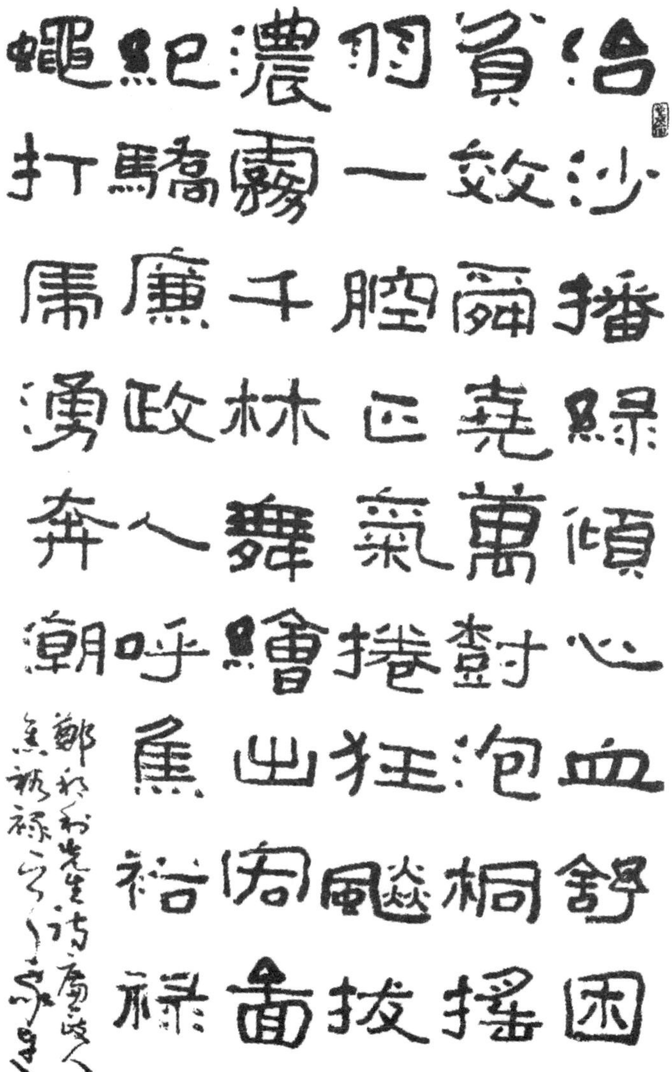

## 廉政人呼焦裕禄

治沙播绿倾心血，舒困扶贫效舜尧。万树泡桐摇翠羽，一腔正气卷狂飙。拨开浓雾千林舞，绘出宏图半纪骄。廉政人呼焦裕禄，除蝇打虎涌奔潮。

郑邦利诗　王家连书

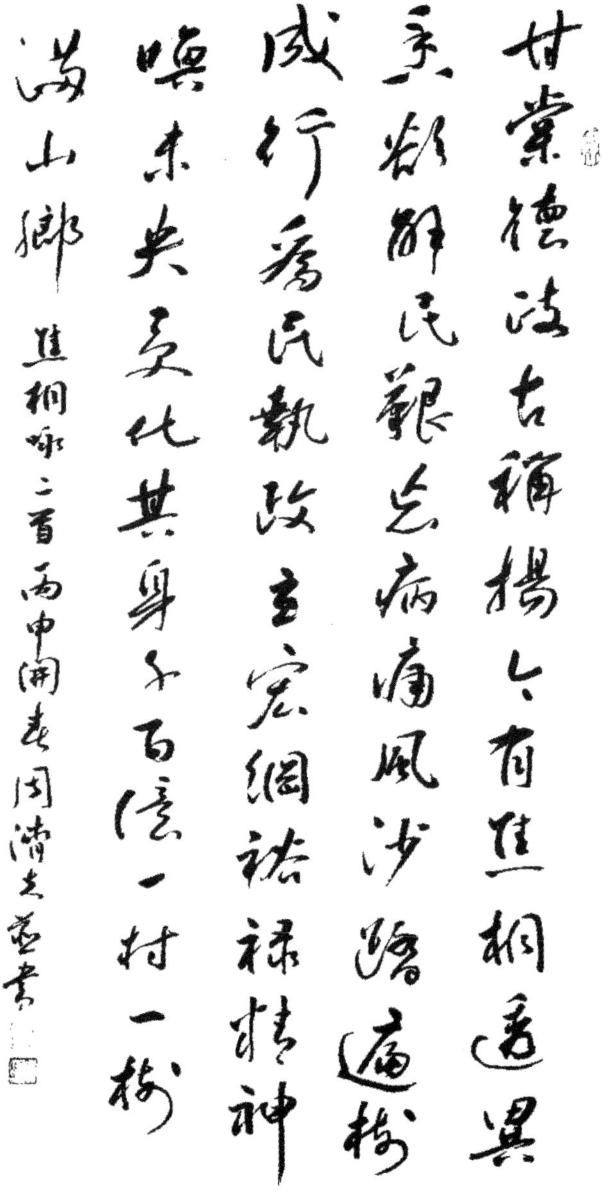

## 焦桐咏二首

周济夫诗并书

甘棠德政古称扬，今有焦桐透异香。欲解民艰忘病痛，风沙踏遍树成行。

为民执政立宏纲，裕禄精神唤未央。更化其身千百亿，一村一树满山乡。

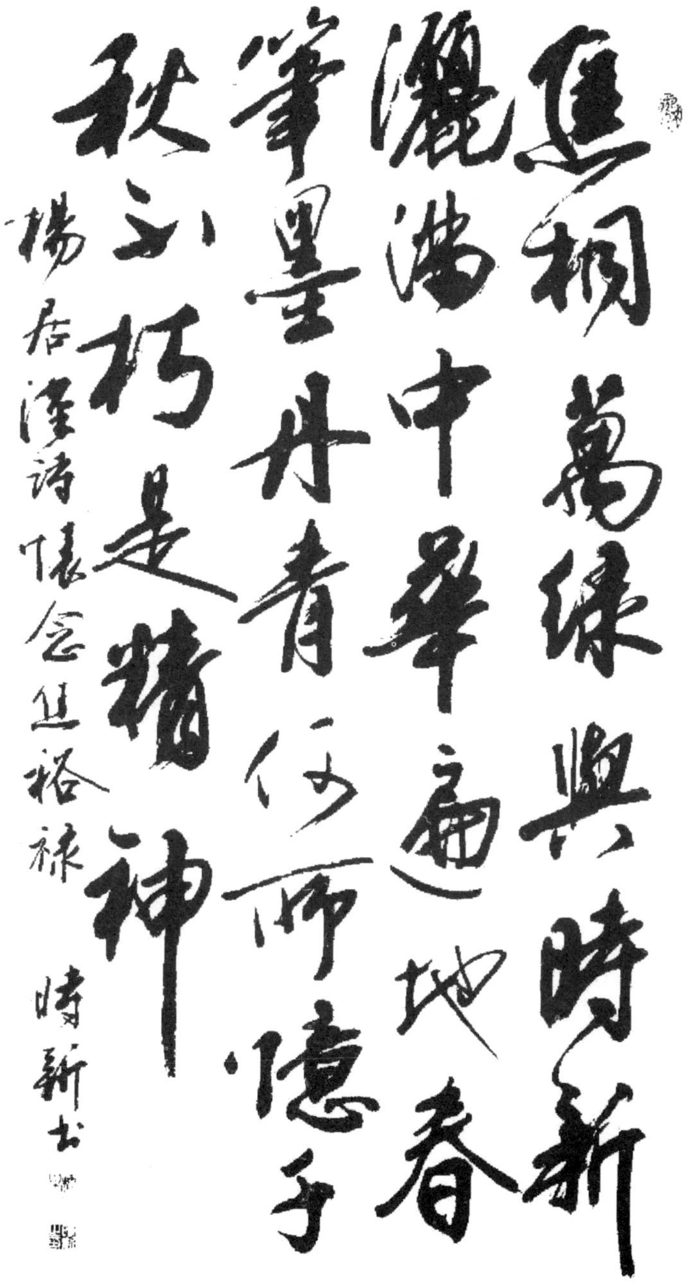

## 怀念焦裕禄

焦桐万绿与时新，洒满中华遍地春。
笔墨丹青何所忆，千秋不朽是精神。

杨居汉诗　时新书

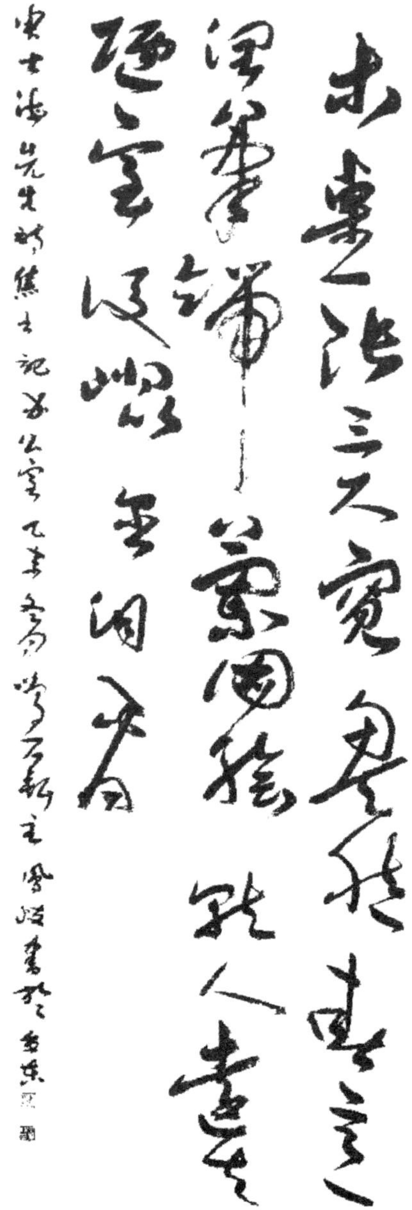

## 书记的办公室

申士海诗 凤岐书

木桌一张三尺宽，盎然春意润笔端。蓝图绘就人远去，陋室后昆含泪看。

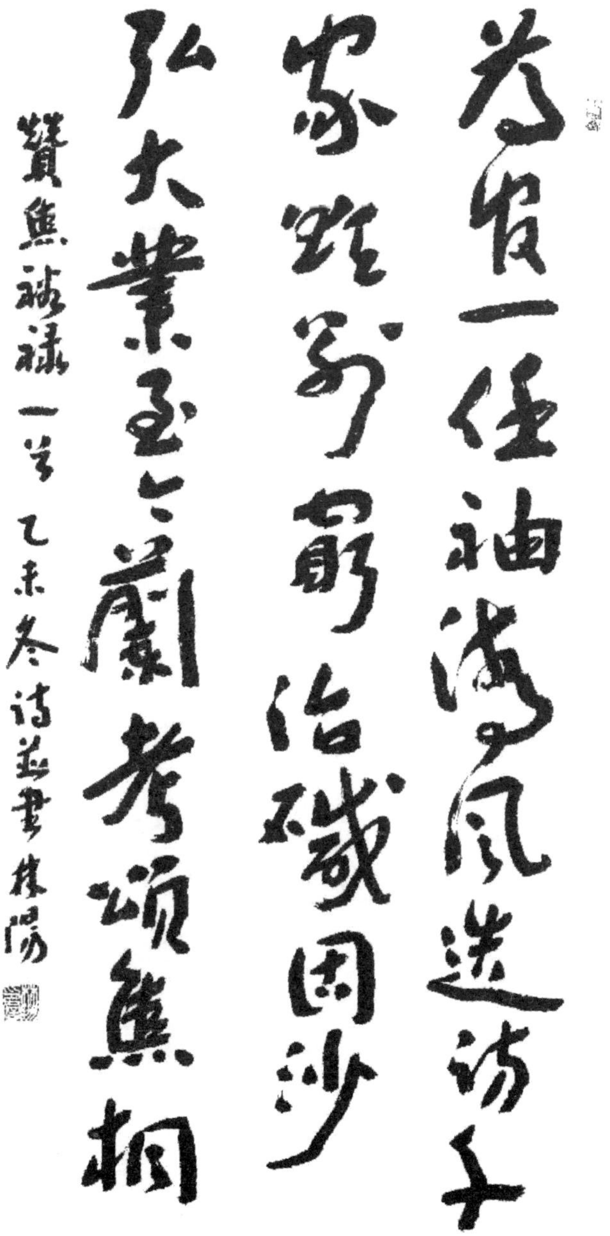

**赞焦裕禄**

为官一任袖清风，造访千家谋脱穷。治碱固沙弘大业，至今兰考颂焦桐。

林阳诗并书

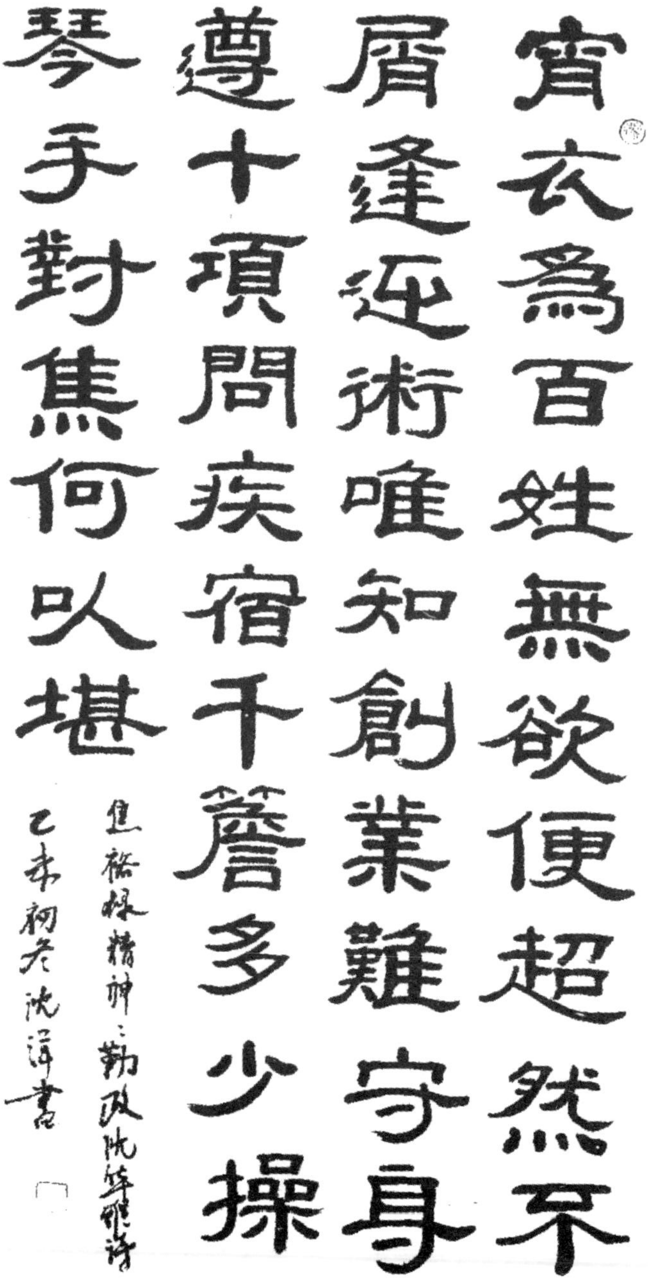
宵衣為百姓無欲便超然不
屑逢迎術唯知創業難守身
遵十項問疾宿千簷多少操
琴手對焦何以堪

## 勤政

沈华维诗　沈洋书

宵衣为百姓，无欲便超然。不屑逢迎术，唯知创业难。
守身遵十项，问疾宿千檐。多少操琴手，对焦何以堪。

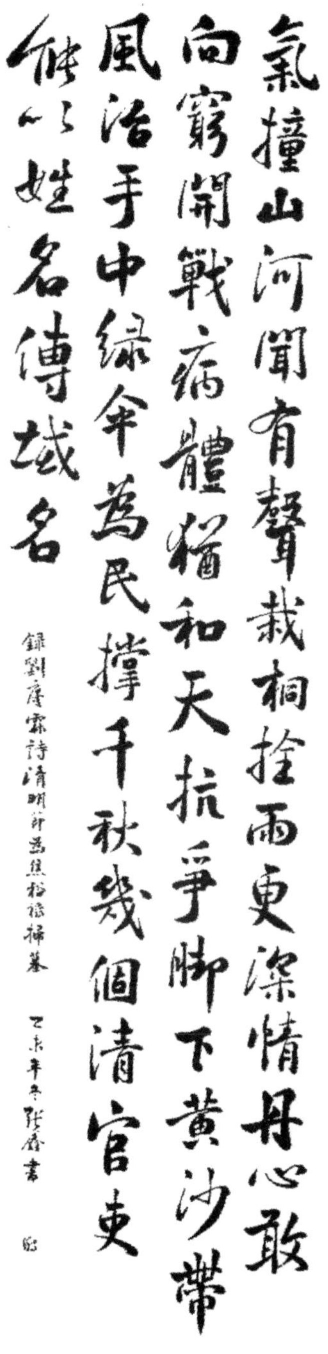


## 清明为焦裕禄扫墓

刘庆霖诗　张鑫书

气撞山河闻有声，栽桐拴雨更深情。丹心敢向穷开战，病体犹和天抗争。
脚下黄沙带风治，手中绿伞为民撑。千秋几个清官吏，能以姓名传域名？

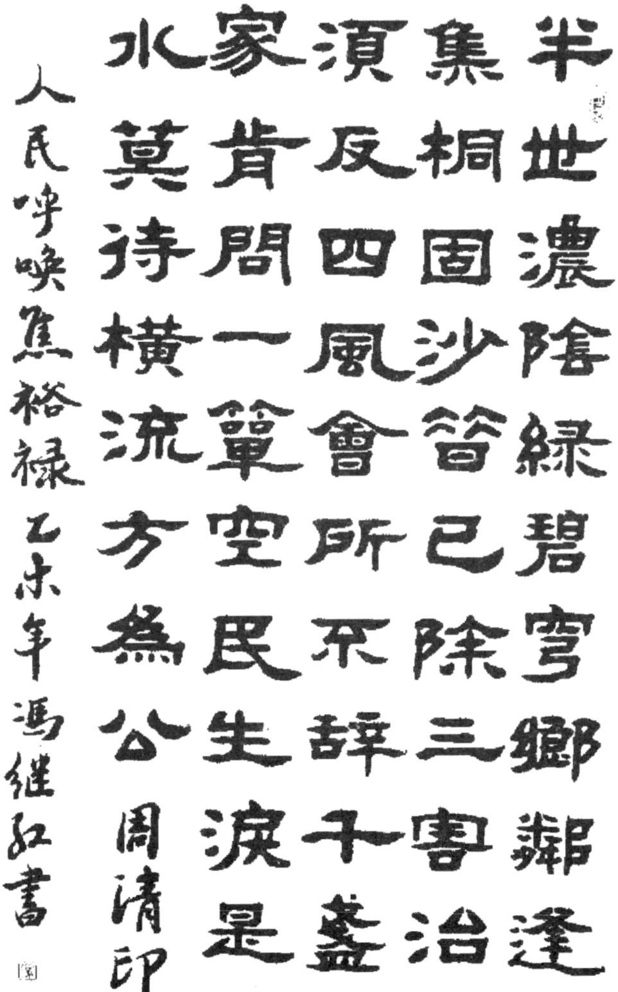


## 人民呼唤焦裕禄

周清印诗　冯继红书

半世浓阴绿碧穹，乡邻逢客说焦桐。固沙昔已除三害，治病今须反四风。

会所不辞千盏满，田家肯问一箪空？民生泪是覆舟水，莫待横流方为公！

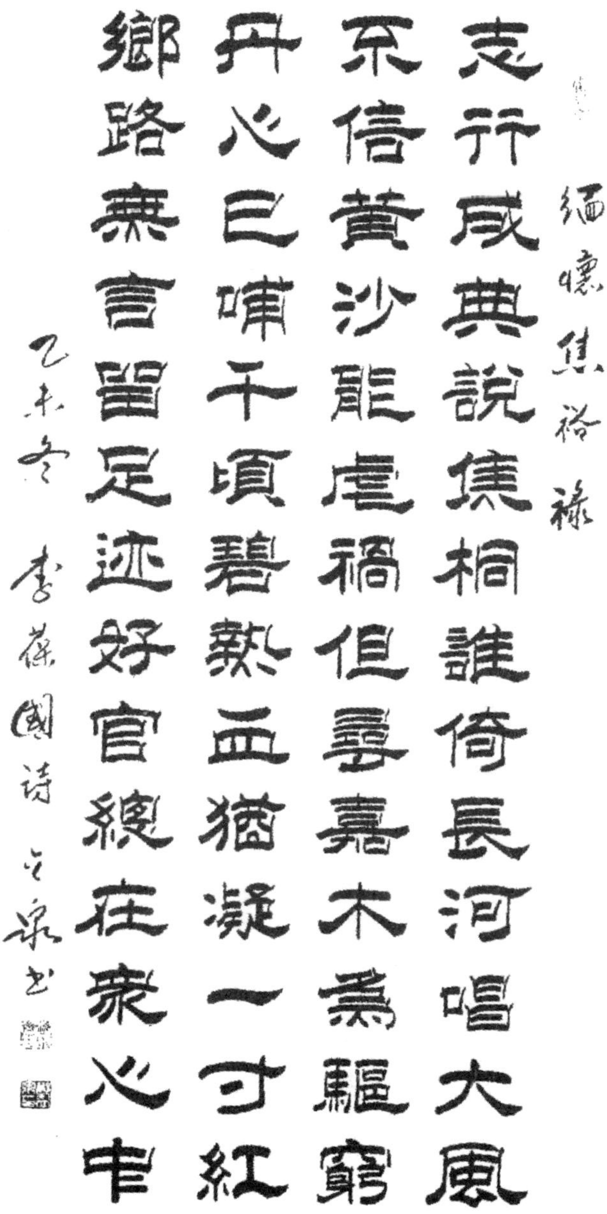


## 缅怀焦裕禄

李葆国诗　郑立泉书

志行成典说焦桐，谁倚长河唱大风。不信黄沙能虐祸，但寻嘉木为驱穷。
丹心已哺千顷碧，热血犹凝一寸红。乡路无言留足迹，好官总在众心中。

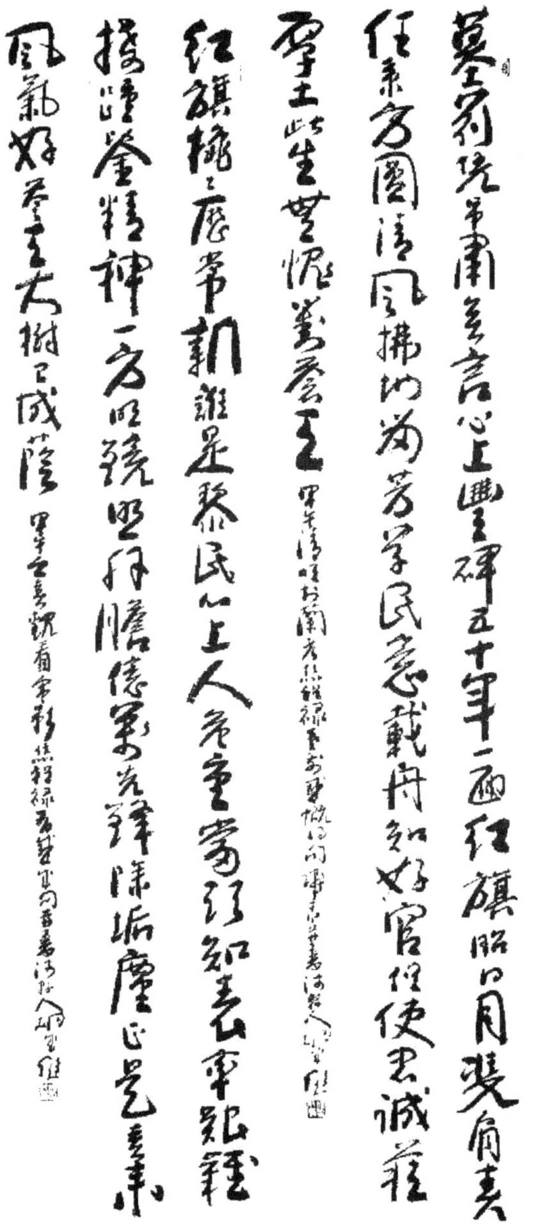

## 有感二首

胡成彪诗并书

墓前凭吊肃无言，心上丰碑五十年。一面红旗昭日月，双肩责任系方圆。
清风拂地留芳草，民意载舟知好官。但使忠诚藏厚土，此生无愧对苍天。

红旗猎猎历常新，谁是黎民心上人？危重当头知表率，艰难接踵鉴精神。
一方明镜照肝胆，亿万先锋除垢尘。正是春来风气好，参天大树已成荫。

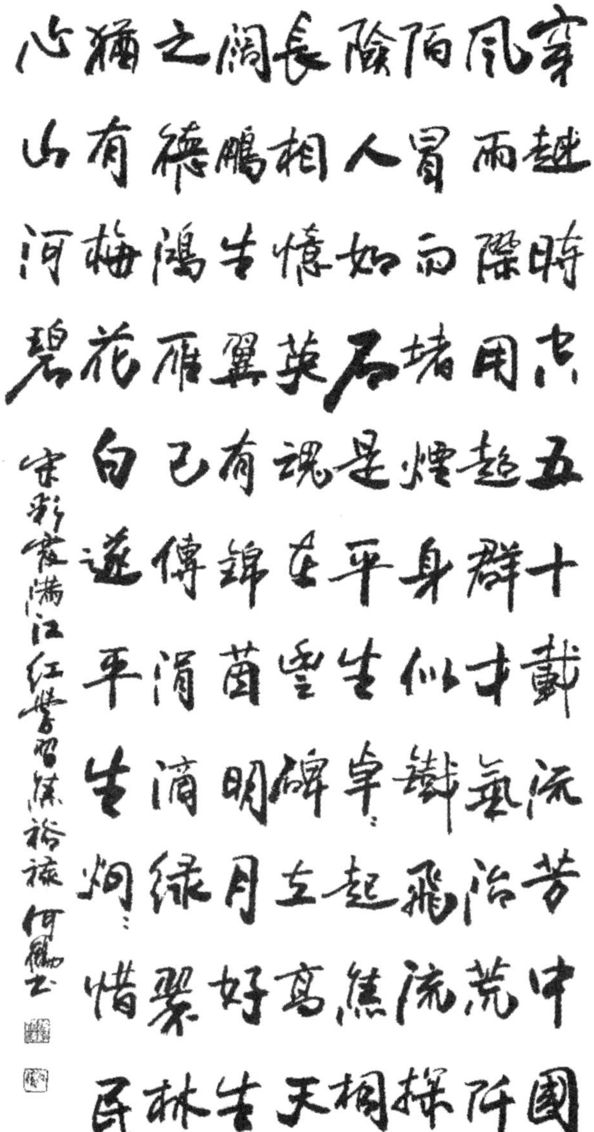

## 满江红·学习焦裕禄

宋彩霞词　何鹤书

穿越时空，五十载、流芳中国。风雨际、用超群才气，治荒阡陌。冒雨堵烟身似铁，飞流探险人如石。是平生、卓卓起焦桐，长相忆。

英魂在，丰碑立。高天阔，鹏生翼。有锦茵明月，好生之德。鸿雁已传涓滴绿，翠林犹有梅花白。遂平生、炯炯惜民心，山河碧。

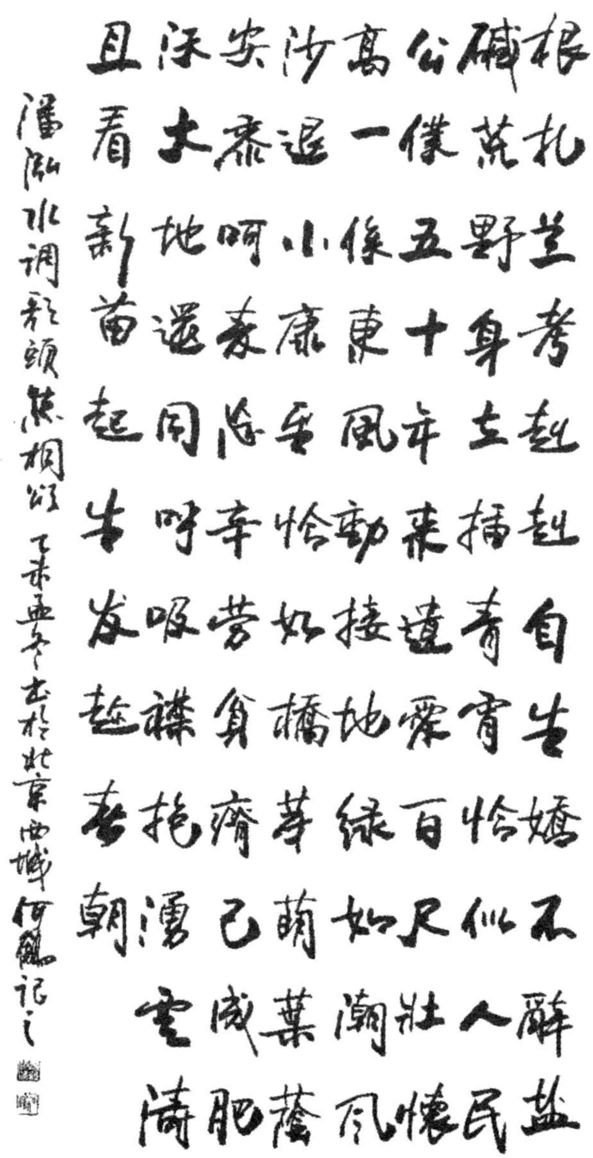

## 水调歌头·焦桐颂

潘泓词 何鹤书

根扎在兰考，赳赳自生娇。不辞盐碱荒野，身立插青霄。恰似人民公仆，五十年来遗爱，百尺壮怀高。一俟东风动，接地绿如潮。风沙退，小康至，恰如桥。芽萌叶荫，安黍呵麦忘辛劳。贫瘠已成肥沃，大地还同呼吸，襟抱涌云涛。且看新苗起，生发趁春朝。

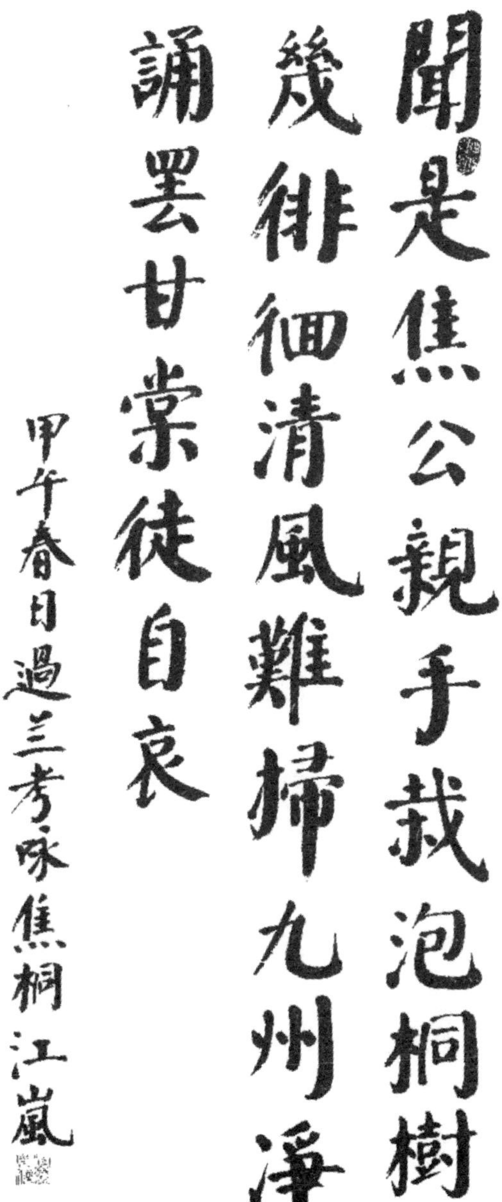
聞是焦公親手栽泡桐樹下
幾徘徊清風難掃九州淨
誦罷甘棠徒自哀
甲午春日過兰考咏焦桐
江嵐

### 甲午春日过兰考咏焦桐

江岚诗并书

闻是焦公亲手栽，泡桐树下几徘徊。
清风难扫九州净，诵罢《甘棠》徒自哀。

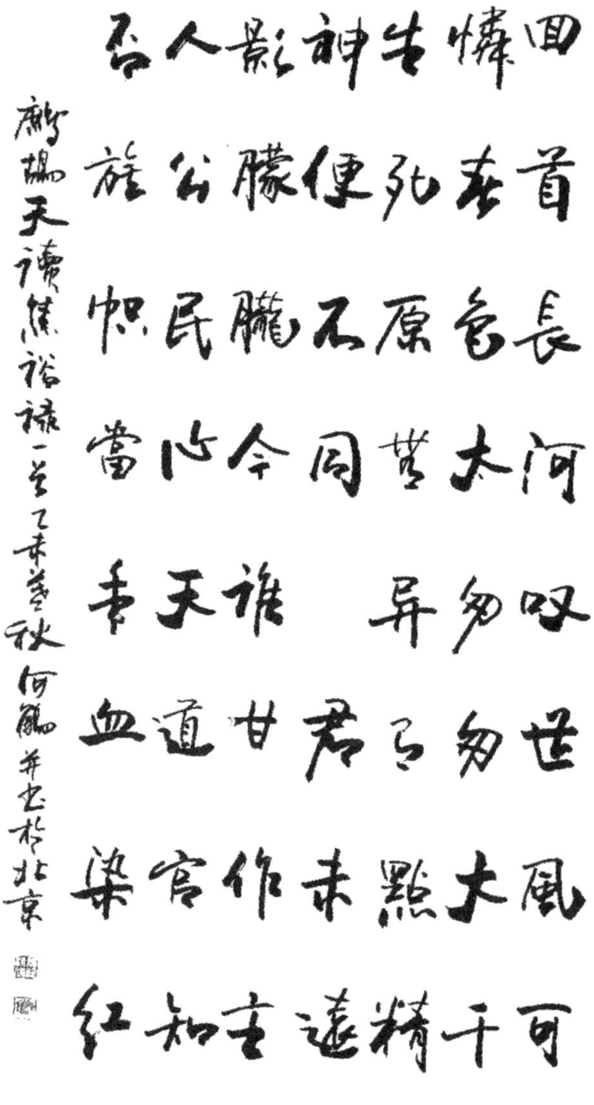

## 鹧鸪天·读焦裕禄

何鹤词并书

回首长河叹世风，可怜春色太匆匆。大千生死原无异，有点精神便不同。

君未远，影朦胧。今谁甘作主人公？民心天道官知否，旗帜当年血染红。

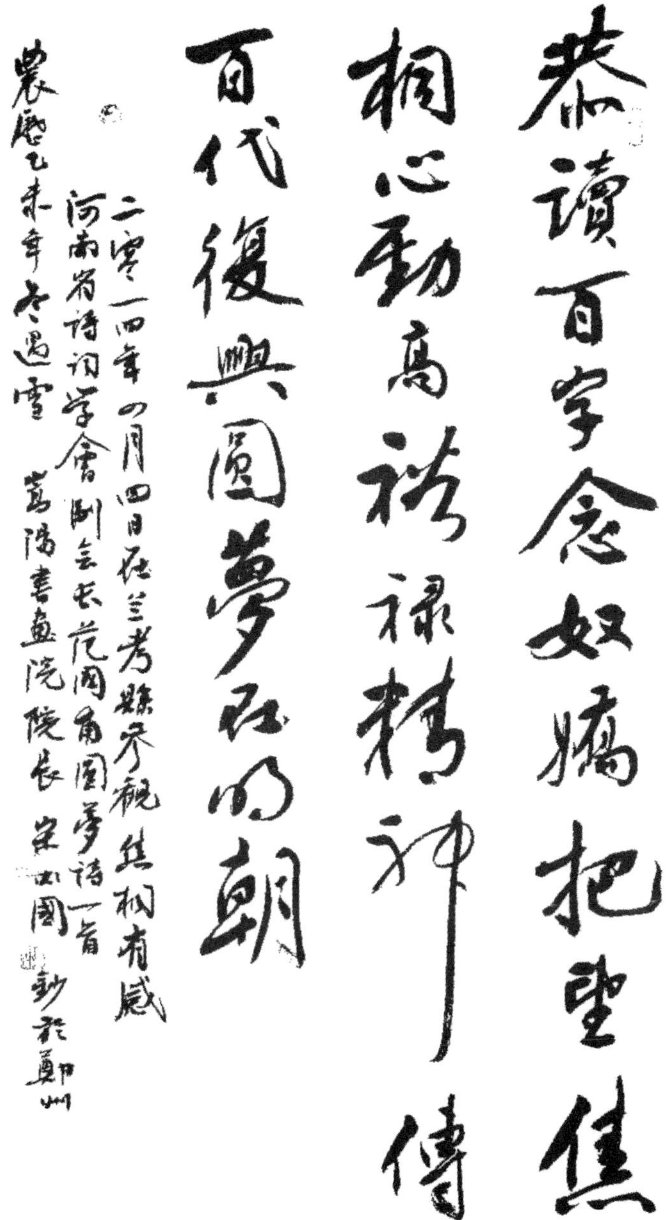


## 圆　梦

范国甫诗　宋卫国书

二〇一四年四月四日，在兰考县参观『焦桐』有感。

恭读百字念奴娇，把望焦桐心劲高。裕禄精神传百代，复兴圆梦在明朝。

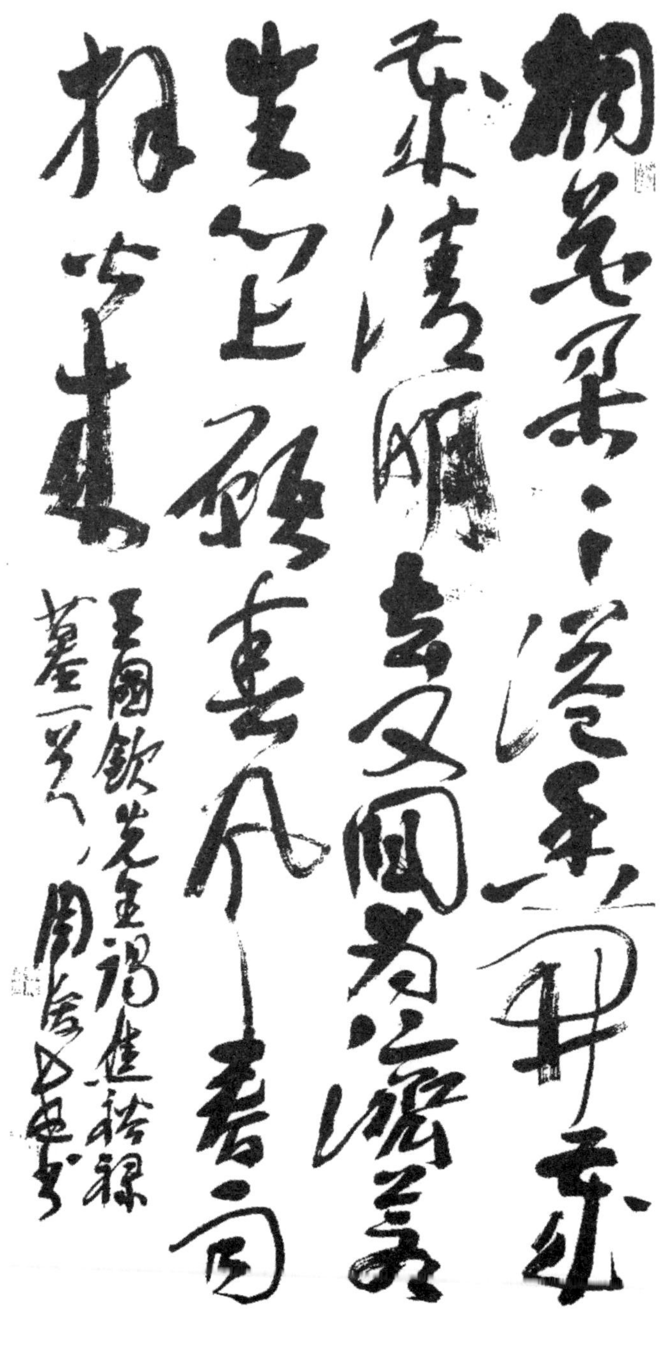

## 谒焦裕禄墓

王国钦诗 周俊杰书

桐花朵朵溢香开，岁岁清明去又回。为济苍生心上愿，春风春雨拜公来。

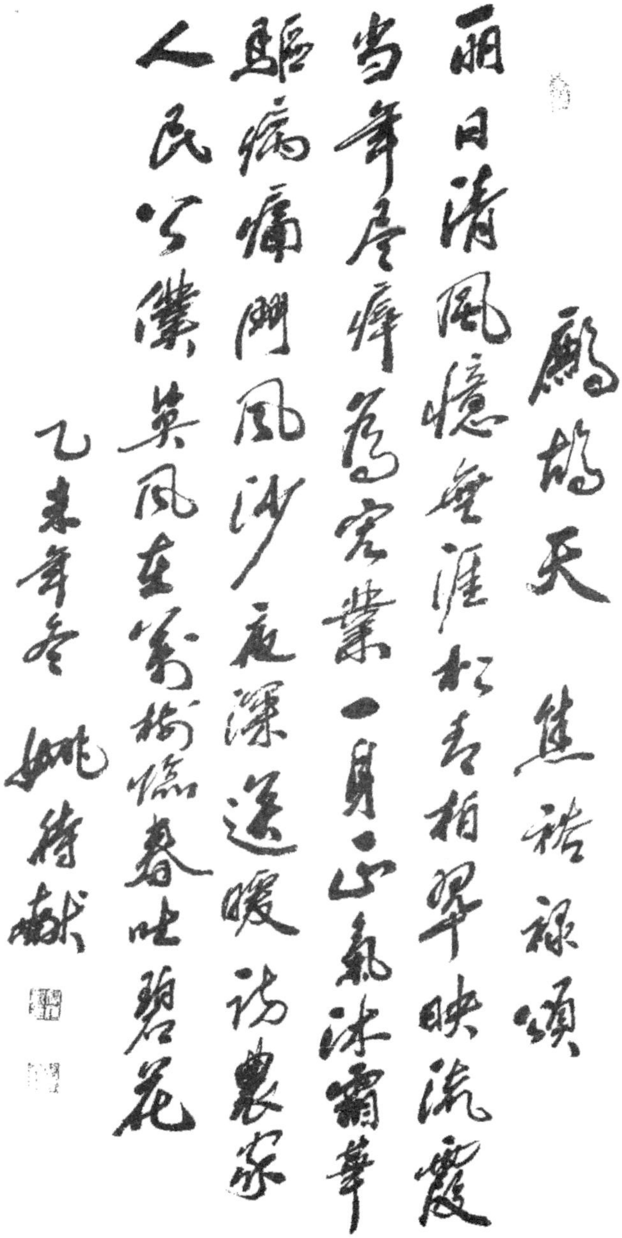


## 鹧鸪天·焦裕禄颂

姚待献词并书

丽日清风忆无涯，松青柏翠映流霞。当年尽瘁为宏业，一身正气沐霜华。

驱病痛，斗风沙。夜深送暖访农家。人民公仆英风在，万树临春吐碧花。

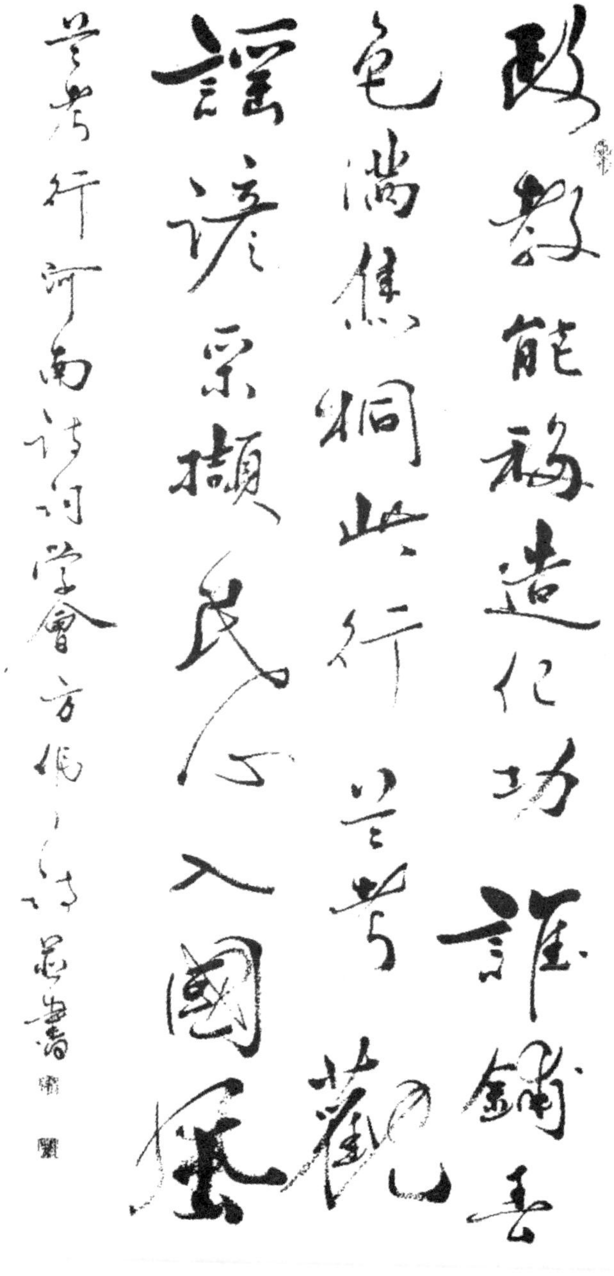

## 兰考行

方伟诗并书

政教能移造化功，谁铺春色满焦桐？此行兰考观谣谚，采撷民心入国风。

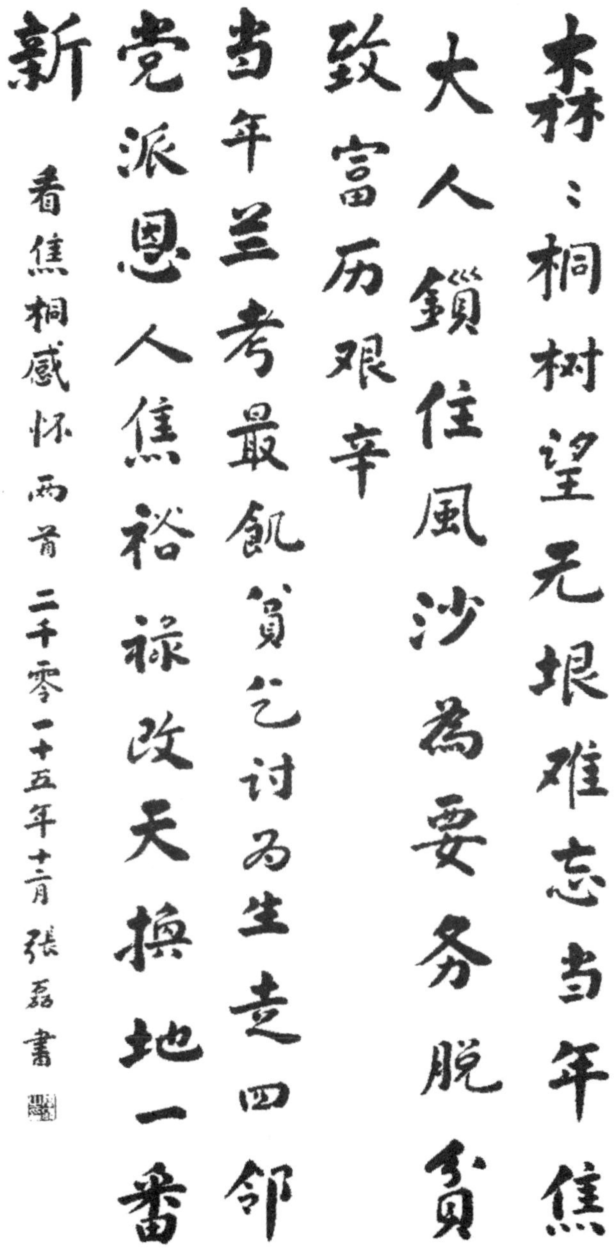
森森桐树望无垠难忘当年焦
大人鎖住風沙為要务脱貧
致富历艰辛
当年兰考最飢貧乞讨为生走四邻
党派恩人焦裕禄改天换地一番
新
看焦桐感怀两首 二千零一十五年十二月 張磊書

## 看焦桐感怀二首

张磊诗并书

森森桐树望无垠，难忘当年焦大人。锁住风沙为要务，脱贫致富历艰辛。

当年兰考最饥贫，乞讨为生走四邻。党派恩人焦裕禄，改天换地一番新。

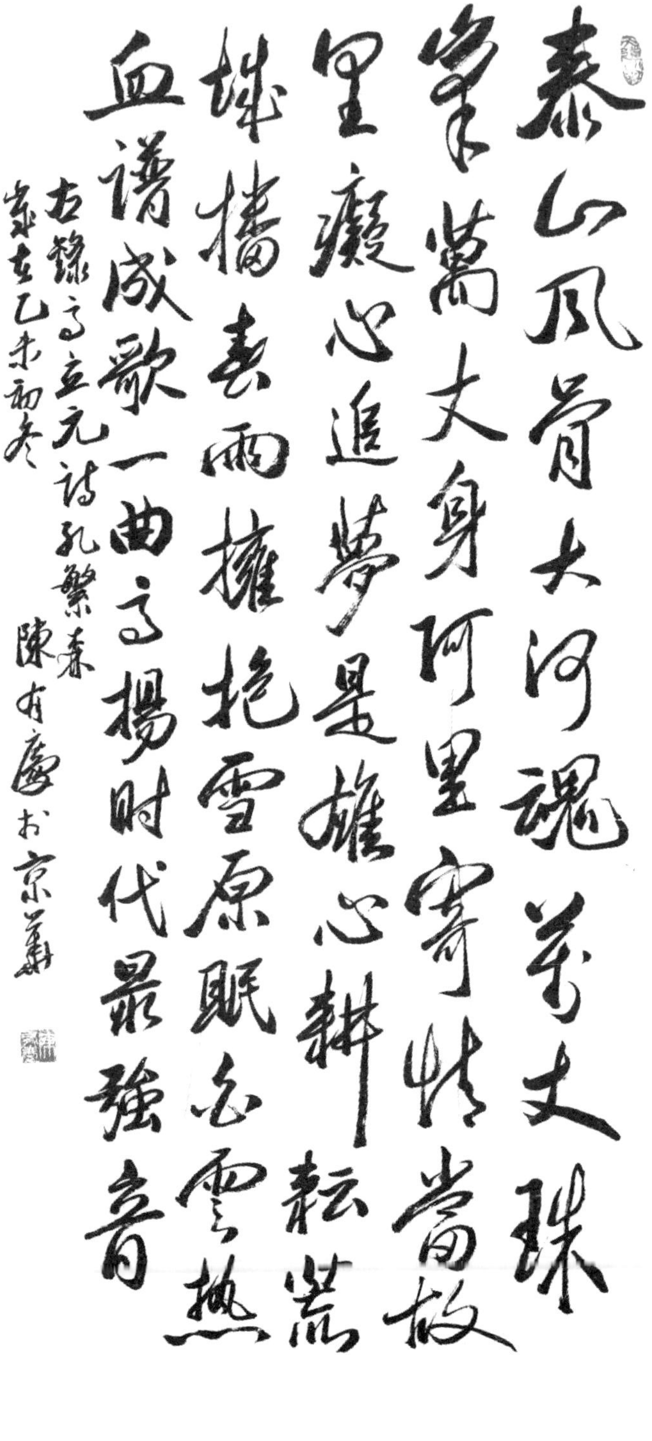
泰山风骨大河魂万丈珠峰万丈身阿里寄情当故里痴心追梦是雄心耕耘荒域播春雨拥抱雪原眠白云热血谱成歌一曲高扬时代最强音

## 孔繁森

高立元诗　陈有庆书

泰山风骨大河魂，万丈珠峰万丈身。阿里寄情当故里，痴心追梦是雄心。

耕耘荒域播春雨，拥抱雪原眠白云。热血谱成歌一曲，高扬时代最强音。

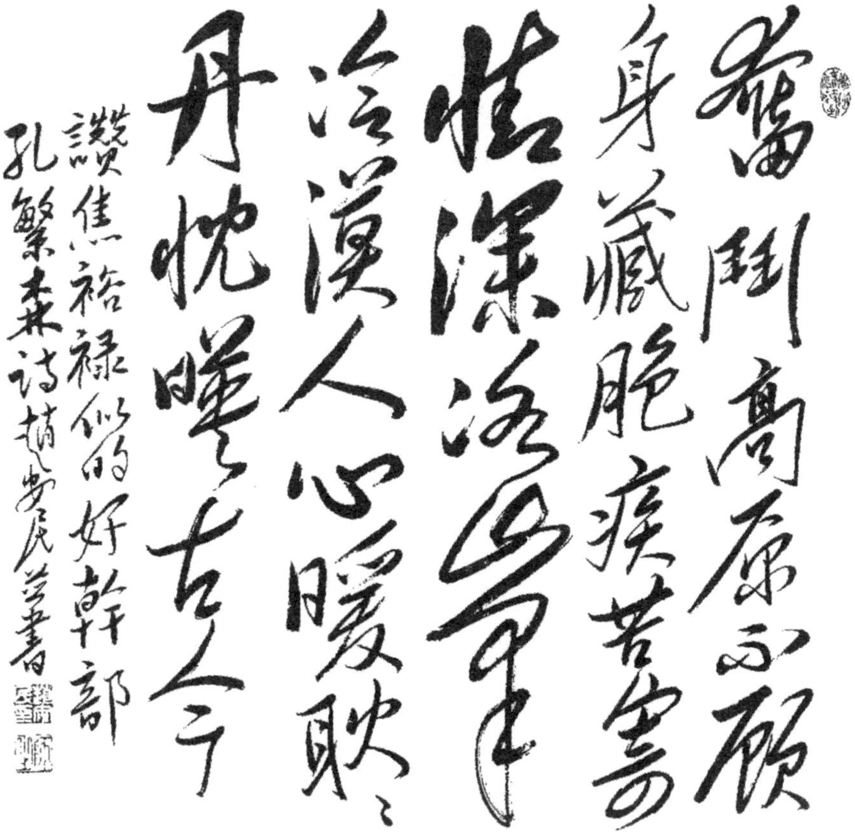

赞焦裕禄式的好干部孔繁森

赵安民诗并书

奋斗高原不顾身，
藏胞疾苦寄情深。
冰峰冷漠人心暖，
耿耿丹忱映古今。

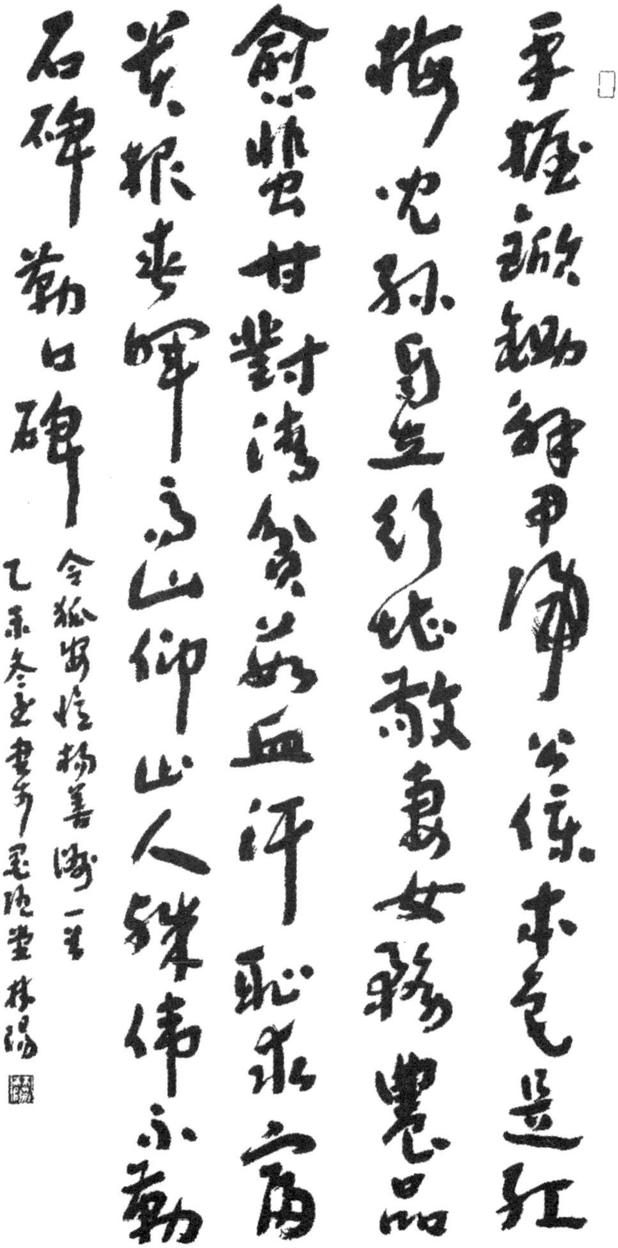

## 忆杨善洲

令狐安诗　林阳书

手握锨锄解甲归，公仆本色是红梅。儿孙自立行堪敬，妻女务农品愈蜚。
甘对清贫茹血汗，耻求富贵报春晖。高山仰止人殊伟，不勒石碑勒口碑。

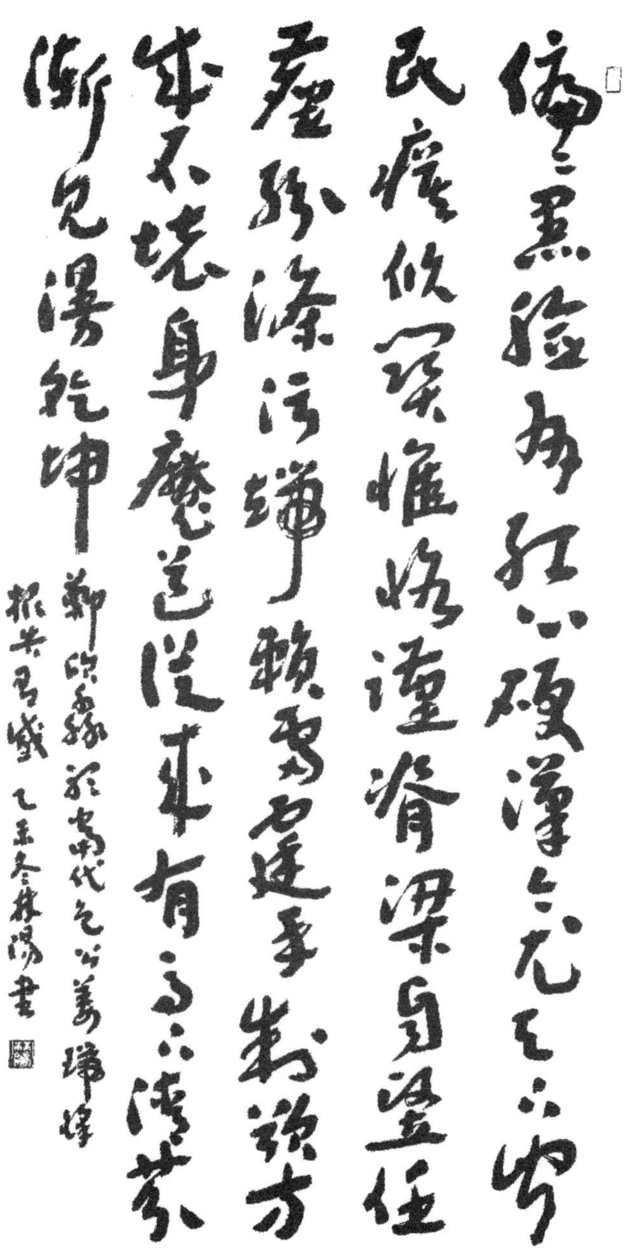

## 听『当代包公』姜瑞峰报告有感

郑欣淼诗　林阳书

偏偏黑脸有红心，硬汉今尤天下闻。民瘼攸关惟恪谨，脊梁自竖任尘纷。涤污端赖雷霆手，制欲方成不坏身。魔道从来有高下，清芬渐见漫乾坤。

# 青松凌霄

爱新觉罗·鸿均画

## 松

潘进武画　易行配诗

枝似钢筋叶似针，只将一绿订终身。雪压霜冻何曾怕，雨打风吹不变心。

## 竹

潘进武画　易行配诗

出土径直朝碧空，虚心未让一节弓。断头宁可成绝唱，也不折腰向逆风。

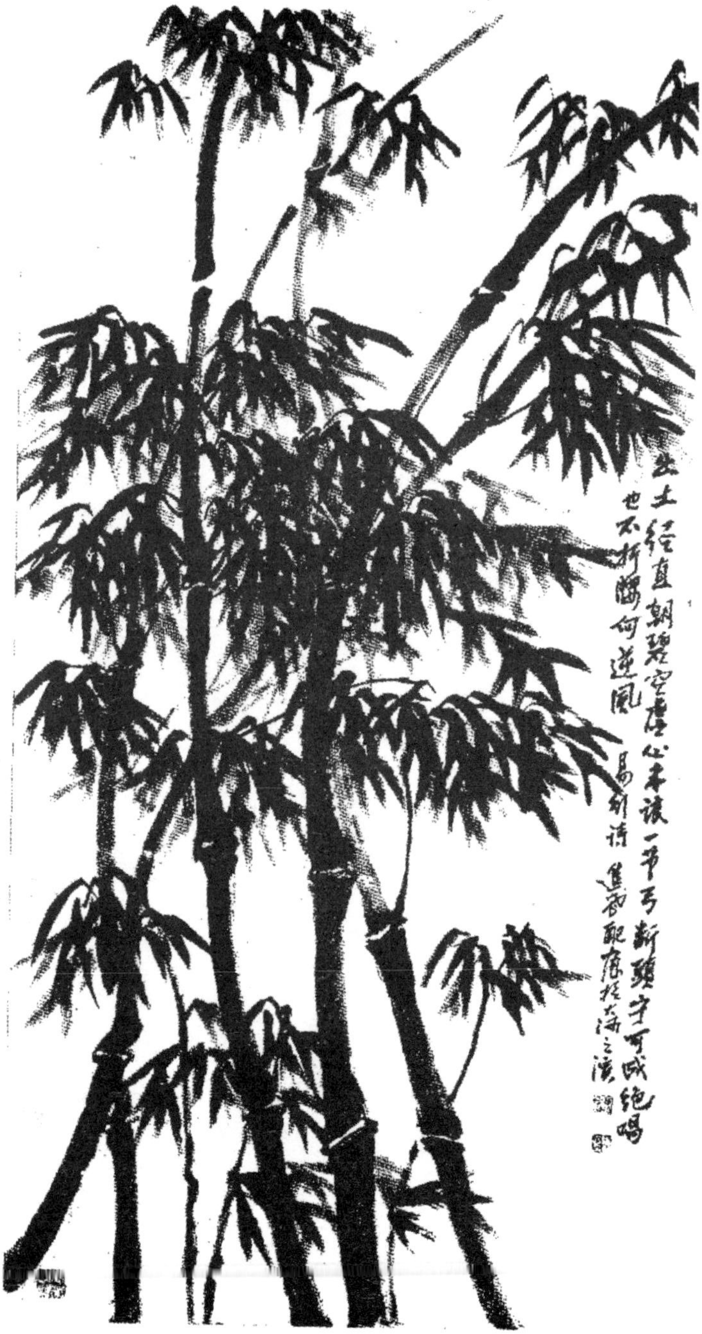
出土径直朝碧空虚心未让一节弓断头宁可成绝唱
也不折腰向逆风
易行诗

## 梅

潘进武画　易行配诗

别说没利不争先，梅绽从无奖可颁。映雪傲霜红胜火，只缘胸有一心丹。

## 国花牡丹

田舒娜画　易行配诗

一生拘束是悲哀，应似国花尽兴开。只要真红真紫过，任人毁誉任人摘。

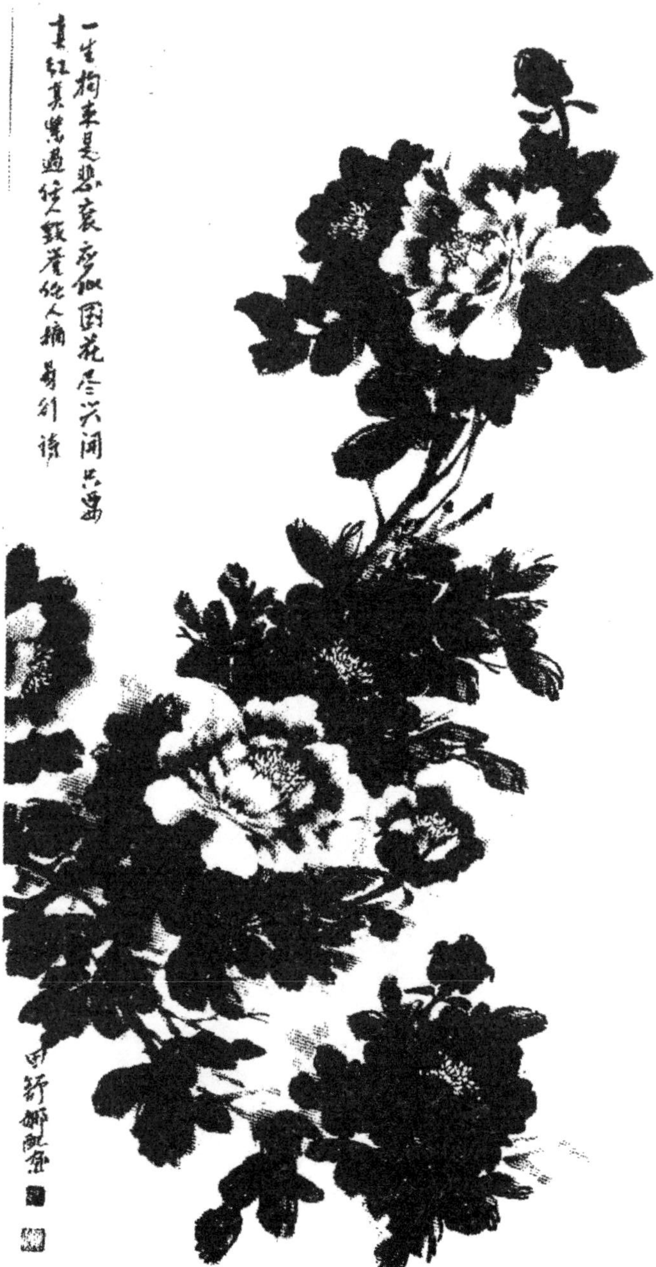

# 第六编 诗国论坛

## 知古倡今 求正容变

### ——在《缀英集》编辑出版暨中华诗词创作座谈会上的讲话

马凯

首先对《缀英集》的出版表示热烈的祝贺!《缀英集》是诗词界出版的一部品位高、质量高、历史厚重的力作。我想它有以下几个特点:

首先,从作者来说,都是中央文史研究馆的馆员。文史馆是毛主席、周总理倡导下成立的,积聚了我国文史界的一些饱学之士,他们都有着深厚的国学功底和丰富的阅历。这支作者队伍的诗词汇编是许多诗词汇编无法比拟的。

其次,从内容来说,无论是抒情、怀古,还是感悟、记事,都是作者真情实感的反映。《缀英集》所选诗词时间跨度大,反映了一百多年来祖国、民族发生的许多重大事件;即使是一些个人抒怀的作品,实际上也是当时社会生活的一种反映。不少作品在我国诗词史上有着不可忽视的重要地位。

第三,从格律来说,《缀英集》编选说明讲道:“入选旧体诗词一般要求符合格律,但不以精严为准”。我看了《缀英集》后感到,入选诗词格律要求是严格的。这与现在有些诗词汇编名为中华诗词但又不太讲究格律有明显不同。

最后,从版式来说,《缀英集》的装订、印刷也非常精美。在此也对线装书局表示祝贺!

总之,《缀英集》的出版,既是我国诗词界的一件大事和喜事,也是出版界的一件大事和喜事。

我多次讲过,自己只是一个中华诗词的业余爱好者,或者说是一个中华诗词的“票友”。上中学的时候,一两角钱买了一本

《诗词格律浅说》，是我的启蒙读物。后来陆续有一些习作，在夫人和友人的怂恿下，也出了一本小集子。在这个过程中，我得到了很多诗界学长、诗友的指点和帮助。比如，前年我曾经专门拜访过袁行霈馆长，他给我很大的帮助，鼓励我写诗一定写出自己的风格，在国家经济发展第一线工作就要写出能够反映一线工作的重大题材。这对我鼓励很大。我还请教过入声字怎么处理的问题，袁先生也给我出了主意。今年抗震救灾期间，跟总理五次到灾区，感触很深，真有一种不吐不快的感觉，写了《抗震组诗（十首）》。草就后，我将诗寄给袁行霈、沈鹏、郑伯农、周笃文、杨金亭等老先生和胡振民等同志。他们非常认真地给我提了很多建设性的修改意见，我觉得提得都很好。只举一个例子，第五首是《国旗半垂》，其中有两句原来是："八万同胞一瞬殁，天何糊涂天之罪。"一瞬间八万人遇难了，老天爷怎么这么糊涂啊，犯下这么大罪过。袁先生建议把最后几个字改成"天何糊涂人何罪"。这两个字确实改得很好。我希望以后在座的和不在座的学长、诗友对我有更大的帮助。

当前，中华诗词在沉寂了一个时期后，已经从复苏走向复兴。这是一种历史的必然。首先这是中华诗词自身的魅力所在。中华诗词是以汉字为文字载体的诗歌。汉字本身是人类的伟大发明。它是有"四声"的方块字，把语言和音乐、字形和字义、文字与图画等绝妙地结合起来，这是以拼音为特征的其他文字所不可比拟的。发挥中国汉字这个特有优势写出的格律诗，具有内在的魅力，其内涵之深、形式之简、音韵之美、数量之多、普及之广、流传之久、影响之大，是许多其他文学形式难以同时具备的，也是世界上用其他文字创作的诗歌难以比拟的。中华诗词的复兴，以毛主席为代表的老一辈革命家、诗词大家有着不可磨灭的历史功绩，同时也有在座和不在座的中华诗词界同仁们的努力和奉献。现在全国中华诗词作者队伍有几百万之众，学诗、读诗、背诗、懂诗的更以亿计。全球学习汉语的热潮此起彼伏，学习汉语必然要学习中华诗词，体验汉语的魅力。我们对中华诗词发展的势头感到由衷的高兴。

在看到中华诗词发展的同时，也要有危机感。我多次呼吁，要认真反思"新体诗"走过的道路。老一代的诗人创作了很多脍炙人口的新体诗，我们这一代人是朗诵着这些新体诗长大的。然而一个时期以来，不是说没有好的新体诗，但许多新体诗越来越远离读者、远离大众，一些新体诗杂志订阅量急剧下降。格律诗要从中吸取经验教训。现在每年发表的格律诗达几十万首，但是会不会在繁荣过后也走下坡路，应该警惕。这次四川汶川大地震期间，新体诗发生了“井喷”现象，一下子涌现出一大批像《孩子，快抓住妈妈的手》的新诗，感人之深、数量之多、速度之快、影响之大，也是空前的。希望新体诗的这种势头继续保持下去。与之相比，格律诗则稍逊一筹了。这是不是也值得中华诗词界认真思考呢？所以，进一步研究诗词包括新体诗和旧体诗的发展现状、问题和趋势是非常必要的，经过比较从中可以找出规律性的东西。

我曾在其他会议上提出发展和繁荣中华诗词要处理好五个关系，即：继承和创新的关系，普及和提高的关系，新体诗和旧体诗的关系，诗人和大众的关系，作诗和做人的关系。我希望诗界朋友们为中华诗词的发展和繁荣，深入地研究这些问题。这里，我仅就继承和创新的关系谈一点想法。我认为有两个“千万不能”。一是“千万不能丢掉传统”。丢掉传统，不讲基本格律，中华诗词就不成其为中华诗词，就会自我“异化”为别的文学形式，比如说成为散文诗、顺口溜或者其他，虽然形式上还是“七言”、“五言”、某某“词牌”等，但实际上已经名存实亡。为此，建议加强对诗词格律基本知识的普及工作，多搞一些大众化的讲座，多做一些培训、教育、宣传普及方面的工作。二是“千万不能没有创新”。没有创新，中华诗词就会丧失活力，就会脱离时代、生活和大众，也会被“边缘化”。丢掉传统而自我“异化”，与没有创新而被“边缘化”，二者殊途同归，都会使中华诗词丧失生命力。

处理好继承和创新的关系，一个重要方面是要正确处理诗词格律问题。刚才我已经谈了，既然要作格律诗，就要符合基本格律，不讲格律，就不是格律诗，但在这个前提下也要与时俱进。比如，在“音韵”上，有主张严守“平水韵”的，也有主张用“新声韵”的。我赞成中华诗词学会主张的“知古倡今”。“平水韵”至今已七八百年了，七八百年来语音已发生了很大变化，普通话已成主流。如果一味固守“平水韵”，有些诗词用“平水韵”读朗朗上口，但用普通话读会很拗口，中华诗词就会失去众多读者。随着语音变化倡导“新声韵”有其必然性。但又必须“知古”，如果不懂得“平水韵”，就不能很好地欣赏中华古典诗词之美。唐诗宋词很多入声字用得非常好，用现代语音就读不出韵味来。在“平仄格式”上，我主张“求正容变”。所谓“求正”，就是要尽可能严格地按照包括平仄、对仗等格律规则创作诗词。因为这些是前人经过千锤百炼，充分发挥了汉字的特有功能而提炼出的，是一个“黄金格律”，不能把美的东西丢掉。但也应“容变”，即在基本守律的前提下允许有“变格”。实际上很多诗词大家包括李白、杜甫，很多诗词名篇，“变格”也不是个别的。一位老先生曾说，有些诗，情真味浓，虽偶有失律亦能感动读者，不失为好诗；反之，则虽完全合律，亦属下品。我赞成这种说法。总之，我认为在音韵上要“知古倡今”，在格式上要“求正容变”。当然，所谓“创新”，不仅指在音韵、格式等形式上要与时俱进，更重要的是指在内容上要与时俱进：中华诗词必须也能够反映时代的精神风貌，反映当代人的情感和生活。

以上看法，供大家进一步研究。总之，希望《缀英集》的出版能够对中华诗词事业的发展起到积极的推动作用。这次历时五年，出了第一部《缀英集》，选编的是二〇〇五年以前历任馆员的作品，希望以后再出第二部，一直出下去。

（二〇〇八年十二月二十三日）

# 旧体诗创作：从复苏走向复兴

郑欣淼

## 旧体诗创作热正在兴起

现在的确有一股旧体诗创作热潮。仅中华诗词学会的会员就有一万多名，除去西藏、台湾，全国其他各省区市和香港、澳门都有诗词学会，再加上一些市县的诗词组织，粗略估算，每年参加诗词活动的不下百万人。而从诗词刊物来说，公开与内部发行的有近六百种。中华诗词学会编辑的《中华诗词》杂志，发行量已达到二万五千册，跃居全国所有诗歌报刊的首位。此外，还有众多的诗社、词社和诗词网站。

中国是一个诗的国度。从“诗三百篇”到有清一代，不同时期留下来大量的诗歌作品，是我国文学遗产最重要的一个方面。在五四新文化运动反对封建主义的斗争中，旧体诗被作为“封建文学”受到批判。出版过我国现代第一部新诗集的胡适，就断言中国古典诗歌已到穷途末路，传统格律已成为绞杀诗情的绳索。他甚至还拿诗词格律与女人裹脚布相提并论，认为它们是“同等的怪现状”。从此旧体诗创作就出现了断裂。当然，这与当时旧体诗创作本身存在的内容空洞、思想陈腐等弊端不无关系，也是当时人们追求民主自由、思想解放的时代大势使然，和当时的社会状况很有关系。不过，因此就绝对化地对旧体诗创作采取否定的态度是一种简单化的倾向。

由此可见，旧体诗创作的戛然中断，不是艺术规律本身发展的结果，而是人为的结果。旧体诗有着深厚的文化底蕴，有着相当的群众基础，因此虽有人为的阻压，但它的发展仍然不绝如缕。多少年来，写旧体诗的现当代人还是不少。我们最喜欢列举鲁迅、毛泽东，一个代表着中国新文化的方向，一个是新中国的缔造者，他们脍炙人口的旧体诗为人所称颂。周恩来、朱德、陈毅、董必武等领导人都善写诗。郭沫若、茅盾、田汉等文学大师的诗词都很出色。还有一个有意思的现象，现代一些著名的旧体诗作家，例如沈祖棻、程千帆、常任侠、陈迩冬等，年轻时都曾是新诗人。有的是既写新诗也写旧体诗，臧克家就说：“我是一个两面派，新诗旧诗我都爱。”但在某些人眼里，旧体诗的创作毕竟是个“另类”，不能进入现当代文学史。

旧体诗创作在十一届三中全会以来得到复苏，现在正逐步复兴，并出现了热潮。这首先与三中全会以来的思想解放运动有关，它使人们理智地回顾过去，其中包括长期以来对旧体诗人为的简单、粗暴的否定。“诗为心声”。许多诗人为了在新的社会环境下表达心声而选择了旧体诗。几十年来的创作实践，证明这一文学体裁也可随历史前进获得新的生机，它不是凝固的、僵化的，它仍然活在中国人的心里，而且能够表达新的社会内容，适应新的读者需要。

从继承与弘扬中华传统文化来看，旧体诗的复兴有其必然性。汉字是中华民族的伟大创造，是中华传统文化的重要载体。汉字以其特有的声、韵、调，构成特有的韵律美。旧体诗就很好地体现了这种韵律美。

如果再把这股旧体诗热潮放在中国诗歌发展的大背景来看，可以说它是人们对适应新时代诗歌的内容与形式的一种探索。“五四”以来，新诗虽然有了独尊的地位，但其存在的缺陷也是不容讳言的。鲁迅在一九三四年致窦隐夫的信中就曾说过：“诗歌虽有眼看的和嘴唱的两种，也究以后一种为好；可惜中国的新诗大概是前一种。没有节调，没有韵，它唱不来；唱不来，就记不住，记不住，就不能在人们的脑子里将旧诗挤出，占了它的地位。”过去了七十多年，鲁迅所说的问题仍然存在，旧诗仍未被“挤出”。我国古代诗歌源远流长，在漫长的历程中，也不断地发展、变化着。目前的旧体诗热潮，正是人们对这种探索的一个继续。

新诗旧诗，并存是客观事实，现在留下的都是各自探索的足迹，同时也都面临继续探索的任务。两者不是你死我活的关系，而应互相借鉴学习。没必要融合为一种诗体，可并行不悖、比翼齐飞。

## 旧体诗创作要健康发展需重点解决的问题

人员老化不应该算是问题，现在写诗词的不仅是中老年，有些七十年代出生的人写得也相当棒。不过，从思想认识上说，旧体诗倒是很怕“老化”。这一诗歌体裁是特定时代环境、语境下的产物，与新时代、新的生活内容能不能适应？实践证明是可以适应的，还出现了启功、聂绀弩等很活跃的一批旧体诗人。我坚持认为，在一定程度上讲，掌握格律并不难，难的是要有诗意，要有形象思维，即真正能“带着枷锁的跳舞”。不然，徒具形式，诗味索然，有形无神，会倒了读者的胃口。这也是当前一些旧体诗受人攻讦的重要原因。

旧体诗创作要健康发展，我认为应该重点解决这么几个问题：

一是应该有一定的诗词创作的基础知识。要写旧体诗，首先当然必须掌握它的格律，知道平仄、用韵等一些基本要求，明白它的多种限制。词和音乐关系密切，许多词牌适宜抒发特定的感情，比如“满江红”这个词牌就多用入声韵，表达慷慨激昂的悲壮情绪。龙榆生在《唐宋词格律》一书中对此就有说明。诸如此类的知识，都应注意掌握。要多读一些经典性的诗词作品。古人说：“熟读唐诗三百首，不会作诗也会吟”，这是有道理的。还要增加一些文史知识的积累，当然也包括生活的积累。

二是要有真情实感，要有鲜明的个性，不能无病呻吟，矫揉造作。

三是要注意创新。毕竟我们面对的生活环境与古代有很大不同。古人说“残灯如豆”，今人用的是电灯。古人说“更漏尽”，现在用的是钟表。古人说“细雨骑驴过剑门”，今人谁还骑驴？当然，我们说创新也不是简单地使用几个新词汇，像“刘郎不敢题糕字”（宋祁《九日食糕》），最重要的是要与现实相通，要有现代意识，创造新的意境。传统诗词用典较多，现在有人反对用典。我认为，在用典上不可绝对化。我们反对"无一字无来历"，反对掉书袋、獭祭鱼，但不是说典故毫无用处。许多典故蕴涵丰富，运用得当，有利于创造启发读者更多联想的意象、意境，增加表现力。毛泽东、鲁迅的作品中，就多活用典故，使读者印象颇深。当然，我们反对用僻典，或者是生造，令人看不懂。

四是要注重推敲修改。这于诗意的强化和诗境的提升很有意义。写时字斟句酌，认真推敲，写好了再作进一步的甚至反复的修改，这是"苦吟"即锤炼的过程。"二句三年得，一吟双泪流"，贾岛的话有些夸张；传为李白赠杜甫的"借问别来太瘦生，总为从前做诗苦"，虽是调侃，但说明写诗不容易，是个苦差使。王安石评张籍的诗："看似寻常最奇崛，成如容易却艰辛。"属于正常情况。因而有些人不仅自己改，还请旁人帮忙改，这方面的佳话很多。毛泽东写诗曾请郭沫若、臧克家推敲，胡乔木写诗曾请钱锺书斧正，还留下了彼此商讨的信札。中华诗词学会最近提出提高诗词质量问题。提高质量需要多方面努力，注重推敲修改不容忽视。

## 旧体诗的诗韵

诗韵是诗词界一直关注并热烈争论的问题。中国的古音，分上古、中古、近古三个阶段或三个系统。我们所说的诗词，主要是中古阶段的产物，也是依照中古音系统创作的。中古的韵书，从隋陆法言的《切韵》到经唐人修订的《唐韵》，再到宋人的《广韵》，韵部达到二百零六个，声调为平、上、去、入四种。这么多韵部，在实际应用方面显然不适宜，就容许邻近的韵部"同用"。在此情况下，南宋刘渊编了《壬子新刊礼部韵略》，把韵部减到一百零七个；金王文郁编了《平水新刊韵略》，韵部为一百零六个。刘渊是平水人，平水即今山西省临汾市，所以称之为"平水韵"。从宋、金直到现在，一百零六个韵部的"平水韵"，已经运用了八百年。现在诗歌创作用韵，大致有三种情况：一是完全恪守"平水韵"；二是用韵较宽，但原属入声今读平声的字仍作仄声用而不派入平声；三是完全用新韵，没有了入声，平仄按照今天普通话的读音。

诗为什么押韵？就是为了声调、韵律上的和谐上口。诗歌和音乐联系比较紧，声韵是诗歌音乐美的载体，是诗歌易于流传的艺术要素之一。旧体诗歌以韵律精严著称。我个人认为，写旧体诗歌，平仄一定要遵守，它可使音节协调，产生一种抑扬顿挫、往复回旋的韵律，这是古人创作实践的总结。但在用韵上应注意语音的实际变化。有人主张，既是旧体诗，用韵则必须遵循“平水韵”，例如“十三元”，即使此韵中有的字在现代有多种读音，易与“先”“真”“文”等韵相混，也还要照用不误。我对此难以苟同。高心夔是清晚期的著名诗人，但他两次考试都因为在“十三元”一韵上出了差错，被摈为四等，“平生双四等，该死十三元”，成了终身的憾恨。难道我们还要今天的作者像当年的高心夔那般犯难？道理很简单，今人的诗是写给今人看的、吟的，随着时代递嬗，语音已经变化，还要坚持八百年前的读音，那该多别扭！这不仅影响了人们的欣赏效果，也桎梏了旧体诗歌在今天的发展。

我认为诗韵应该改革，应该放宽，应以今天的实际语音为主。因此我是赞成新韵的。但是新韵宽到什么程度，这是个需要继续探索的问题。我赞成中华诗词学会在《21世纪初期中华诗词发展纲要》中提出的主张，即一方面尊重诗人采用新韵或运用旧韵的创作自由（新、旧韵不得混用）；另一方面又要倡导诗词的声韵改革，大力倡导使用以普通话语言声调为审音用韵标准的新声新韵，同时力求懂得、熟悉，乃至掌握旧声旧韵。总之，在较长时期内，应为诗词创作造成一个选择不同用韵的宽松氛围。

## 旧体诗歌在政治、外交和日常交际中的独特作用

这是一个有趣的话题。旧体诗歌精练含蓄，形象生动，在政治、外交和日常交际中加以巧妙运用，能收到普通语言达不到的效果。孔子说：“不学诗，无以言。”古代常见“献诗陈志”“赋诗言志”。《诗经》在外交和日常交际中发挥着表情达意的工具作用。当时贵族子弟学习“诗”，就是为了在政治活动和社交场合中陈志、言志。《左传》襄公八年记晋国范宣子出使鲁国，意欲鲁国帮助晋国讨伐郑国，但不便直接言明，同时也想探探鲁国对伐郑的态度。于是就吟了一段《诗经·召南·摽有梅》里的诗句：“摽有梅，其实七兮；求我庶士，迨其吉兮。”他用这段话作为外交辞令，显得婉转含蓄，也留有回旋的余地。

写出诗歌“藏之名山”，被看成是很神圣的事情，也是一种文化素养的体现。因此作诗诵诗，就成为中国政要的一个传统和特色。历史上许多帝王，从刘邦、项羽到唐太宗，都有诗篇传世；朱元璋文化程度并不高，相传也吟出过“大将南征胆气豪，腰悬秋水吕虔刀”这样的诗句。民国时期，孙中山、黄

兴和其他同盟会领袖多有诗词传世，北洋政府也有涉猎风雅的人。袁世凯能诗，徐世昌诗、书、画俱工，连段祺瑞也有《正道居诗》。我们共产党的一些领导人也能作诗，毛泽东的词尤为人称道。既然“诗言志”，那么，政余事诗，以志其怀，自然成为政治家的时尚。为什么我们一些退下来的老同志喜欢作诗？我想大概与这种传统有关。

诗词酬唱自古以来即是文人间的雅事。毛泽东与柳亚子的唱和，更成为一段佳话。在国家政治外交活动中引用旧体诗词等民族文化瑰宝，可以很简练地表达很丰富的内容，不仅有历史感，也显示出中国文化的源远流长。这是我们的一个特色。二〇〇五年布什访华，国务院总理温家宝引用北宋改革家王安石的著名诗句：“不畏浮云遮望眼，只缘身在最高层。”（《登飞来峰》）来比喻中美关系应该高屋建瓴，高瞻远瞩，妥善处理分歧，在海内外颇有反响。

总之，中国是一个诗的国度，中华民族是一个诗的民族，旧体诗虽然曾在短时间内由于种种原因沉寂或不振，但至今仍然受到人们广泛的喜爱，并且从复苏走向复兴，已经证明它确实有着强大的生命力。

（转载自2007年《中国诗词年鉴》）

# 中华诗词从尘封到复兴

## ——关于格律诗的回顾与前瞻

郑伯农

近二十多年来，格律诗发展的速度很快。目前，中华诗词学会拥有一万多名会员，加上各省市自治区、各县诗词学会和诗社的会员，全国经常参加诗词活动的人员达百万以上。据粗略统计，全国有百多种公开或内部出版的诗词报刊，不算诗词集，光是这些报刊发表的诗词新作，每年就在十万首以上。《中华诗词》杂志创刊的时候，只有几千份。现在，它发行到世界五大洲，每期印数二万五千份左右，成为全国发行量最大的诗歌刊物。1957年初毛泽东在给臧克家的信中说，诗歌应以新诗为主体。现在，从理论上说，新诗仍然居于最显要的地位。拿实际状况来说，格律诗的作者和读者量都不在新诗之下，甚至大大超过了后者，它的社会影响也不会比新诗弱。怎么看待格律诗的勃兴？怎么看待格律诗和新诗的关系？我就这些问题谈几点粗浅看法。

## 新诗的诞生是天经地义的，但没有必要把新诗和旧体诗对立起来，为了提倡新诗就贬低排斥格律诗

1919 年 3 月，胡适编辑完成了他的诗歌作品集——《尝试集》，这是我国文学史上的第一本新诗集。“五四”前后，为自由体诗歌进行开拓耕耘的还有郭沫若、康白情、刘大白、刘半农、俞平伯等一批人。胡适名声很大，但他的诗歌代表不了新诗的高水平。胡适自己说过，在新诗领域中，他“提倡有心，创造无力”。作为五四时期新诗成熟的标志，是郭沫若的《女神》。这大约已经是不争的历史定论。

自由体诗歌是适应历史的需要破土而出的。鸦片战争之后，中国孕育着严重的社会危机，诗歌的发展也存在着严重的危机。许多诗作内容陈旧，形式呆板。梁启超说：“诗界千年靡靡风，兵魂销尽国魂空。”这话带有艺术夸张的色彩，但确实反映了当时诗界的沉沉暮气。黄遵宪、梁启超等人提倡“诗界革命”，正是为了克服诗歌危机，给诗歌打开一条生路。新诗横空出世，的确是诗界的一场惊天动地的大革命。延续一千多年的诗词格律被打破了，诞生了一种不讲格律不拘长短的自由体诗歌。更重要的是，科学和民主的精神，个性解放和社会解放的内容，大踏步进入诗歌园地，使诗歌的精神面貌焕然一新。毫无疑问，新诗的创造与普及，是五四新文化运动的重要成果之一，也是白话运动的重要成果之一。

新诗的出世是天经地义的。但是，伴随着新诗的诞生，却出现了对格律诗的简单否定，这个事实也是必须正视的。这不是新诗本身的过错，而是诗论者的过错。1919 年 10 月，在编好《尝试集》之后，胡适写就一篇大文章：《谈新诗——八年来一件大事》。前者是他创作成果的集中体现，后者是他理论主张的集中体现。在胡适看来，中国的古典诗歌已经走到穷途末路，传统格律已经成为绞杀诗情的绳索。因此，新诗应当打破一切文体上的束缚，“不拘格律，不拘平仄，不拘长短；有什么题目，做什么诗；诗该怎么做，就怎么做……”胡适特别批评了唐以来的近体诗。他说：“五七言八句的律诗决不能容丰富的材料，二十八个字的绝句决不能写精密的观察，长

短一定的七言、五言决不能委婉表达出高深的理想与复杂的感情。”他用“决不能”这样斩钉截铁的词汇，认定绝句和律诗在今天已无用武之地，彻底宣判了它们的过时。在《白话文学史》中，胡适还拿诗词格律和女人的裹脚布相提并论，断言它们都是应该被抛弃的秽物。胡适的这篇文章代表了当时相当一批人的观点。朱自清称这篇文章是诗歌革命的“金科玉律”。可以说，它是诗歌革命的一篇带有纲领意义的文章。胡适在推进新文化运动和白话文上是有功劳的，在呼唤与创造新诗上也是有功劳的，但他对格律诗的粗暴否定，后果也是十分严重的。影响所及，以致往后几十年的时间里，许多人对格律诗怀有成见，把它当作诗歌的另类，不相信它能表现当代人的复杂感情，不承认表现新时代的格律诗也是新文学的组成部分。大家可以留意一下，现当代文学史著作在讲到诗歌时，一般都只讲新诗，不讲格律诗，仿佛后者不能算作新文学。鲁迅的格律诗成就很高，社会影响绝不低于他的散文。但文学史著作在讲到鲁迅的创作成果时，一般只讲他的杂文、小说、散文，不讲他的格律诗。六十多年前，柳亚子先生曾经这样谈到格律诗：“……旧诗，只是一种回光返照，是无法延长它底生命的。”“我是喜欢旧诗的人，不过我敢大胆地肯定地说道：再过五十年，是不见得会有人再做旧诗的了。”柳先生是南社的发起人，著名的旧体诗家，一生从来没有离开过诗词歌赋。连他谈起格律诗来，都觉得前途暗淡，甚至颇有自惭形秽之感。可见当年那种否定格律诗的舆论，流毒有多么广，影响有多么深。

在我国几千年的诗歌史上，有过多次重大的诗体嬗变，每一次都不是以新诗体排斥旧诗体。近体诗的出现，并不意味着古风被废止；长短句的出现，并不意味着律绝被废止。各种诗体争奇斗艳，这大概是我国古代诗歌长盛不衰的原因之一。为什么新诗出现之后，形成了冷落、贬低格律诗的不正常局面？形式具有很强的继承性，旧形式经过革新，是能够表现新内容的。为什么我们长期未能对诗歌领域的旧形式采取公正的态度，以积极的姿态去利用它？毛泽东在《新民主主义论》中肯定了五四新文化运动的巨大历史功绩，同时也指出它的缺陷。毛泽东认为五四运动的许多领导人没有历史唯物主义的批判精神，使用的是“形式主义的方法”，“所谓坏就是绝对的坏，一切皆坏；所谓好就是绝对的好，一切皆好”。他们批判封建主义，批判孔孟之道，这是对头的。但是批过了头，就把传统文化中许多优秀的东西也否定掉了。形式主义的影响，是排斥格律诗的一个重要原因。把新文学运动和白话文运动等同起来，把诗歌革命和用白话写诗等同起来，这是导致否定格律诗的又一重要原因。胡适是“文学改良”“文学革命”的鼓吹者，在胡适看来，文学革命的关键在于形式，它的目标就是创造新的文体，即“国语文学——活的文学”。他认为诗歌革命要从“语言文字文体方面的大解放“着手，“新诗除了‘诗体的解放’一项之外，别无他种特别的做法”。一句话，凡是白话文、自由体，就是新的；凡是文言文格律体，就是旧的。和胡适相呼应，康白情甚至说：“新诗和旧诗，是从形式上区分的……把东洋旧时讴歌君主、夸耀武士的篇章，用新诗的形式译出来，我们都不能不承认它是新诗。”按照这样的标准，格律诗当然进入不了新文学的殿堂，只能被视为陈年老古董。

“五四”前后，受到否定的不仅是格律诗，其他各种民族传统文艺几乎无一例外地受到抨击。譬如戏曲，受抨击之猛烈决不下于诗词。1917 年 3 月，钱玄同在《新青年》上发表文章提出，“今之京调戏，理想既无，文章又恶劣不通……戏子打脸之离奇，舞台设备之幼稚，无一足以动人情感”。他有一篇文章题目就叫《论中国旧戏之应废》。他甚至气愤地称戏曲脸谱为“粪谱”。周作人认为“从世界戏曲发达上看来，不能不说中国戏是野蛮”。傅斯年则断言“西洋戏剧是人类精神的表现，中国戏是非人类精神的表现”。胡适的语气比钱玄同等人和缓一些，但观点是相近的。他说，“今后之戏剧，或将全废唱本而归于说白”。当时，起来批评戏剧领域“民族虚无主义”观点的是北大学生张厚载，他不同意“废唱而归于说白”。争论的结果之一是张厚载被北大“令其退学”。虽然戏曲和诗词一样受到贬斥，但它毕竟在底层老百姓中有深厚的根基，不可能因为某些知识分子的过激言论，就使其社会地位受到根本动摇。诗词则不一样。人们可以看到，新中国成立之后，各种民族传统文艺形式普遍受到重视，戏剧领域是戏曲与话剧并存，绘画领域是国画与油画并重，音乐领域是交响乐队与民族乐队、美声唱法与民族唱法都得到发展，唯独诗歌领域，格律诗并没有取得与新诗平等的地位。为什么会出现这样的状况？原因是多方面的。总之，格律诗的社会地位问题，现在是到了应予彻底解决的时候了。

## 格律诗复苏的三个阶段以及目前的发展状况

诗歌革命之后，新诗取代了格

律诗，成为中国诗坛的领衔主演者，但格律诗并没有停止发展。在现实生活中，实际上是三条线：新诗、格律诗、民歌都在发展。就格律诗来说，不但文化界有许多人继续以它为表达心声的载体，政界、军界等社会各界都有许多人爱好旧体诗。新文学界人士努力从事新文体的创作，但其中也不乏格律诗的著作家。鲁迅、郭沫若、郁达夫、张恨水、茅盾、田汉、老舍等都是格律诗的高手，创作出许多精妙的诗章。近半个世纪以来，格律诗在逐步复苏，大约经历了三个阶段：

一、从《诗刊》创刊，毛泽东诗词十八首的发表到“文革”前夕；

二、从天安门诗歌运动到1987年中华诗词学会成立；

三、从中华诗词学会成立到如今。

虽然“五四”之后格律诗的创作实践一直没有停止，它却长期受歧视、受误解，人们不敢把它视为新文学的载体之一。这种局面一直到毛泽东诗词发表之后才开始有所动摇。1957年，《诗刊》创刊，发表了毛泽东诗词十八首，这是我国诗歌史上的一件大事。对于此举，作者本人并不热心。他在致臧克家的信中说：“这些东西，我历来不愿意正式发表，因为是旧体，怕谬种流传，贻误青年；再则诗味不多，没有什么特色。”这是他的真心话。他还说：“诗当然应以新诗为主体，旧诗可以写一些，但是不宜在青年中提倡，因为这种体裁束缚思想，又不易学。”这不是毛泽东提出的新见解，反映了当时的普遍看法。毛泽东非常热爱诗词，作为党和国家的领导人，他严格地把个人爱好同党和国家的文艺政策区分开来，生怕因为自己的爱好影响到党和国家的文艺方针，影响到文艺的格局。“诗当然应以新诗为主体”，这是“五四”以后已经形成的诗歌格局。后来毛泽东又提出这样的意见：“旧体诗词源远流长，不仅像我这样的老年人喜欢，而且中年人也喜欢。我冒叫一声，旧体诗词要发展，要改革，一万年也打不倒。因为这种东西，最能反映中华民族和中国人民的特性和风尚。”这体现了毛泽东诗词观的新发展。

《诗刊》推出毛泽东诗词，影响之大、之深远，是作者本人远远没有料到的，也是《诗刊》编辑们远远没有料到的。此后，便迅速兴起一股毛泽东诗词热。它传遍世界五大洲，近半个世纪以来盛传不衰。前不久，我见到来访的美国旧金山华侨诗友，他们对我说，过去是有水井处，必有柳（永）词；现在是有华人处，必有中华诗词，必有毛泽东诗词。继《诗刊》发表毛泽东诗词，《诗刊》《人民日报》

《光明日报》《红旗》杂志等又陆续刊登了陈毅、赵朴初、钱昌照、胡乔木等人的诗词，同样产生了很大影响。尽管在这一阶段，新诗一花独秀的局面并没有被打破，“五四”以来笼罩在格律诗周围的迷雾并没有被廓清，但从毛泽东诗词的巨大魅力中人们不能不思考：旧体诗词真的已经失去表现力了吗？它能不能表现当前的新时代？毛泽东诗词不但生动地表现了当代革命者的思想感情，而且表现得如此之感人，如此之深刻，这实际上是用创作实践对格律诗过时论的最有力的反驳。

1976年春天，人民群众在天安门广场纪念周恩来总理，声讨“四人帮”。这是一场政治运动，它的武器是鲜花和诗歌。当时的天安门广场是花的海洋、诗的海洋。天安门诗歌中有新诗，绝大多数是旧体诗。这说明了什么？说明人民选择了旧体诗，历史选择了旧体诗。当时人们写诗不是为了当诗人，也不是为了表达个人的闲情逸致，而是人们被抑制多年的思想感情，一下子迸发出来了。“诗乃心声”，他们选择了诗歌，选择了格律体，作为表达心声的载体。天安门诗歌用千万人的行动说明了旧体诗并没有过时，相反，人民认为它是表达自己心声的适宜形式。1976年秋天，“四人帮”垮台了，媒体陆续发表了陶铸、胡风、聂绀弩、郭沫若等人的旧体诗，给人们带来很大的感情冲击。天安门诗歌拉开了新时期文学的序幕，也谱写了我国诗歌史的崭新篇章。此后，格律诗的复苏，就成为一股不可扼制的浪潮。新时期伊始，各地纷纷成立诗社。1978年10月，军队和文化界的一批诗词爱好者在北京成立“野草诗社”，这是新时期第一个群众性的诗词组织。《诗刊》复刊后，在臧克家等同志的倡议下，每期开辟两页的版面专门刊登旧体诗。1981年，《当代诗词》在广东创刊。不久，三湘大地办起了《岳麓诗词》，胡耀邦同志亲自题写了刊名。它们都是专门刊登诗词的刊物。到1987年中华诗词学会成立，全国已经有了近百个诗社，格律诗的刊物也有了好几家。1987年10月，中华诗词学会在北京召开第一次全国代表大会。正如当时的中共中央政治局委员习仲勋在会上讲的：“过去，我们从来没有这样一个全国性的诗词组织。现在，把这个空白补起来了。”早在1983年，萧华将军和甘肃省的一批同志就提出倡议，成立全国性的中华诗词协会。1985年，中华诗词学会筹备组在京成立，向全国发出《筹建中华诗词学会倡议书》。在1987年的成立大会上，文艺领导部门负责同志明确阐述了新诗和格律诗同荣并茂的重要方针。当时主管文艺的中宣部副部长贺敬之在给大会的贺信中说："在我们大力提倡和发展新体诗的同时，应当支持并开展对古典诗词的理论研究工作和用古典诗体和词体反映新内容的创作工作。这是发展社会主义的民族的诗歌艺术的必不可缺少的一部分，是促进诗歌百花齐放的重要一环，因为这对于建设具有中国特色的社会主义文艺是有重要意义的。"

中华诗词学会成立以来，诗词界在党的关怀下，在中国作家协会的直接领导下，做了大量工作。

1. 为恢复和确立诗词在民族精神生活中的应有地位而呼号呐喊，进行了大量深入细致的说理工作。到了世纪之交，诗词界提出"三入"（入史、入校、入奖），即文学史应当讲述现当代诗词；大中小学应有讲授现当代诗词和诗词格律的课程；国家级的文艺评奖应涵盖诗词佳作。这个主张得到许多有识之士的赞同。

2. 为繁荣诗词创作、研讨诗词理论、健全诗词组织、壮大诗词队伍、开展诗词培训和中小学诗词教育办实事。

目前，全国除了西藏外，各省市自治区都有了自己的诗词学会。许多地区不但有省级的诗词学会，专区、县甚至村镇也有自己的诗词学会。在县村，诗词多数和书、画结合起来，会员们既写诗，也练书法、画画儿、写对联，对活跃群众的文化生活、净化当地的思想风气起了很好的作用。前年，我们接到湖南宁乡寄来的一份材料，题目叫《诗词战胜了麻将》，讲他们那里开展诗词活动之后，把赌博的风气压下去了。宁乡的情况不是极个别的，其他地区也有类似的情况。我们发现，越是基层，那里的领导往往越重视诗词。因为诗词具有悠久的历史，为群众所喜爱，开展诗词活动能够有效地净化社会风气，提高人的思想素质。在有些基层，诗词学会已经成为党和政府联系老干部的重要桥梁。老同志退下来后，就去写诗、练书法，既能老有所乐，又能为社会作贡献。在海外，特别是华侨聚居的地方，诗词活动也十分红火。华人组织诗社，经常唱和，印行诗集，不断地与国内的诗友、诗词组织进行联系。可以说，诗词已成为联结炎黄子孙的重要精神纽带。

比起前几年，目前诗词界的创作水平有一定的提高，被戏称为"老干部体"、"格律溜"的那种低水平之作少了。许多作者都能驾驭格律写出自己的人生感悟。为引导创作向纵深发展，在去年召开的中华诗词学会第二次全国代表大会上，我们把提高创作质量、推出精品力作当作学会的首要任务提出来。今年9月，我们在山东召开学术研讨会，着重探讨“精品战略”问题。大家认为，诗词作者也要深入生活，了解人民的心声，这样才能写出富有时代精神的佳作。大家还认为，要加强诗词的评论和评选工作，这样才能使佳作不被汪洋大海般的新作所淹没，能够脱颖而出。现在，诗词界不但有一批成就卓著、为诗词界所公认的老诗人，中青年中也涌现了一批在全国有影响的优秀作者。中年人如云南的王亚平，新疆的星汉，江苏的钟振振，北京的赵京战，四川的蔡淑萍，上海的杨逸明，湖南的蔡世平、熊东遨，江西的胡迎建，海南的郑邦利……青年人如陕西的魏新河，北京的尽心、董澍，江苏的李静风……可以说，我们有了不同年龄段的创作梯队，但精品力作，特别是富有时代大气的振聋发聩之作，仍然很少。大约现在生活比较平静，难以出现毛泽东、鲁迅、陈毅那样浩气逼人之诗。我们今后将在推出精品力作上进一步努力，希望得到诗歌界各方同仁的鼎力支持。

**新诗和格律诗不是互相排斥、你进我退的对立关系，应当互相学习、互相竞赛、互相促进**

20世纪是新诗取代格律诗，在诗歌舞台上大放光彩的世纪。现在，新诗充当诗歌王国独生子女的时代已经过去了。21世纪将是新诗和格律诗联起手来的世纪，是新诗和格律诗比翼双飞、同荣并茂的世纪。

一个长期困扰人的问题——文言文问题。在当今，一般人已经不拿文言作为交际工具了，为什么格律诗还保留着文言文的若干特征？我以为，不能把格律诗和文言文等同起来。古代民歌是口语的诗化，不是书面语言。文人诗中有一些离口语很远，但也有不少明白如话。如李白的“床前明月光，疑是地上霜……”白居易的“花非花，雾非雾，夜半来，天明去……”当代格律诗和文言文的联系比较密切，但也不能说，它用的统统是文言文。毛泽东的“小小寰球，有几个苍蝇碰壁。嗡嗡叫……”陈毅的“大雪压青松，青松挺且直……”都是很口语化的。清末黄遵宪提出“我手写我口”，这是很正确的。当时的不少诗歌离口语越来越远，用典太多，追求古奥生僻，这是一大弊端。“我手写我口”，意味着诗的语言应当生活化、口语化。但把它绝对化，就会产生另一种弊端。诗要明白晓畅，也要含蓄隽永。诗的语言不等于自然状态的口语，它应当比口语更凝练、更简约。古人讲锤字炼句，道理就在这里。“话怎么说，诗就怎么写”，这样只能写出顺口溜，甚至连顺口溜都不如。正因为如此，格律诗很注重从文言文中吸取养料，因为文言是以简约著称的。不但当代格律诗，当代戏曲、歌词都大量从文言文中吸收营养。“今日痛饮庆功酒，壮志未酬誓不休”（京剧《智取威虎山》）。“皓月当空照，清气满九州，玉宇乾坤朗，金轮上高楼”（歌曲《喊月》）。这样的例子可以举出很多。要求写诗完全像说话一样，这就把艺术和生活混淆起来。不仅格律诗，新诗也不能完全等同于日常口语。为什么有些新诗被人说成分行的散文？韵律问题，是原因之一；语言提炼得不够，也是原因之一。

新诗和格律诗在形式上差异很大，正因为如此，它们具有很强的互补性。人们会问，既然新旧体都有长处和短处，今后会不会出现一种融新旧体之优长于一身，弃新旧体之不足于门外的最“完美无缺”的新诗体？是的，新旧体诗作为文体的长处和短处都是很明显的。新诗很自由，接近口语，易学，易懂，能够很方便地容纳各种各样的内容；但不够凝练、比较散漫、缺乏形式美、难记难诵。格律诗凝练、概括力强，朗朗上口，易诵易传；缺点是艺术规范太严格，语言和口语有距离，不易掌握，不易普及。世界上任何事物都是既有长处，又有短处的。想创造一种只有长处，没有短处的诗体，是不可能的。新诗诞生以来，人们对中国诗歌的发展模式提出种种建议。一个很有趣的现象：想改进新诗的人，总嫌它太自由无度，总想给新诗这匹奔马安上笼头，套上鞍子，设定种种行为规范。想改进格律诗的人总觉得这种诗体限制太多，要给它松绑。我以为，新诗和旧体诗可以互相学习、取长补短，它们都要随着时代的前进而进行艺术革新，但它们无须在文体上互相靠拢。为了取得各自的发展空间，它们应当努力弘扬自己的长处。自由诗如果没有必要的自由度，就不叫自由体。格律诗如果不讲押韵、平仄、对仗等等，也不能称为格律诗。让自由诗格律化，格律诗自由化，只能泯灭各自的特色。最近，山西诗家李玉臻写了一首诗，新体和旧体交错着使用，一段格律体，一段新体，结合得很自然。即使有了李玉臻这样融新旧体于一炉的诗章，它也只能是诗歌百花中的一个品种。我们的诗歌不能只有一种诗体。诗要繁荣，就要百花齐放，新体和旧体都要放。就旧体来讲，古风、绝句、律诗、词、散曲、小令当然是不可废弃的，自度曲、新古体、竹枝词、民谣体……也都可以尝试。没有竞争，没有艺术样式和艺术风格的多姿多彩，就不会出现诗歌的全面繁荣。

我们观察近一百多年来的诗词创作就会发现，那些只懂旧体诗，只懂国学的人，也有诗词写得好的，但往往走不出文人的小圈子，难以产生重大的社会影响。倒是一些具有旧学功底的革命家、社会活动家、新文学家，给人留下一批饱蘸时代风云的扛鼎之作。像秋瑾、鲁迅、毛泽东、陈毅、赵朴初、聂绀弩、臧克家等，为什么？因为他们眼界开阔，有着不平凡的人生阅历和文化积淀。诗词作者要想成大器，就不能把自己关在诗词的小天地里。他应当学习古今中外一切有益的东西，包括向新诗学习。新诗界的朋友们学习格律诗，这更是不言而喻的。中国的诗人，不管写旧诗还是写新诗的，大约在孩提的时候都接触过古典诗歌。谁没读过屈原，谁没背诵过李白、杜甫！老一辈的新诗人，除了艾青以外，大约都写过旧体诗。臧克家生前戏称自己是“两面派”，他说：“我是一个两面派，新诗旧诗我都爱。”他的“老牛亦解韶光贵，不待扬鞭自奋蹄”，已成为人皆能诵的名句。不久前几家单位给有突出成就的老年人颁奖，奖项的名称就叫“自奋蹄奖”。北岛号称中国现代派诗歌和朦胧诗的重要代表人物，他的代表作《回答》却有这样的句子：“卑鄙是卑鄙者的通行证，高尚是高尚者的墓志铭。”这两句不是工整的对子，但“卑鄙”和“高尚”、“通行证”和“墓志铭”，确有点对仗的味道。是有意为之还是不经意写出来的？旁观者无法判断。总之，这样的诗句和古典诗词是有内在联系的。我斗胆在这里提个建议：我们的新诗人不妨学点诗词格律。对于一般读者来讲，能够读懂、鉴赏古典诗歌，这就够了。对于诗歌作者来讲，不懂诗词格律就难以充分领略古典诗词在艺术技巧上的奥妙。我还要提个建议：我们的诗歌理论批评家不妨给自己增加一点课程，在研究新诗，研究古代和外国诗歌的同时，把当代诗词也列为自己的研究对象。诗词已经是当代诗歌的重要方面军，不顾及到它，就难以画出当代诗国的完整版图。

繁荣诗歌事业，有好多问题要解决。其中有一条，新诗工作者和诗词工作者应当联起手来，共同肩负起时代赋予的重任。诗的优劣高低，不决定于文体。只要有真挚的感情，积极的思想，美好的意象，不论新体旧体，都是好诗。这次诗歌节既请了新诗人，也请了旧体诗人，大家共坐一堂，互相切磋。这是个好兆头。我相信，今后我们一定会更紧密地团结在一起。

（根据在全国第一届诗歌节上的发言稿整理）

# 以古促今，生发新能，再创辉煌

丁芒

唐朝韩愈“文起八代之衰”，已成历史定评。窃以为他的贡献，最根本的意义在于总结了六朝绮靡文风对散文和诗这两种文体的伤害。六朝骈文可说是诗和散文的杂交体。我们不反对杂交，但它掀起的这股文风，侵蚀了阻碍了散文和诗各自的原本生态和发展的正确线路预期。因此韩愈提出“复古”，也就是提倡按照原来的样子，文是文，诗是诗，各自按照本身的规律去发展。这一剥离，使散文重新振拔，成就了“唐宋八大家”的高度发展。诗也在格律上进一步成熟，形成历史上空前鼎盛的局面。我说这些，是为了说明 20 世纪 80 年代开始的中华诗词的复兴、昌盛，与“五四”以后废黜落寞的状况适成强烈的反差，不是也可以说是“诗起一代之衰”吗？不过这次“起衰”，事物本身发展规律所起的作用更为明显，它不是少数人奇思妙想式自觉的发起和倡导，而是自然规律的普遍的自为的涌动，它是不可逆转的。但“起衰”还只是开始，怎样顺应事物自然逻辑发展、从量变到达质变，还需要一段可能是漫长的时间，无论新、旧诗界。我们的任务，就是尽其所能，力加推动。

## 一、处理好继承与创新的关系

在中国诗史上，复古与创新始终是人们注意的中心，解决这些矛盾，才推动了历史的前进。美，是一个流动的范畴，是由无数相对稳定的具有形式美要素的固定范畴组成的。形式美是人类实践积累下来的美的规律认识的总和、体现。形式美有相对的稳定性，又有适应时代需要的活动性。时代杰出的诗人，总是敏锐地感觉到时代的脉搏，呕心沥血地研究过去时代可以为当代吸取的美的规律认识。正如杜甫说的“转益多师”“别裁伪体”，就包括了继承与创新两个方面。所以，继承是为创新而存在。继承是手段，创新才是目的。我们阅读、研究古典诗词，也是为了吸收前人艺术经验，以提高、促进自己创新实践能力。

可惜当代诗词界确实还有不少人单纯以复古为追求目标，认为不但形式，连思想感情，连语言音韵，都要按前人足迹亦步亦趋，要求无一故实无来历，无一见解无鼻祖，无一感情无根据。考其心态，有的是对古人杰作沉溺太深，拔足不出，忘掉自我，忘掉时代的使命；有的仅仅是为了猎奇炫博，故作艰深，不但以此为荣，更以此傲物。所以说，不解决好继承与创新的矛盾关系，就读不好古典诗词，读来也无益于诗的进步。

## 二、学古不是为了消灭个性

诗是外界事物击于人们心弦而发出的声音。强烈的个性显示，是诗的本质特征和要求。诗的个性化是诗的重要价值取向。然而，由于某些政治观念、习惯势力、社会思潮、个人的学力才力、性格作风的种种影响，甚至由于根本不懂得诗歌要追求个性化的艺术特点，在当代诗坛，泥古仿古的现象还相当严重。把古人和今人发表了的佳作名篇当作样板。陶渊明写“悠然见南山”，他也写现代的隐逸；林和靖写暗香疏影，他也来个疏影暗香。把古人的唾沫当味精用，把古人的词汇当积木用。套语成山，陈言如海，这种泥古仿古的风气在旧体诗界公然弥漫。

有个比喻，忘记是何人说的：诗就是发现，就是创造，重复别人的发现、创造，就不是诗。他说：燕子停落在电线上，像是五线谱上的音符。这是出自诗性思维的比附联想，很贴切，很生动，很新颖。因此第一个发现它的人，是道地的诗人。后来第二个人、第三个人都把它写进自己的诗里，结果大家都嗤之以鼻，说他们是傻瓜。为什么？就是因为他们不是发现者，只是因袭者。

## 三、掌握感情在诗中表现的形态

在端正了学习心态以后，我们应该从前人成功的诗词中，研习些什么？我觉得该学习的地方很多，撮其要点来说，当首推处理好气与势的关系。气，是诗人情感的浓度和力度的形态。所谓“神完气足”，“神完”即感情饱满，指浓度；“情极则句遒”，指的是感情的力度。气足则易出警句，情极则易出豪言。气足的诗不但表现于出现警策豪言，还会表现出气的推力，即诗人能以情驭诗，推进诗意的发展，形成一种流动状态。气的流动，就是势。有势就能充分表现气的发展，也就是在发展中表现了气。大“气”磅礴，加上声“势”夺人，使气与势都能达到一定的高亢状态，这首诗才能获得完整的效果。气与势不是矛盾的关系，是诗意的“静”与“动”的不同形态。

“月黑雁飞高，单于夜遁逃。

欲将轻骑逐，大雪满弓刀。”唐人卢纶的这首著名的《塞下曲》，是一首典型的阳刚美的诗，真正达到了大气磅礴、声势夺人的高亢状态。他表现气与势的特点是：不写出击过程和结果，却把书写的笔触，放在最迫近战斗高潮的准备出击的一刹那，也即所谓“引而不发，跃如也”的士气最为昂奋的时刻。同时，他表现“势”的形态，则是通过静与动的强烈反差来完成。全篇其实都写的静物：月黑之夜，雪满弓刀，都是“静”的极致的寓形。写士气高昂，也仅写到准备出征的静止状态。然而背景却是即将轻骑出击追逐单于的强烈的动的意念。形式上似乎没有活动，而暗中的气氛十分强烈，仍然使人感到夺人的声势。诗并没有交代战斗场面及结果，然而其势却已贯到。读者会强烈感到战斗的激烈、战果的辉煌。《孙子兵法》讲到“蓄势”问题。这种只怕气不足、不把势用尽用到底的“蓄势”用兵之法，不正是这首名诗写作的妙诀吗？我对此诗，简直惊赏一生、敬佩一生。我们可以从此诗悟到许多处理气与势、动与静关系的为诗之道。

## 四、借鉴前人经验建立自己诗的风格

诗是感情烈火下的结晶体。但传达诗意各有不同，古来习惯对此归纳为两类，一曰豪放，二曰婉约。其实就是诗意传达的直与曲、露与藏的风格不同。有人认为只要语言能表达感情就是好诗，何必矫揉造作、故作艰深、炫奇弄博、隐晦曲折，反倒令人肉麻。性格开朗豪爽的诗人，其审美取向往往是刚健纯朴，他的诗风也往往是阳刚豪放的直露型的。有的诗人则主张委婉曲折，言简意赅，耐人咀嚼，饶有余味。这两种风格各有所长。阳刚美的诗以气势胜，阴柔美的诗以委婉胜；要点在于题材与作者性格、情感、志趣、习惯的契合。适宜阳刚表现的，就不宜委婉曲折出之；反之，适宜委婉表现的，就不宜写成铜琶铁板。有些诗人主张越晦涩难懂越好，其实是对诗的含蓄美的绝对化理解。

直与曲、露与藏所形成的风格审美效应，可以并存于一体，因为它们是可以统一的，从诗传达意义上讲，也是可以互济互补的。古来有些性格诗人，其成熟度却往往在于阳刚美与阴柔美的兼济。如婉约派的代表李清照，既有“守着窗儿，独自怎生得黑”的柔婉凄绝，又有“生当作人杰，死亦为鬼雄”的刚健直露；豪放派的代表苏东坡，其《水调歌头》通篇雄伟豪放，但也有“不应有恨，何事长向别时圆”“但愿人长久，千里共婵娟”这样缠绵悱恻之句，与“我欲乘风归去”这类豪言壮语相映相衬、互济互补，形成了全词多彩多姿的综合审美效果。豪放与婉约并举，阳刚与阴柔互济，直露与曲藏并擅，这是诗人艺术成熟的体现。我们学习前人成功之作，当然也应该从这个角度上、高度上摄取经验，攀登更高的艺术境界。

## 五、弄清“理”与“情”的辩证关系

宋诗重理，历来褒贬不一。不弄清“理”与“情”的辩证关系，就不能理解唯理而诗者也往往能成为千古名篇佳作，很容易误解为“情”诗与“理”诗完全是两码事。

其实，道理是从实践中总结而来，感情也是实践的心理反应。感情的产生往往先于理，并随实践为终始。是由于感情的发展、积累、升华、浓缩，便形成理性的认识。作为“情”的外化物的诗，当然也可以作为“情”的升华、提纯的“理”。理诗到达的感情境界，有如哀极而无泪、忿极而无言那样的高纯度，因此理诗才能调动作者的感情经验，从而使读者不但能“理”解，而且能帮助他们感情经验的提纯、升华，使他们有所憬悟、欣然有得。这样的诗比起矫情、滥情、“共情”之作，反倒更加隽永深刻。例如“沉舟侧畔千帆过，病树前头万木春”“雪中抖擞松含翠，狱底沉埋剑有光”“走尽羊肠无小道，尝遍苦辣更知甜”“千古文章皆有泪，几多直道不蒙尘”等等，带着眼泪、带着深沉，从强烈的悲愤、高度的昂扬种种生活感情经验中，升华总结出来的至理，怎么能不打动人心、启人思索、激人感情、发人深省呢?

也可以说无“理”不成诗。写诗，从生活中获取诗感时的心灵触发、选择素材、酝酿感情、提炼主题、建构意象的整个过程，无不是理性与感情的矛盾运动过程。直到最后，有的诗便自然地产生出“理”句，到达其理性活动的终点。大量的诗不一定走到这一步，意到即止，或留有余韵。而一篇诗的“理”性余韵常常是重要的。

当代人学习前人“理”诗佳作，还可以进一步辨清当代诗坛大量以“理”诗面目出现的所谓“政治诗”，并非真正的“理”诗。一来这些政治口号并非作者缘情而生，而是社会高度概括的理念产物，作者只是摭拾牙慧；二来这些政治要领未经自己消化，变成自己的感情，然后寻求诗的意象加以表达的，是共知率极高的政治要领的诗形式化；三是所写的多系一般的道理和老套的喻象，根本不能从感情角度打动读者，调动其感情经验。所以这类诗只能算是某些理念的图解。我想习惯于写这类“政治诗”的作者，多读些前人理诗佳作，定会获得更深刻的憬悟。

## 六、要学会情索原切、象抓典型

小说要塑造典型人物形象，诗词要表达典型情绪。共性是众多个性的概括，典型来源于众多特殊。诗中典型情绪的表达，依赖对众多特殊性的概括，其中主要是要选择足以构成典型意象的客观形象，选择标准是它们的代表性、象征性。而这种客观形象，往往是来自作者对所描写对象的最早的观察、最原始的感情触发点。

郎士元的名句“虫声粘户网，鼠迹印床尘”，状房屋久无人居的败落之景，可谓精妙。马致远《天净沙》散曲写：枯藤、老树、昏鸦，古道、西风、瘦马。败屋与古道，当然还有其他种种景象，但这些正是他们：（一）最早触目而产生感情的事物；（二）在众多景物中筛选入诗的景物。它具备两个过程：一是它的代表性，它可以代表全局的形象；二是它的典型性，它比起其他众多景象来，代表性更全面、更鲜明。因这两点，它足以与作者的意旨情感结合而成为诗中的一个意象单元。读者把这些典型景象联在一起读，便产生思想联构，眼前就出现了败屋、苦旅的情景。越是典型的形象，使人产生联想的张力就越大，它们之间的联结力也特别强。郎士元运用了“通感”产生非常精当的“粘”这一动词，固然成功；而马致远更把中介词完全省略，读者依然理解，毫无阻滞。这都是我国古典诗词意象结构方面的成功经验。

再说典型形象的象征性。对事物的风格、精神等抽象的概念，在诗来说，依然要以形象进行表达，这就是象征性形象。例如飞雁常被作为乡愁的象征形象，雷常被作为伟力的象征形象，竹为孤直虚心，松为坚贞峻拔，兰为孤芳自赏等等。典型象征形象的获得，当然要靠自己从生活经验中去联想、提炼、创造。但古今诗坛却出现这样的情况：前人的发现、创造，曾被普遍肯定，成为典型化了的象征形象，后人便加以反复运用，使这种典型的象征形象成了定型物而更加泛化。如表现梅花的风格，林和靖的名句“疏影横斜水清浅，暗香浮动月黄昏”，就是被普遍肯定了的一个时空象征形象，后人一写到梅花，十有八九都逃不出他已到达的意境，越不过他的影响；陶渊明把菊花当作清高、隐逸的典型象征形象，结果千古名篇反成了桎梏，一些懒于创造的人坐享其成，一些思想刻板的人甚至视为圭臬，认为已达极致，无法逾越。这就形成了象征形象的定式，这种典型也就老化僵化得几近丧失典型功能了。

所以，历史上遗留下来的典型象征形象，作为学习的楷模，则可；一旦视为不可逾越的高峰，反受其害，就丧失了自己的生气甚至生命。

## 七、以中和思维对待文与质的关系

读前人诗词可知，文与质的争论也是历来的重点。直到当代，几乎也是言人人殊，各有偏嗜。

诗是语言的艺术，毫无文采，起码也是个缺点。钟嵘《诗品》在评论刘桢时说他:“真骨凌霜，高风跨俗。但气过其文，雕润恨少。”评王粲时说他：“文秀而质羸。”唐皎然《诗式》在评论有人主张“诗不假修饰，任其丑朴”时说：“子曰：不然，无盐阙容而有德，曷若文王太姒有容而有德乎?”认为丑女有德行，终不如美女既美又有德行。同属质朴的诗，有文采的当应优于其他。可见从来评论诗文者，总是把“文”与“质”作为两个重要的着眼点，要求诗人们处理好其间的矛盾关系。

所谓文采，应该是指从生活语言中提炼出来的、在表现上最为准确最为生动最富光彩的词句，而不是单纯为增添、堆砌、铺排某些花团锦簇的形容性辞藻。

自古就有文胜质、质胜文孰优孰劣之辩，因而自古也就有尚文尚质的两种倾向。有些人喜欢逞才炫博，爱在辞藻上下工夫，大肆铺排，看去灿烂辉煌，内容空洞则在所不计。历史上这种重文轻质的倾向，甚至形成了一代文风诗风。六朝骈文靡丽之风其根源在此，历来为有识之士所不取。他们提倡“清水出芙蓉，天然去雕饰”的质朴美、自然美。质譬如皮，文譬如毛，皮如果腐朽败裂，再华丽的毛也就不能存在：“皮之不存，毛将焉附?”所以诗人自应在强化皮（诗质）上下工夫，以不借助辞藻的铅华、逞其天然丽质为最佳手段。美女不施粉黛也见其美，丑女浓妆艳抹愈见其丑，是一样的道理。但美女在合适或必要的时候，略施脂粉，或在某种主旨、某种环境下，易其妆饰，以求适应，则其美愈彰。这也是常见的并且是合乎常理的。

这样来阅读赏析古代名篇，处理好文与质的统一关系，而不是人为地主观地加以片面化、绝对化、对立化，这才是为学之道、为诗之道。

## 八、是锱铢必较还是有扬有弃?

古体诗词格律，是我国文字音韵美、结构美的集中的科学的结晶，因此有很强的生命力，千古颠扑不破，沿用至今。这个传统自应好好继承和利用。当代诗词创作，如果废弃既定的格律，当代诗词本身也就不存在了。

但由于语汇、语音的发展变化，古代格律有不尽适应当代之处，必须有扬有弃。这也是一个历史规律。历史上关于格律消长变化的大轮廓是："相对的散—高度的律—相对的散"（此处的"散"，不是指散文，而是指与"律"相对而言的"散"）。

格律（包括平仄律、韵律和体式）毕竟是形式问题。格律应有助于内容的表现，而不应成为表现内容时的束缚、限制物。因此，即使在唐朝，高度严密的律绝格律已成为诗歌创作主流形式的时候，也有许多不符格律规范的前人运用的形式，如古风、骚体、乐府等同时流行于诗坛，甚至也有许多突破格律的作品同时出现。后来，诗向相对"散"的词，后来又向曲发展，词牌曲牌又有了新的"律"。就在这时候，词牌曲牌也出了许多新格式，更有人搞自度曲，可以说律与散的矛盾运动，构成了我国诗歌发展史的一个侧面图景。没有律与散的相互颉颃、推进，中国古典诗歌不会有如此丰富的内容、深远的影响。不尊重格律不对，死守格律不放，也不利于诗歌前进。过分诛求，以词害意，即使格律无误，诗终不能成其上乘。

不熟悉格律，就无法深刻掌握和运用祖国诗歌形式审美的科学传统，不仅无法创作现代诗词，也对新诗的民族化，对探索我国诗歌的前途、创建新体诗歌不利。反之，熟悉和运用格律，并研究律与散相反相成的历史轨迹，然后再从格律中走出来，运用其规律，进行开拓性的创作，是为正道。

以上八项，是我阅读前人诗词时的一些思考，也可以说是一些心得。当然，还有许多方面未能涉及，尤其是艺术技巧方面，限于篇幅，未及细谈。何况见仁见智，各有不同，也不必繁琐，读者自会潜心悟得。这八个方面，只可作为重要的思考提纲、方向、线路，供读者参考而已。

（转载自《诗人论诗》）

# “三个崛起”再思考

张器友

## 一

上个世纪80年代的“三个崛起”支持了否定“文革”的写作，支持了现代主义——后现代主义诗歌运动，从一个方面促进了新诗和文学探索风气的出现。

但是，“三个崛起”出现之时，“文革”刚刚结束，一方面是文化开放，另一方面却是西化思潮泛起；持论者的价值理想、学术追求和审美取向在受到开放之风吹拂的同时，又都不免遭受了后一方面的影响和局限。他们在参与清算庸俗社会学的文学观念和文学现象的同时，把五四后左翼诗歌、延安诗歌和新中国三十年诗歌的主流也否定了；他们中的一些人把不能代表中国新诗方向的一种诗潮——现代主义——后现代主义诗潮当成了中国新诗发展的方向，把“新诗潮”和“后新诗潮”中所显露的、现代中外诗歌史上已经存在的诗学倾向当成了新的“诗学原则”，以致对新诗探索及其学习西方的狭窄化和浅表化，对由此而泛滥的极端非理性主义、非诗化倾向，以及消解新诗“人民本位”的价值理想等，产生了消极性影响。

受到“崛起论”的影响，朦胧诗创作在80年代前期取得一定的成就之后很快昙花一现；继朦胧诗之后，“后新诗潮作为新诗潮的延伸和拓展”[1]，也一直未见多大成效。随着特殊时期时代精神综合症对诗坛的渗透和制控，伴同“崛起”、“崛起”、“崛起”的声声呼唤，“反左”变成了对文艺领域健康力量的污名化，新诗传统特别是左翼（广义）诗歌传统几乎被“归零”，民族文化遗产被糟践。诗歌探索从广泛面向世界的健康生态变成为浮躁地、浅表化地走西方现代主义——后现代主义的路，“创作自由”在一些诗人中异变为自由的丧失。一些年轻的后现代主义解构者咆哮不安，浑浑噩噩，在“日常生活”审美的开掘上，在对“假丑恶”的揶揄上，虽说也取得了一些成绩，但主体瘫痪，价值迷乱，非诗化泛滥，遭致了文坛的不满。

三十年过后，2012年“三个崛起”论的代表“聚首福州展开诗学对话”。虽然各说各的，观点存在着差异，但都承认了一个基本事实：新诗探索没有真正“崛起”。谢冕痛苦地说：“我对诗歌的前景特别迷茫，正如我文章的题目，有些诗正离我们远去，但不是所有，可是确实有很多诗——相当的多，正离我们远去”。“事情过去十几年了，诗坛现状如何？依然没改变！……很多所谓的探索，都还没有走出对西方后现代主义的幼稚模仿中。”[2] 孙绍振对自己当初的“新的美学原则崛起”的观点作出了新的诠释，强调说：“不要概念化地去做时代精神的传声筒，因为那样写出的不是诗歌，而是概念的图解。并不意味着不要表现时代，而是不要破坏了诗的艺术去表现。另一句我说的是‘不屑于表现自我感情世界以外的丰功伟绩’，不管什么丰功伟绩，如果不是在诗人感情以内就可能是标语口号。我特别说了，抒发人民之情与表现自我是可以统一的，不要人为的制造障碍。我从来也没有否认诗人应该反映时代，只是这种反映应该通过自己的感觉和发现去表现。”[3] 这个诠释与当时批评“崛起论”的正确观点已经一致。在这里，他实际上指陈了现代主义——后现代主义诗歌运动中“自我表现”论的严重局限。他还提到对待诗歌探索及其失败的态度，指出“诗是语言的探索”，要允许失败，“在语言的颠覆和探索中，百分之九十变成垃圾，是正常的。我们看到垃圾，说这是垃圾，并不需要勇气，可是我们看到诗的垃圾，说这是诗的垃圾，却需要勇气。因为这些垃圾拉了一面大旗，当做老虎皮。就是说拿了洋人的牌子吓唬老百姓”[4]。不管是重新诠释自己还是阐发对待诗歌垃圾的辩证观，都正视了一个事实：现代主义——后现代主义诗歌运动并没有给诗歌探索带来多好的命运。徐敬亚对新诗探索现状也表示了失望，说：“我们注定是被抛弃的人，一种过了时的艺术标准仍然深藏在我们的内心”；“高科技产品改变了我们太多的生活……悠闲的生活永远没有了，发呆的生存没有了，没有悠闲与发呆，还谈什么诗？现在……最聪明的人都去当总裁了。现在只有傻乎乎的、被社会淘汰的人才去写诗，这就是人类的悲哀！”[5]

面对新诗探索不景气的后果，“崛起论”的人们发抒义愤，提出批评，这是值得珍视的；但是，这还不够。在笔者看来，这个后果与“三个崛起”及其文艺观的局限有着难以划割的联系。特殊历史环境中的浮躁之气，“崛起论”的消极影响，以及探索者自身的不足，才造就了这个多少有些难堪的结局。因此，在看到诗歌垃圾“拿了洋人的牌子吓唬老百姓”的同时，还要看到“崛起论”的历史局限，来一番反思，这才更值得珍视。

那么，究竟如何认识“崛起论”文艺观的局限呢？

## 二

首先，这是“方向”的迷乱。

“新时期”之初，诗歌创作和探索的局面是多样纷呈、百花齐放的。早在1979年，由时任文化部副部长的诗人贺敬之动议，《诗刊》社牵头，召开了“文革”后首次“全国诗歌创作座谈会”。出席座谈会的共一百多个老中青诗人，自五四时期以“小诗”鸣世的冰心以下，有现实主义诗人、浪漫主义诗人、“七月派”诗人、“中国新诗派”诗人、“晋察冀诗派”诗人、“民歌风格派”诗人、工人和农民中的业余诗人，当时初露头角的包括朦胧诗诗人舒婷、梁小斌、顾城在内的一大批年轻诗人也都应邀与会。外国语学院王佐良、《世界文学》编辑部高莽还在会上介绍了当代英美诗歌和苏联诗歌概况。会议为诗歌领域的解放思想、百花齐放和艺术民主，铺开了宽广的道路。当时《诗刊》的主编严辰、邹荻帆和副主编柯岩，还开创了著名的“青春诗会”，广泛团结了全国各路诗歌青年，人称“诗界黄埔军校”。1980年七、八月间邀约参加第一届“青春诗会”（北京——北戴河青年作者改稿学习会）的诗人有梁小斌、张学梦、叶延滨、舒婷、才树莲、江河、杨牧、徐晓鹤、梅绍静、高伐林、徐敬亚、王小妮、陈所巨、顾城、孙武军、常荣、徐国静等十七人[6]。这个青年群体中从事朦胧诗写作的就有梁小斌、舒婷、江河、徐敬亚、顾城、王小妮、高伐林七人。除此之外，杨牧写西部诗歌，后不久与章德益、周涛、昌耀等人以“新边塞诗派”产生重要影响；张学梦以大气魄的“工业抒情诗”呼应国家现代化建设；叶延滨抒写对土地的深情，后来先后主编《星星》和《诗刊》；陈所巨、梅绍静立足所在地域，以80年代的生活牧歌抒写时代心声。

但是，那时期整个文坛因为剧烈的社会动荡所导致的社会意识形态失序和社会文化心理的迷乱，使得西方非理性主义文化哲学，诸如尼采的权力意志论，萨特和加缪的存在主义，弗洛伊德的精神分析主义，德里达的解构主义等等，不断激起兴奋的热浪。与此相关，文艺探索急剧地向西方20世纪现代主义——后现代主义倾斜，学习西方变成了浮躁的、浅表化地学习近百年的现代主义——后现代主义的西方。小说领域，高行健的《现代小说技巧初探》把现代小说技巧等同于“现代派小说技巧”，遮蔽了世界现代小说技巧的丰富性；诗歌领域，有些人同样把“现代诗歌”（或曰“现代诗”）等同于现代主义诗歌。文坛有一种时髦的观念，以为社会要现代化，文学就必然要搞“现代派”。

正是在把现代化与现代主义与文学发展之间，用一种必然性的逻辑关系连接起来的浮躁的舆论氛围出现之初，“三个崛起”率先对于当时多样化诗歌生态中具有现代主义倾向的朦胧诗一派给予了全力片面地抬举。如刚才所述，“崛起论”的人们也是把“现代诗歌”等同于西方20世纪居于主流地位的现代主义诗歌的。他们或者认为带有现代主义某些特征的朦胧诗的出现是“新的崛起”[7]，或者把朦胧诗中的一些现代主义倾向当成“新的美学原则的崛起”[8]，或者总结这些诗人创作中的“现代倾向”而视其为“新的美”，“要发展成为我国诗歌的主流”[9]。他们无视中国从20年代到40年代已经存在这种诗歌流派的事实，无视中国台湾50年代到六七十年代也存在着这类诗歌的事实，把中国新诗史上这类并非新的诗学当成了新的诗学，把这类在中国新诗史上从未标示新诗道路的诗歌当成了新诗发展的方向。

学习和借鉴西方现代主义诗歌，这本没有什么不好，但如果据此而遮蔽其他，排斥其他，排斥中国优秀诗歌传统则大谬。譬如谢冕，他一方面宽容和肯定朦胧诗诗人“不拘一格，大胆吸收西方现代诗歌的某些表现方式，写出了一些‘古怪’的诗篇”，一方面又在文章中对中国新诗走过的道路提出质疑，认为：中国新诗“60年来不是走着越来越宽广的道路，而是走着越来越狭窄的道路。30年代有过关于大众化的讨论，40年代有过关于民族化的讨论，50年代有过关于向新民歌学习的讨论，三次讨论都不是鼓励新诗走向宽阔的世界，而是在‘左’的思想倾向支配下，力图驱赶新诗离开这个世界”[10]。实际上，三次讨论乃是出于历史的动因，探求新诗的中国现代性。三四十年代的两次讨论，与那个时代民族解放和人民革命中对民族精神和劳动人民主体地位的强调密切相关，新诗的脱雅归俗是那个时代建构中国现代性的历史性选择；正是因为有了那两次讨论，才影响了以戴望舒为代表的“现代派”，使他们的创作走向“自我”以外的中国社会现实，从而促进了“现代派”诗歌的民族转化；也才影响了40年代的“中国诗歌派”，使他们打破“纯诗”躯壳，楔入社会的斗争，追求与人民、与现实主义的结合。至于整个三四十年代的全部新诗，除现代主义受到改造外，还出现了“中国诗歌会”诗人群、“七月诗派”、“晋察冀诗派”和“民歌风格派”，何曾“狭窄”之有？50 年代“向新民歌学习的讨论”，促进新诗自觉地向民间汲取思想艺术资源，不但推动了延安时期形成的“民歌风格派”新诗的发展，而且影响了其他诗人和诗歌群体，当时在重视学习民歌的同时还重视学习“古典”，无非期望诗人在追求新诗的中国现代性时不要丢了民族的、民间的深厚传统。那时候由于国际环境的制约学习和借鉴西方现代资本主义社会内的东西确实不够充分，但当时并没有关闭面向世界的视阈。毛泽东在同音乐工作者谈话中明确指出：“我们接受外国的长处，会使我们自己的东西有一个跃进。中国的和外国的要有机地结合，而不是套用外国的东西。学外国织帽子的方法，要织中国的帽子。外国有用的东西都要学到，用来改造和发扬中国的东西。”“文化上对外国的东西一概排斥，或者全盘吸收，都是错误的。”[11]中国诗人也时常出访外国，与东方的诗人、西方的诗人均有较多的接触和交往，中国不但组织作家参加亚非作家代表大会，还担任东道主邀请亚非作家来华访问交流。五六十年代的诗人如郭沫若、艾青、田间、李季、贺敬之、郭小川等都有出访世界的经历，有人还多次出访，因而开阔了视野。因此所谓“越来越狭窄”，就其实质无非没有和西方的现代主义——后现代主义诗潮接轨，而是学习外国的东西却走了中国自己的路。

徐敬亚对新诗传统的否定也较突出。他没有注意到文学艺术发展过程中艺术形式的相对稳定性，把新诗史上与现代主义追求不同的民族新诗通统视为“传统诗”而予以排斥。基于此，他认为，“六十年来，世界诗坛涌现了无以数计的流派……而我们新诗的足迹总是单线条”；三十年来，“我们严重地忽视了诗的艺术规律，几乎使所有诗人都沉溺在‘古典+民歌’的小生产歌吟者的汪洋大海之中。……从 50 年代的牧歌式欢唱到 60 年代与理性宣言相似的狂热抒情，以至于到‘文革’十年中宗教式的祷主词——诗歌货真价实地走了一条越来越狭窄的道路”[12]。他说，“文革”后现代主义倾向的出现“是一次伴着社会否定而出现的文学上的必然否定”[33]。如果他只是把十年“文革”与“新诗潮”的出现联系起来考察，倒还具有一定的合理性；但他由此独尊了现代主义，轻视和否定三十年乃至六十年新诗传统，就不免失之偏激。因为“伴着社会否定而出现的文学上的必然否定”，并不就必然地只能产生现代主义一家；而且，“文革”

前的中国社会并不是“文革”，否定“文革”及其文学并不必然要对“文革”前的包括新诗在内的文学艺术来一个笼统的“必然否定”。因为此前的包括新诗在内的文学艺术，是各个时代生产力与生产关系、经济基础与上层建筑的矛盾运动以及历史文化沿革等多重因素的结果。为什么因为没有独尊现代主义、没有产生现代主义就是“单线条”呢？为什么学习“古典+民歌”的提倡和实践就“忽视了艺术规律”呢？这显然有违文学常识。当然，中国六十多年新诗确实存在着历史的局限；但应该实事求是地、具体地分析对待。我们坚持的是：民族新诗的主流不容否定，那是在民族解放、人民革命、社会主义建设和探索环境中努力地面向世界，同时又是以努力追求“中国作风和中国气派”为指归。

要引导新诗走向广阔的世界，这无疑是对的。但是把新诗引向狭窄道路的不是别人，恰恰就是这些片面抬举朦胧诗的学者。“新时期”之初的文坛以“回到五四”相号召，但五四时期学习西方的路子是何等的宽广！那时候20世纪刚刚起步，西方20世纪的文学、艺术、哲学、自然科学等理所当然地受到中国文坛的重视；但文坛所引进的并不只是20世纪的现代主义及其哲学非理性主义，20世纪之前产生的启蒙理性主义及其作家作品也受到青睐，现实主义、批判现实主义、浪漫主义都为作家所重视；西方文艺复兴以来各个时期主要流派的重要作家艺术家也都被纳入了五四新文学创造者的视野，即使是古希腊文学和中世纪文学也有引进。鲁迅对于西方的东西提倡“拿来主义”，他接受启蒙理性主义，又接受非理性主义，最后转向马克思主义，兼收并蓄取舍自如。他阅读赫胥黎的进化论，推介非理性主义的叔本华、尼采和弗洛伊德，也赞扬“摩罗”诗人。早年的《摩罗诗力说》所介绍和推崇的就有英国的拜伦、雪莱、裴多菲，波兰的密茨凯维支，俄国的普希金、莱蒙托夫等一大批诗人。他的作品立足民族土壤，融写实主义、象征主义、表现主义于一冶，而成为格式特别、内容深切的民族新文学的标杆。郭沫若也不是紧跟某一种西方思潮流派或者一个洋师傅，他阅读文艺复兴时期的莎士比亚，阅读和翻译18世纪到19世纪古典主义的歌德、19世纪唯美主义的王尔德、19世纪的拜伦、雪莱和惠特曼，还接受了20世纪表现主义诗学的影响。他的新诗和戏剧创作无不是这诸多方面融合过程中的具有民族现代性的创造。包括“三个崛起”在内的人们要“回到五四”，可“崛起”论的这些人怎么就收缩了五四那自由接纳的开放广阔的文化胸襟，又排斥新诗已经获得的成就，而只是独钟了西方的现代主义？

他们的这种狭窄化，与对中国新诗发展的错误预期密切相关。这其中的一些论者，有关世界新诗的整体观念总是离不开以西方为中心、为宗主的一体化发展的单边主义思维；西方20世纪诗歌主流是现代主义——后现代主义，中国新诗的主流似乎也就应该是这个路向。当时谢冕对80年代新诗探索所显示的现代主义——后现代主义倾向颇为惊喜，他赞赏这“急速前进”的态势说：“文革”后十年“不仅恢复五四人的文学的传统，而且弥补现代主义的未完成的形态，直追西方的后现代主义思潮”[14]。他在这里给出了一个新诗的线路图：五四“人的文学”——现代主义——后现代主义。这个学者的不少诗歌评论也提倡新诗“多元化”，但他在80年代中期之后总是排斥和贬抑与他的诗歌观念不同的左翼诗歌。因此，可以说，他所向往的似乎是以五四“人的文学”——现代主义——后现代主义为线路的“多元化”。徐敬亚也有类似的看法；他是朦胧诗的创作者，又是“后新潮诗”的头面人物。他认为现代主义是“新诗发展的必然道路”，二三十年代出现了“现代萌芽”、“新月派”和“现代派”，但“在诗的感受角度表现手段上基本没有冲破平铺直叙的总框子”，是“脚步的中断”，“目前（按：指80年代初），已走完了草创期的第一步”[15]。他说，“中国社会整体上的变革，几亿人走向现代化的脚步，决定了中国必然产生与之适应的现代主义文学”；又说，“这股具有现代倾向的新诗潮，与同时在中国兴起的其它门类中的现代萌芽一起，归入了东方和世界现代艺术潮流”[16]。也正因为如此，80年代中期他又极力推动后现代的“革命”，说：“1984—1986，中国诗歌继续流浪。‘朦胧诗’高峰之后的新诗，又在酝酿和已经浮荡起又一次新的艺术诘难。……目前，‘后崛起’的诗流，仍是整个辽阔国土探索艺术的第一只公鸡。”[17]

在这一类学者看来，在现代资本主义主导的“经济全球化”时代，包括诗歌在内的文化也应该归向“全球化”。但是这不符合20世纪世界文学史的事实，也不符合中国现代文学史和中国新诗史的事实。世界文学可不是世界主义文学，20世纪的世界文学是西方现代主义——后现代主义文学、马克思主义影响下的“社会主义现实主义文学”、第三世界以拉美魔幻现实主义为高标的民族民主主义文学三足鼎立的世界文学。20 世纪的中国新诗是以左翼（广义的）诗歌为主导的，以追求中国现代性为指归的现实主义诗歌、浪漫主义诗歌、现代主义诗歌的多声部合唱。世界上包括中华民族在内的那些伟大民族，由于强大的民族基因、民族性格和文化传承的作用，在彼此的交往中，不断接受彼此文化的影响，克服自身的某些局限，但并不使自己的文化归向泯灭，而是为了更加强旺。在现阶段，现代资本主义主导的“经济全球化”并不就是经济制度的一体化，也不就是包括诗歌在内的“文化全球化”和“一体化”，经济运行的“全球化”、“政治多极化”和“文化多元化”才是这个时代人类社会生态的基本特征。硬是用现代主义——后现代主义的 20 世纪世界主义文学观来剪裁中国新诗史，规划中国新诗的方向，就势必迷失在经济运行的“全球化”的迷宫里，迷失在西方中心的现代主义——后现代主义单边化的一条胡同里。这狭窄的胡同可不是美妙之地；上个世纪 60 年代英国马克思主义者阿·莫顿就指出，单边的世界主义的“统一潮流”是“资本主义最后阶段的文化体现”，“世界主义与评价和尊重民族文化中一切优秀成分的国际主义毫无共同之处。它的目的是摧毁民族文化”[18]。

## 三

这也是“诗学原则”的迷误。

“崛起论”的人们的“诗学原则”较为杂乱，彼此也存在着差异性。但就其对新诗探索产生消极影响的方面来看，在于一些论者笼统贬斥左翼（广义）诗歌及其诗学原则，否定新诗中人民为本位的价值追求，无保留地视西方启蒙理性主义为“普世价值”，又宽容和认同极端非理性主义诗歌的追求。诗歌创作被理解为一种排他的，与社会、历史、理性不相干的独往独来的“个人的自我本体”的自由创造。只讲“表现自我”，不讲自我建构；只讲非理性的个体“生命体验”，不讲社会实践；只讲感性、直觉和潜意识，不讲思想、理性和世界观，不讲支撑五官感觉的“以往全部世界史”（马克思语），以至于陷入极端非理性主义的消极面，表现出“以洋为尊”和“去中国化”倾向。

“崛起”论兴起之初，孙绍振认为：“在年轻的革新者看来，个人在社会中应有一种更高的地位，既然是人创造了社会，就不应该以社会的利益否定个人的利益；既然是人创造了社会的精神文明，就不应该把社会的（时代的）精神作为个人精神的敌对力量。”[19]这里面显然有一些混乱，他把“个人”和“人”（类存在物）等同了起来，在“个人利益”与“社会利益”之间划了等号，由于这种混淆，就只要求“个人”价值、“个人”权利、“个人”利益的绝对性，不讲求“个人”对“类存在”（人）、对“社会”的责任和义务，轻视乃至抹杀“个人”在与“类存在”，与社会群体如民族、阶级交互生存过程中所培育的理性、道德和情操，譬如集体主义、英雄主义、牺牲精神、为某些人所不齿的“齿轮和螺丝钉精神”，等等。推演下来，这样的“个人”的“美学原则”——“不屑于作时代精神的号筒”，“不屑于表现自我感情世界以外的丰功伟绩”，“追求生活溶解在心灵中的秘密”，将会结出什么样的果子来呢？这是不言而喻的。这是对当时出现的一些朦胧诗所显露的一种倾向的阐释，这种倾向和阐释即老诗人艾青当时所尖锐批评的，把“自我”抬到了遮蔽一切、压倒一切的位置上。

如果说没有顾及诗人自我与社会的辩证关系是处在“新诗潮”开始之际的一种尴尬性失误，但当模仿后现代主义的弊端明显显露的时候，某些“崛起”论者却把这个论题推向了极端。譬如谢冕，他一方面继续肯定内向化的、自在自足的、否定“改造思想”的“自我复归”，同时又笼统地宽容“后新诗潮”中年轻探索者“复归”非理性主义“自由的生存状态与生存意识”，以“异端便是正统”的思辩把极端非理性主义诗歌笼统标榜为“美丽的遁逸”。其“诗学原则”表现出极端个性主义和非理性主义两相嫁接的特征，是极端个性主义和非理性主义的混合。

谢冕告诉人们，从“新诗潮”到“作为新诗潮的延伸和拓展”的“后新诗潮”，经历了两次“自我复归”，第一次“只是对诗人个性的承认”，继之而来的最后一次是“人对个体生命的觉醒”。他说，第一次的“自我复归”“承认诗人拥有自己的眼睛和心灵，以感应昔日熟视无睹的世界”。而“在以往，诗人对世界乃至自身不拥有这种属于自己看法的自由”[20]。究其原因，在他看来缘自40年代初期延安开始的“提出了作家的思想改造的命题”[21]。文艺家“思想改造”的观点见于毛泽东1942年的《在延安文艺座谈会上的讲话》。为了贯彻文艺的工农兵方向，毛泽东针对许多文艺家“灵魂深处还是一个小资产阶级独立王国”，“都有某种程度的轻视工农兵、脱离群众的倾向”，指出：“我们鼓励革命的文艺家积极地亲近工农兵，给他们以到群众中去的完全自由，给他们以创作革命文艺的完全自由”，号召文艺家长期地深入到群众中去，学习马克思主义，学习社会，把立足点和思想感情逐步地移到工农兵这边来。这显然具有毋庸置疑的真理性，它不但不会导致文艺家丧失个性，而且可以帮助文艺家更好地发展和丰富个性，更好地认识世界、感应世界和表现世界。

应该承认，自延安时期以来在文艺家的“思想改造”问题上，文艺界的确存在着庸俗社会学错误，如胡风所批评的，某些举足轻重的文艺批评家要求作家“首先”树立共产主义世界观，“只有”思想改造好了，然后才能进入创作过程等。这就把创作实践推向遥遥无期，违背了文艺规律，无视了现实主义创作方法在创作中的意义。不过，许多文艺家是直接从毛泽东的指示里获得启示的，而且文艺界的文艺思想斗争在帮助文艺家克服庸俗社会学影响方面也并非没有发生积极作用。所以文艺家深入生活，学习马克思主义，学习社会，“思想改造”，丰富和发展个性，繁荣文艺创作，是取得了较好成果的。50年代赵树理、柳青、周立波、李季等一大批作家深入农民和工人群众的生活和生产实际，都获得了创作的丰收。后来的浩然、路遥等作家继承前辈的优良传统也创作出了为老百姓所欢迎的优秀作品。其实，在这个世界上，包括诗人在内的人们谁都需要进行“思想改造”，对于诗人和作家来说，自觉进行“改造”，在社会实践和创作实践中不断地扬弃旧我，更新自我，丰富自我，强健自我，以提高认识世界、感应世界和表现世界的能力，实乃创新文艺、发展文艺的题中应有之义。即如谢冕先生所推重的何其芳早年的唯美主义的歌吟，那也是何其芳“思想改造”的结果，如果不接受五四个性主义思想的“改造”，不接受现代派诗学的影响（影响也是“改造”），尽管这个柔弱好思的青年有着天大的梦幻，也写不出那些寻“梦”的诗篇。他不否定何其芳早期的“思想改造”，却否定何其芳接受马克思主义的“思想改造”，说他延安时期的这种思想改造“是自觉的。他从否定自己的艺术风格和艺术理想开始，逐步地到达最后否定作为诗人的旧的自我。这种否定是一种对于诗的本质的追逼和放逐的过程”[22]。何其芳“重新建设新的自我”没有把主要精力投放到诗歌创作上，但他从延安到北京的那些发乎内心的歌唱如《我为少男少女们歌唱》《生活是多么广阔》《我们最伟大的节日》《回答》等难道可以说是丢失自己的“眼睛和心灵”，是对“诗的本质的追逼和放逐”么？可以看出，这个论者所持守的是极端个性主义的诗歌观，以及与之相关的西方资产阶级倡导的启蒙理性主义价值理想，拒斥的是改造了个性主义的、融个人性于革命的集体主义之中，在革命集体主义之中高扬诗人主体精神和个性的诗歌。以为诗人进行“思想改造”就放逐了个性、放逐了诗的本质，这个论者所要维护的无非是自满自足的个性主义的“自我”；对于他来说，这种个性主义与诗共名，自满自足。但是以这种狭窄的、不变的“自我”感应社会人生，只能是鲁迅先生所同情和否定的那个高标“我是我自己的”的子君；这个勇敢的子君相信和坚守“我是我自己的”，把自己关在家里自满自足，自遣自娱，自觉了得，但最终却窒息在这个“我自己”里；连自己也没有认识“自己”，哪里还能“感应昔日熟视无睹的世界”？

为了维护自满自足的个性主义，谢冕引胡风为同调。据他说，“胡风对这个问题（按：‘思想改造’）早有觉察，他在1954年写成的《意见书》对林默涵、何其芳与胡风论战的中心问题，即共产主义世界观、工农兵生活、思想改造、民族形式、题材等五个观点，概括为五把理论刀子，认为‘在这五道刀光的笼罩之下，还有什么作家与现实的结合，还有什么现实主义，还有什么创作实践可言’”[23]。他实在误解了胡风；胡风根本帮不了他的忙。胡风明确地告诉人们：“我不但没有反对这五项原则，而是为了探讨在实践过程中怎样运用这五项原则的。不同的是，我只能用生活的观点和实践的观点来理解问题。”[24]看来，胡风并不反对文艺家“思想改造”。还在40年代，胡风接受毛泽东文艺思想，赞同文艺家应该“加强或改造主观的思想立场”。他称赞1942年的延安整风是“含有伟大的革命意义的思想再出发运动”。他明确认为，“为了思想立场坚强到能够把握历史的方向，思想力量明锐到能够透过历史的血肉，就得深入现实，认识现实，把握现实，通过丰富的现实内容去纠正以至克服那些脱离现实的偏向，从这里改造或加强思想立场，养成或加强思想力量”[25]。他希望诗人推倒与人民群众之间的高墙，与前进的人民一道前进。

谢冕所说的最后的“自我复归”，是人的“个体生命意识”的觉醒。他说，由于“对诗人个性的承认”导致了“一个隐秘的内在世界终于在这种觉醒中被发现。这发现伴随着对人的不能独立状态的否定，开始是作为一个机器中的螺丝钉而淹没了自我，一旦回到自身，人于是把自身看成了一部机器，一个太阳，乃至一个宇宙。这个内宇宙的浩瀚博大，完全可以和外宇宙相比拟”。于是“后新诗潮把对于生命的体验当作有异于前的追逐”[26]。人的觉醒乃是人在发明了火和从事劳动，走出动物界，告别了作为“非理性”的存在物之后的事。人的真正觉醒决不会是回到封闭自足的“个体生命意识”之内，而只能在“革命的实践”过程中，在改造客观世界的过程中改造和完善自身，把人归向人，即归向“全面而自由的发展”的人。马克思主义告诉我们，人的本质在于“一切社会关系的总和”，人只能在它所处的历史条件下获得自由，彰显本质，而不可能超然地“独立”于它所由而来的自然和社会环境。谢冕先生在这里所肯定的人最终觉醒的“自我复归”，实际上是“复归”极端非理性主义的独往独来的“人”的“生命意识”；这只是一种迷幻，不能称之为最后的真正觉醒。这种非理性主义，见之于“后新诗潮”所表现出来的景观，如谢冕所说，主要在于“反文化”，在于“内审视・生命体验——最后的皈依”。

所谓“反文化”，谢冕告诉我们，“为了确认人的自由和平等的地位，人第一次感到都市文明乃至整个人类文化构成了人性发展的障隔”，因此，“‘反文化’的破坏性恰恰具有了人为挣脱文化束缚的潜深的‘建设性’”，[27]“目前崇尚的非文化倾向，实际上是一种文化的积累及其结果……它结束了作为新诗潮由传统诗潮向现代倾向过渡的进程，而开始了新诗向着本世纪末期先锋诗歌意识的推进”[28]。西方文化人类学中有一种观点，即认为文化是人类的设计，人类创造了文化，文化又制约着人类。“新时期”包括诗人在内的不少作家都引进了这类观念；但那些较为成功的作家和诗人对这类意识实际上给予了改造。他们在认识“整个人类文化构成了人性发展的障隔”的时候，是把它当成为阻碍民族和民族中人生存、发展的旧制度、旧伦理、旧道德、旧文化及其残余来看待的，例如封建劣败文化的遗存及其变种，例如“资本来到世间，从头到脚，每个毛孔都滴着血和肮脏的东西”，等等。遗憾的是，“后新诗潮”中许多人的“反文化”不是这样理解，而是笼统地把人类文化当成了“创造出人的异化的全过程”。但是，人类的先进文化怎么就“创造出人的异化”来了？它恰恰构成了人的自由平等和克服“异化”的理性资源和动力。把文化与人的自由平等笼统、绝对地对立起来，是不懂得自由为何物的极端非理性主义者的作为。“后新诗潮”中的那些“反文化”“非文化”的大量作品，由于其抽象的姿态，要么解构优秀文化，要么在解构“不好的文化”的时候把优秀文化也一齐解构，假丑恶和真善美总是被一齐颠覆。这种“建设性”可以因情绪的释放而产生某种浅表的快感；但它挣脱不了文化，而恰恰被一种具体的文化——非理性主义束缚了真正的生命自由。并且实践已经证明，沿着这种路子向世纪末“先锋诗歌意识推进”，便是诸如“我坚决不能容忍/那些/在公共场所/的卫生间/大便后/不冲刷/便池/的人”这类“诗歌垃圾”的批量生产。

所谓“内审视·生命体验——最后的皈依”，即“生命体验之传达”。谢冕告诉我们，“从事生命体验之传达的诗歌认为，生命的基本特征在生命的冲动与生命的绵延。这是一种超空间无限延续的生命流，这种绵延的性质决定人类存在的基本方式。……这种诗歌观认为思维是纯内心行为和主观自生的内心直觉：世界是一种异己力量，人的基本状况是悲观、烦恼、恐惧、焦躁——因此他们对世界的态度是‘恶心’！这种特殊哲学氛围构成‘无家可归’的‘厌世感’”[29]。他的大体意思，是说个体生命意识乃是一种源自“生命的冲动与生命的绵延”的内心直觉，这种直觉体验到世界是人的异己力量，因而感到“无家可归”。这其实照搬了存在主义的生命哲学，所谓无家可归，所谓悲观、烦恼、恐惧、焦躁、恶心，都是存在主义的用语。在一些存在主义者看来，人是无助的，它回到内心，以个体的“生命体验”反抗荒诞，在对悲观、烦恼、恐惧、焦躁、恶心的体验中确证生命。该论者似乎只是客观陈述“从事生命体验之传达”的诗歌观，但是他告诉我们，这种生命体验是“纯粹意义上的现代意识。它具有超越民族局限的全人类性”[30]。他特别引用女诗人翟永明的《世界》，给予不一定符合诗歌原意的抽象阐释，无非是在说明：这类狭窄的非理性主义“生命体验之表达”，是诗人离开外部世界“最后返依”内在的个体生命体验——“超越民族局限的全人类性”。

“反文化”也好，“生命体验之传达”也好，就其实质而言，都是一种非理性主义的逃避，即借助潜意识迷幻，逃避人在追求社会进步和人的“全面而自由的发展”过程中的“革命的实践”和应具有的使命、责任，遁入不切实际的、非艺术化的乌托邦。前者以一种抽象的姿态“反文化”，有些作品多少还折现了诗人无奈的愤世情怀，后者因为陷入狭窄的内心潜意识，唠唠叨叨，颠三倒四，或秽言，或谵语，已经很难让接受者感受到应有的积极的社会人生关切。该论者把这一类诗歌统称之为“美丽的遁逸”；“遁逸”倒是不假，但“美丽的”则不然。其中的大量作品不能引起接受者的审美愉悦、获取人的真正自由。这是为马克思主义所不耻的。因为马克思、恩格斯告诉说：“人不是由于有逃避某种事物的消极的力量，而是由于有表现本身的真止个性的积极力量才得到自由。”[31]在人类包括诗歌在内的文学艺术中，也确实存在着“美丽的遁逸”的优秀之作，例如陶渊明的《桃花源记》、戴望舒的《雨巷》，这是为许多评论者所肯定的“诗意的栖居”一类的审美追求。但是后现代非理性主义的潜意识放纵的大量作品不属于这一类；它们在解构一切的迷乱之中既解构理性也解构了诗，是“逃避某种事物的消极的力量”之作为，常常以非诗化、非艺术化为归趋。

西方一百年多年的非理性主义及其影响下的现代主义——后现代主义文学艺术思潮，是现代资本主义走向高度垄断、从国内垄断到跨国垄断时代的哲学文化思潮，是西方启蒙理性主义破产过程中的“新人本”现象。“上帝死了”“人死了”“自己不是自己家里的主人”，成了一百多年西方文化和文学艺术的关键词；它们以决绝的、绝望的非理性姿态呈现“西方的没落”，它们的基本特征在于深刻的认识论和本体论危机。其抽象的反社会、反理性、反文化言说，具有激进反叛现代资本主义及其国家意识形态的性质。但是，对于西方现代主义、后现代主义，特别是后现代主义来说，非理性主义玉成了它们同时也局限了它们。它们质疑了现代资本主义和启蒙理性主义，却以为这世界毫无理性可言；它们呈现了一个黑暗的地狱，但只是无望地蹲伏在地狱里，以为人类的存在就是一个荒诞；它们对人的潜意识的开掘、意象化抒情、反审美，等等，都为人类艺术史提供了新的经验。但是其中的许多作家、艺术家走向非理性主义消极面，致使反价值、非艺术化成一种较为普遍的弊病。这股发生在西方现代资本主义社会经济、政治、文化土壤里的庞大的文化和文学艺术思潮，因为提供了人类文学艺术史上许多未曾有过的东西，在时间上又最为切近，所以受到了中国文学艺术界的重视。中国整整一个20世纪的文学艺术都接受了这股思潮的影响。新诗领域不但出现了“象征派”“现代派”“中国新诗派”“现代诗”（台湾），而且以左翼为主导的浪漫主义诗歌、现实主义诗歌也都程度不等地接受了它的影响。但是不论何种接受类型，其中的经验都在于：不能搞极端非理性主义，陷入非理性主义的消极性陷阱，不能“去中国化”，只能是“洋为中用”。“现代派”杰出诗人戴望舒和台湾地区现代主义诗歌运动中的“回头浪子”余光中，现实主义杰出诗人艾青，他们的成功经验都无不证明了这一点。“崛起论”的一些学者所祭起的、为主观化的新诗线路图提供理论支撑的“诗学原则”，恰恰与这些经验相反，未能建立起理性的辩证的批判思维，从西方启蒙理性主义到非理性主义一路追捧，视其为中国现代民族新诗的前导。西方非理性主义文化价值的一个特殊之处在于质疑和否定启蒙理性主义恒常的真理性，“崛起论”一些学者的“诗学原则”却把这一点遗弃了，无保留地把启蒙理性主义及其个性主义视为时代的“先进的现代品格”“普世价值”；西方非理性主义的最大局限在于在转入非理性内心世界的同时又拒绝“革命的实践”、排斥一切理性，导致了对人的全面发展及其美好理想的拒绝，可这一点却受到了“崛起论”一些学者的宽容和接纳。“文化多元”，百家争鸣，出现这类“诗学原则”自然不必见怪，也属正常现象；但于中国新诗的发展，其消极影响实在无法回避。

## 四

由于中华民族包括诗歌在内的文化发展规律的作用，“三个崛起”影响下的80年代以降的现代主义——后现代主义诗歌运动未能成就新诗发展的“方向”。而为“三个崛起”的某些学者所鄙薄的左翼诗歌、延安诗歌和共和国建国后三十年诗歌的主导精神——世界文学大背景上民族的、人民的文艺精神，却一直放射着历史的强光。

三十多年来，革命诗歌和社会主义诗歌传统在一大批杰出的诗人中顽强地维护着、传承着，滋养着人民新诗歌的希望。这些诗人中，有老骥伏枥壮心不已的前辈诗人，他们继续坚持高质量的人民抒写；热情关注、引导生活底层的中青年后来者健康成长，肩住历史的闸门，放他们到广阔天地里自由放歌；并积极倡导新诗形式建设，探索中国新诗体的创构，坚毅地为纠正诗坛的混乱廓清障碍。还有一批中青年诗人，他们活跃在底层民众当中，坚持“人民本位”，坚持社会主义——共产主义价值理想，继承和光大民族新诗及古典诗词、民歌的优良传统，吸收现代主义——后现代主义诗潮中有用的东西为自己所用，守成而又开放，在抒情诗和长篇叙事诗两个领域披荆斩棘，创意立新，都产生了令人兴奋的优秀作品。而且，21世纪以来，感受着民族复兴的大气候，现代主义——后现代主义诗歌运动中的许多探索者也不断摆脱“崛起”的惯势，调整思想和思路，调整创作，回归世界文化交流大背景下中国诗人的主体精神。

就是说，主流新诗“中国作风和中国气派”的旗帜，在新的历史环境中依然高扬在诗坛上，没有降落尘埃。“中国作风和中国气派”是毛泽东在延安时期针对“洋八股”和“言必称希腊”的现象提出来的。在文艺上，他告诉人们，“我们决不可拒绝继承和借鉴古人和外国人，哪怕是封建阶级和资产阶级的东西。但是继承和借鉴决不可以变成替代自己的创造，这是决不能替代的。文学艺术中对于古人和外国人的毫无批判的硬搬和模仿，乃是最没有出息的最害人的文学教条主义和艺术教条主义。”[32]他提出：“洋八股必须废止……代之以新鲜活泼的、为中国老百姓所喜闻乐见的中国作风和中国气派。”[33]习近平在2014年的“文艺讲话”中也特别强调了这个问题，他说：“中国精神是社会主义文艺的灵魂。”他严肃地指出：“如果‘以洋为尊’、‘以洋为美’、‘唯洋是从’，把作品在国外获奖作为最高追求，跟在别人后面亦步亦趋、东施效颦，热衷于‘去思想化’、‘去价值化’、‘去历史化’、‘去中国化’、‘去主流化’那一套，绝对是没有前途的。”[34]显而易见，新诗学习西方问题上的狭窄化、浅表化，唯现代主义——后现代主义是从，疏离了中国作风和中国气派，绝对是没有前途的。

重振“中国作风和中国气派”是包括新诗在内的文化和文学艺术的伟大的历史性工程。我们曾经在这方面取得过突出的成就，也积累了包括80年代“崛起论”在内的多方面的教训。它不是封闭自己，也不是全盘西化，而是毛泽东一再教导的“古为今用，洋为中用”，而是鲁迅在20世纪之初说的，“外之既不后于世界之思潮，内之仍不失固有之血脉”。都是一些老话了，做起来竟这样的难，我们应当协同努力。

（原载《文艺理论与批评》2016年第1期）

**注：**

1 谢冕：《美丽的遁逸》，《文学评论》1988年第6期。

2《“三个崛起”谢冕、孙绍振、徐敬亚聚首福州展开诗学对话：诗歌的现状与未来》，2012年2月16日《文学报》。

3、4、5《“三个崛起”谢冕、孙绍振、徐敬亚聚首福州展开诗学对话：诗歌的现状与未来》，2012年2月16日《文学报》。

6 参见丁国成《柯岩与〈诗刊〉》，《诗国》新一卷，中国书籍出版社2013年，第152—157页。

7 谢冕：《在新的崛起面前》，1980年5月7日《光明日报》。

8 孙绍振：《新的美学原则在崛

起》,《诗刊》1981 年第 3 期。

9、10 徐敬亚:《崛起的诗群——评我国诗歌的现代倾向》,《当代文艺思潮》1983 年第 1 期。

11 毛泽东:《同音乐工作者的谈话》,1956 年 8 月 24 日,《党和国家领导人论文艺》,文化艺术出版社 1982 年版,第 21—22 页。

12、13 徐敬亚:《崛起的诗群——评我国诗歌的现代倾向》,《当代文艺思潮》1983 年第 1 期。

14《中国文学的历史命运》,《当代学者自选文库·谢冕卷》,安徽教育出版社 1999 年版,第 616 页。

15、16 徐敬亚:《崛起的诗群——评我国诗歌的现代倾向》,《当代文艺思潮》1983 年第 1 期。

17 徐敬亚:《中国诗坛 1986 年现代诗群体大展》,1986 年 9 月 30 日《深圳青年报》。

18 鲁克扬诺夫:《英国马克思主义者的美学思想》,刘亚丁译,《文艺理论与批评》1988 年第 3 期,135 页。

19 孙绍振:《新的美学原则在崛起》,《诗刊》1981 年第 3 期。

20 谢冕:《美丽的遁逸》,《文学评论》1988 年第 6 期。

21 谢冕:《论中国当代文学》,《文学评论》1996 年第 2 期。

22 谢冕:《论中国当代文学》,《文学评论》1996 年第 2 期。

23 谢冕:《论中国当代文学》,《文学评论》1996 年第 2 期。

24 胡风:《对五把刀子的一点解释》,《胡风全集》第 7 卷,湖北人民出版社 1999 年版,第 265 页。

25 胡风:《论现实主义的路》,《胡风全集》第 3 卷,湖北人民出版社 1999 年版,第 492 页。

26、27、28、29、30 谢冕:《美丽的遁逸》,《文学评论》1988 年第 6 期。

31 马克思、恩格斯:《神圣家族》,《马克思恩格斯全集》第 2 卷,人民出版社 1957 年版,第 167 页。

32 毛泽东:《在延安文艺座谈会上的讲话》,《毛泽东论文学和艺术》,人民文学出版社 1965 年版,第 65 页。

33《毛泽东选集》第三卷,人民出版社根据 1953 年 5 月北京第 1 版重印,1966 年 8 月,第 845 页。

34 习近平:《在文艺工作座谈会上的讲话》,2014 年 10 月 15 日。

# 第七编　诗国人物

## 贺敬之与新古体诗

易行

贺敬之在其一九九三年出版的诗书集自序中说：

我从学写新诗以来，在形式方面曾作过各种尝试和探索，其中包括对我国旧体诗词的某些因素和特点的借鉴与吸收。上世纪六十年代以后，特别是近十多年以来，除在新诗写作中继续这样做以外，我还直接采用长短五、七言形式写了一些古体诗。……

旧体诗对我之所以有吸引力，除去内容的因素之外，还在于形式上和表现方法上的优长之处，特别是它的高度凝练和适应民族语言规律的格律特点。无数前人的成功作品已经证明运用这种诗体所达到的高度艺术表现力和高度形式美。不过，同时也正由于它诗律严格，所用的书面语言与现代口语距离较大，因此，能熟练地掌握这种形式，得心应手地写出表现新生活内容的真正好诗来，是颇不容易的。特别是对才疏学浅的我来说，更是如此。

那么，作为一个原本是写新诗的人，我为什么要作这种力所难及的尝试呢？回顾起来，这不仅是由于旧体诗词在今天仍有众多作者和广大读者这一事实的启示，还由于自近代迄今已经出现的写旧体诗词的许多大诗人和许多成功作品的鼓舞。此外，自然也由于我从自己的尝试中也多少获得一点粗浅体会。约略言之，就是：旧体诗固然有文字过雅、格律过严，致使形式束缚内容的一面，但如果不过分拘泥于旧律而略有放宽的话，它对表现新的生活内容还是有一定适应性的。不仅如此，对某些特定题材或某些特定的写作条件来说，还有其优越性的一面。前者例如，从现实生活中引发历史感和民族感的某些人、事、景、物之类；后者例如，在某些场合，特别需要发挥形式的反作用，即选用合适的较固定的体式，以便较易地凝聚诗情并较快地出句成章。

所谓“合适的较固定的体式”，对我来说，就是……这种或长或短、或五言或七言的近于古体歌行的体式，而不是近体的绝句或律诗。这样，自然无需严格遵守近体诗关于字、句、韵、对仗，特别是平仄声律的某些规定，这是不言自明的。……

现在，在这里还可以作一些补充：一、就平仄声律来说，由于历史发展造成的语言变化，按照现代汉语语音来读古典诗词，已有不少不能谐和之处。相反，如运用现代诗歌朗诵技巧来处理，不仅这些诗，别的不讲求平仄声律的诗，也都是可以读出抑扬、轻重、长短，以及相互的配合，从而达到声调和谐的效果的。二、就格律从严要求的本身来说，也是需要并可能根据生活和语言的变化而加以发展的。格律的形式美，不仅来自整齐，也可来自参差；不仅来自抑扬相异的交替，也可来自抑扬相同的对峙；不仅来自单式的小回环，也可来自复式的大回环，如此等等。因此，不仅对古体诗，即使是对近体诗来说，也是可以在句、韵、对仗，以及平仄声律等诸方面进一步发现新的规律，以改变并发展原有的格律，而不应永远一成不变的。

贺敬之先生在这里讲得很清楚，即为了适应现代生活和语言变化的需要，“用合适的较固定的体式，以便较易地凝聚诗情并较快地出句成章。”也就是说不再严格遵守格律诗关于平仄声律的某些规定作诗。这种诗被称为“新古诗”或“新古体诗”。

“新古诗”或“新古体诗”，打破了传统格律诗的平仄声律疆界；诗，不一定四、六、八句；句不一定五、六、七字；韵不一定押平声；声不必相对或相黏……这样一来就自由灵活多了，就接近毛泽东主张的“古典加民歌”的改革创新思路，或者说它就是毛泽东倡导的“新体诗歌”的一种了。

中华诗词，就其体式来说，无非两种：一种是格律体，一种是自由体。格律体又可分为律体——固定格律体和自律体——依据汉语言声韵规律自我格律。自律体诗词与自由体诗也是有区别的，其区别在于它有“体”有“型”，即有“宽律”。这样的诗比之严格的律体诗易写，比之无形的自由诗易记，所以它很可能成为毛泽东所期待的“新体诗歌”而成为毛泽东所说的“诗当然应以新诗为主体”的“主体”。

当然，“新古体诗”也就是“自律体诗”的出现并不能取代或“灭掉”格律体。格律体自有其顽强的生命力，“一万年也打不倒”，“因为这种东西最能反映中国人民的特性和风尚”（毛泽东语）。只要熟练掌握它，格律便可运用自如，加上“求正”还可“容变”，已并非极难之事，只是一些年轻人和一些喜欢天马行空无拘无束的新诗人不愿涉足罢了。但这些人包括一些格律体诗人都能接受“新古体”，故“新古体”或“自律体”，才有可能自立潮头，或将成为诗流中的“主体”。

贺敬之先生在尝试新诗、旧体格律诗和新古体诗等的各种写法后，不废新诗，不薄旧体，同时倡导新古体，并身体力行，率先垂范，令人信服钦佩。三年前，在笔者为中华诗词学会主编《雷锋之歌》时，曾诚请敬之先生为这本新旧体诗混编的诗集题写书名，他欣然命笔，不仅题写了书名，还对这种新旧“联袂”共颂英雄的做法表示首肯。

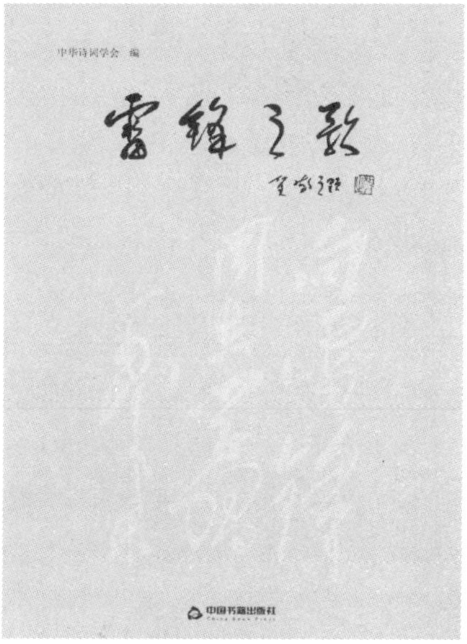


总之，敬之先生是一位开放的勇于改革并做出重要贡献的创新型诗人。当然，要想更深入地了解他人，还是看他的诗吧！因为，诗确如其人：

## 桂林山水歌

云中的神啊，雾中的仙，

神姿仙态桂林的山！

情一样深啊，梦一样美，
如情似梦漓江的水！

水几重啊，山几重？
水绕山环桂林城……

是山城啊，是水城？
都在青山绿水中……

啊！此山此水入胸怀，
此时此身何处来？

……黄河的浪涛塞外的风，
此来关山千万重。

马鞍上梦见沙盘上画：
“桂林山水甲天下”……

啊！是梦境呵，是仙境？
此时身在独秀峰！

心是醉啊，还是醒？
水迎山接入画屏！

画中画——漓江照我身千影，
歌中歌——山山应我响回声……

招手相问老人山，
云罩江山几万年？

——伏波山下还珠洞，
宝珠久等叩门声……

鸡笼山一唱屏风开，
绿水白帆红旗来！

大地的愁容春雨洗，
请看穿山明镜里——

啊！桂林的山来漓江的水——
祖国的笑容这样美！

桂林山水入胸襟，
此景此情战士的心——

是诗情啊，是爱情，
都在漓江春水中！

三花酒兑一滴漓江水，
祖国啊，对你的爱情百年醉……

江山多娇人多情，
使我白发永不生！

对此江山人自豪，
使我青春永不老！

七星岩去赴神仙会，
招呼刘三姐啊打从天上回……

人间天上大路开，
要唱新歌随我来！

三姐的山歌十万八千箩，
战士啊，指点江山唱祖国……

红旗万梭织锦绣，
海北天南一望收！

塞外的风沙啊黄河的浪，
春光万里到故乡。

红旗下：少年英雄遍地生——
望不尽：千姿万态“独秀峰”！

——意满怀呵，情满胸，
恰似漓江春水浓！

啊！汗雨挥洒彩笔画：
桂林山水——满天下！……

## 雷锋之歌（节录）

### 一

假如现在啊
我还不曾
不曾在人世上出生，
　　假如让我啊
　　再一次开始
　　开始我生命的航程——
在这广大的世界上啊
哪里是我
最迷恋的地方？
　　哪条道路啊
　　能引我走上
　　最壮丽的人生？
面对整个世界，
我在注视
　　从过去，到未来，
　　我在倾听……
八万里
风云变幻的天空啊
今日是
几处阴？几处晴？
　　亿万人
　　脚步纷纷的道路上
　　此刻啊
　　谁向西？谁向东？
哪里的土地上
青山不老，
红旗不倒，
大树长青？
　　哪里的母亲啊
　　能给我
　　纯洁的血液、
　　坚强的四肢、
　　明亮的眼睛？

让我一千次选择：
是你，
还是你啊
——中国！
　　让我一万次寻找：
　　是你，
　　只有你啊
　　——革命！
生，一千回，
生在
中国母亲的

怀抱里，
　　活，一万年，
　　活在
　　伟大毛泽东的
　　事业中！

……

六

……
啊！
看我们
大步前进吧！
　　看我们
　　日夜兼程！……
怕什么
狂风巨浪?！……
　　怕什么
　　困难重重！……
哪怕它啊
北风欺我
把我黄河
一夜冰封？
　　——我们有
　　革命壮志：
　　浩浩长江
　　万里奔腾！……
哪怕它啊
天崩海啸，
天塌地倾？
　　——我们有
　　擎天柱：
　　我们的党！
　　我们有
　　毛泽东思想
　　炼成的
　　补天石：
　　百万——雷锋！……

啊啊！……
响起来——
响起来——
响起来吧——
　　我们无产者大军的
　　震天的号声！……
敲起来——
敲起来——
敲起来吧——
　　我们革命人生的路上
　　这嘹亮的晨钟！……
伟大的斗争，
在召唤啊——
　　全世界的弟兄，
　　一起出征！……
前进啊——
　　我们的
　　红旗！……
前进啊——
　　我们的
　　革命！……
前进！——
前进啊！
　　——我们的弟兄！！
　　——我们的雷锋！！！……
让我们

向历史
宣告吧——
在我们
这伟大战斗的
决心书上
　　已写下了
　　我们
　　伟大的姓名：
我们——
雷锋；
　　雷锋——
　　保证：
敌人必败！
　　我们必胜！
我们必胜啊！
我——们——
必——胜——！！！

## 日观峰上

望岳偏遇望人松，观日却上日观峰。
青松红日对我望，齐报骨坚心透明。

## 游九寨沟

银峰雪谷会众神，重海叠瀑醉客心。
我行步步白发减，彩池一照少年身。

## 访平度

事烦久难成此行，但期无官一身轻。
今来身轻心反重，又添千山万种情。

## 登武当山

七十二峰朝天柱，曾闻一峰独说不。
我登武当看倔峰，背身昂首云横处。

## 饮兰陵酒

1976年10月“文化大革命”结束。11月我获解放，解除监督劳动归来后，得饮家乡兰陵酒，并诵李白诗：“兰陵美酒郁金香，玉碗盛来琥珀光，但使主人能醉客，不知何处是他乡。”

太白何处访？兰陵入醉乡。
我来千年后，与君共此觞。
崎岖忆蜀道，风涛说夜郎。
时殊酒味似，慷慨赋新章。

## 咏黄果树大瀑布

为天申永志，为地吐豪情。
我观黄果瀑，浩荡共心声。
怒水千丈下，破险万里征。
谁悲失前路，长流终向东。

这首《咏黄果树大瀑布》不就是诗人的自身写照吗？他“为天申永志，为地吐豪情”；他“怒水千丈下，破险万里征”；他不管遭遇多大挫折，也不会失去“前路”，而“长流终向东”！

**图书在版编目（CIP）数据**

诗国——华语诗词丛刊·《诗国》特辑卷二／易行主编. —北京：中国书籍出版社，2017. 1

ISBN 978 - 7 - 5068 - 5998 - 1

Ⅰ. ①诗… Ⅱ. ①易… Ⅲ. ①诗词 - 作品集 - 中国 - 当代 Ⅳ. ①I227

中国版本图书馆 CIP 数据核字（2017）第 002842 号

**诗国——华语诗词丛刊·《诗国》特辑卷二**

**主　　编**　易　行
**副 主 编**　沈华维　李玉平
**特约审校**　张圣洁　李红星
**责任编辑**　冯继红
**责任印制**　孙马飞　马　芝
**出版发行**　中国书籍出版社
**地　　址**　北京市丰台区三路居路 97 号（邮编：100073）
**电　　话**　（010）52257143（总编室）　（010）52257140（发行部）
**电子邮箱**　chinabp@ vip. sina. com
**经　　销**　新华书店
**印　　制**　北京画中画印刷有限公司
**开　　本**　710 毫米 ×1000 毫米　1/16
**字　　数**　245 千字
**印　　张**　16. 5
**版　　次**　2017 年 1 月第 1 版　2017 年 1 月第 1 次印刷
**印　　数**　0001 - 2000 册
**书　　号**　ISBN 978 - 7 - 5068 - 5998 - 1
**定　　价**　50. 00 元